小竜の国

――亭林鎮は大騒ぎ

著者：韓寒
訳者：柏葉海人

鳥影社

この作品の原題「彼《か》の国」は「サザン・ウィークエンド（注1）」に載ったチェ・ゲバラ（注2）を偲ぶ一文、「彼の国家、この世界に存在せず」からインスピレーションを得ている。もちろん、本作品はチェ・ゲバラとは何の関係もないが。僕がここまで物語を描ききったのは初めてのことだ。もともと、ここまで徹底して描くつもりはなかったけれど、ストーリー展開が結末になるに及んで、登場人物は互いにひとつに結びついた。主人公を悲惨にしたいと何度も思った。結末をつけられる箇所は数限りなくあったし、主人公をすべて無にして、命を奪ってもよかった。でも、最後はそうはしなかった。読者がこの作品のプロットと同様に、深い霧の中をモーターバイクで九死の疾走をしているとしたら、光が必ずあなたをピュアでクリアな場所に連れて行ってくれるだろう。

――韓《ハン》寒《ハン》

小竜の国——亭林鎮は大騒ぎ　3
訳注　283
亭林鎮——若者の質問に答える　300
作品について　307
作者について　309

小竜の国

——亭林鎮は大騒ぎ

韓　寒・作
柏葉海人・訳

左小竜《さしょうりゅう》は、亭林鎮《ていりんちん》(注3)を三周走った。午後は何もすることがなかった。昨日、燃料が値上がりすると聞いたのでスタンドで満タンにしたら、今日になって上がるのはディーゼル用だと分かって、ちょっと気分を害した。俺は大事をなす人間だ、そんなみみっちいことでけちっちゃいけない、それは性分じゃないと思っていた。でも、決心したからには後には引けない。けちった。その結果は以前同様、けちっちゃいなかった。それがいちばん癪《しゃく》に障った。

その午後は陽射しがうららかで、冬には人は常に思うところ多々あるから、春の感覚は何もかもすてきだった。このモーターバイクは新しく買ったばかりで、貯金のほとんど全部を注ぎ込んでしまった。それは転倒して壊したりはできないということだ。修理する金はないから。でも、乗り始めてから今まで転倒はしていない。生まれつき強大なバランス能力があって、利害の度合いや人付き合いには常にバランスが悪い以外は、モーターバイクや自転車には生来完璧なバランスが取れていた。でも、自転車はあまりにのろいと言い、小さいころからもうモーターバイクを動かして、風が吹こうが雨が降ろうが、用があろうがなかろうが、モーターバイクに乗って、千里(注4)も遠い江陵《こうりょう》だって一日で還りついた。乗ってまだ一年だったけれど、オドメーターは廃車にする数字になってしまった。地球を何周もした計算になる。

　それほどモーターバイクが好きだったのは、それが男の力量の延長だと思っていたからだ。もし銃が認められていたら、きっと二丁所持していたに違いない。それも同じように力量の延長だった。残念なことに、銃は認められず、都市部ではモーターバイクさえ禁止されてしまった。

　この春の息吹は濃厚で、モーターバイクのエンジン空燃費を変えてしまうほどだった。どこかで調整したかった。前より遅くなったからだ。亭林鎮は小さいミニ《迷你》な町だ。ミニは(注5)——どっちみちミニであって、人に魅力があったにしても、自分は走って迷いはしないし、魅力もない。だから地元の有為な青年は、みんな大都市に行ってしまい、残ったのはどれも有象無象の将来見込みのない連中ばかりだった。

　でも、自分は大都市はだめだ。大都市は大きくても、モーターバイクを受け入れない(注6)。小さい地方では、たとえ小さくても好きに停められる。沿道に新しく開業した修理屋を見付けた。中に乗り入れて、ゆっくりサイドスタンドを下ろし、周囲を見回した。左手の辺りに長さ三十センチのスパナがあり、その向こうに窓があって外は中庭になっている。中庭にはオイルタンクが置かれているから、這い上がって窓を乗り越え、この部屋を抜け出せる。右の方にはキャブレター洗浄用オイルがあって、一メートルより離れた所にタバコ一箱とライターが置かれている。テーブルの上に吸い殻があったから、ライターは使える。地面に置かれてコンセントに繋がったポットが湯を沸かしていて、二分後には沸きそうだった。

ひそかに思った。この環境は自分の身をガードするのには絶好だ。店の奥から現れるのが敵《かたき》なら、そいつが武器を取る前にスパナで防衛できる。敵の武器が自分のより長かったら、この電気ポットを打つけてやる。間違いなく敵はたまったものじゃない。屋内の人間を制圧した後、外から助っ人が湧いて出たら、ライターでキャブレター辺りのオイルに火を点けられるし、スパナで窓をブチ割って飛び出たら、オイルタンクを地面に蹴り倒す。そうすれば、スムーズに塀を乗り越えて脱出できる。

〝全く危険はない。誰も俺の企みを知っちゃいない〟と、内心思った。

突然、背後から手が伸びて左小竜の肩を叩いた。ひどく驚いて、もう少しでモーターバイクを放しそうになった。背後で声がした。

「バイクの修理かい」

左小竜は分泌されるアドレナリンで、危うくむせそうになった。気持ちを落ち着けた。

「うん、ちょっと調整を。こいつ、ちょっと遅くなったんで。空燃比に問題あると思うんだけど」

修理のメカニックはモーターバイクを作業場に押して入り、エンジンをかけて匂いを嗅いだ。

「大丈夫だよ。ちょっと乗ってみる」

左小竜は少したためらった。モーターバイクは自分の女みたいなもので、他人に乗られたら不愉快に決まっている。でもよく考えてみたら、ちょうど自分の女が婦人科の病気に罹《かか》って診てもらおうとしたら、ちょうど男の医者に当たっちまったのだから、どうしようもない。

修理メカニックは跨《また》がって、屋内で不器用に向きを変えた。店舗内でぶつけてしまわないかと、ヒヤヒヤした。でも、もう返事をしてしまった。前言を翻したら格好が付かない。

修理メカニックが店舗を出て、アクセルを思い切り踏み込むと、前輪が地面から一メートル浮き上がった。左小竜はどうしようもなかった。相手は馬に乗っているとしか思えない。前輪を跳ね上げたまま五十メートル走り、ゆっくりと前輪を下げて、左小竜の前へと走って来た。

「原因が分かった。後輪タイヤの空気圧が低すぎるんだ。だから遅く感じるんだよ。タイヤの圧をちょっと調整してあげよう。そうすればよくなる。でも、上げすぎはだめだぞ。夏になると、タイヤの圧は急に上がってパンクしやすいんだ」

左小竜はまだショックから立ち直らないまま、頷《うなず》いた。

調整が済んだら、確かに以前より走りがよくなったと感じた。それで大帥《だいすい》に会いに、彫刻パークに向かった。ツーリングはうわの空でもいい。道を間違えてもかまわない。この土地を熟知していたからだ。面白くもない人の群れを抜けて、彫刻パークに着いた。

彫刻パークは、ずいぶん前に廃園になっていた。本来はアジア最大の彫刻パークにするつもりで、地元の一般住民は分からないとはいえ、周辺都市の人々は車で百キロ走って得体の知れない場所にやって来て、彫刻を観るかもしれなかった。最初に出現した彫刻のスタイルは、周囲の化学工場地域にあるボロ工場に置かれた彫刻と何の区別もつかなかった。この彫刻パークの建設が抽象スタイルから写実主義への過渡期に当たる段階で、資金に問題が発生して政府が接収管理することになった。この巨大なパークには、出稼ぎ農民向け簡易宿舎の廃屋と、間抜けな彫刻がいくつかあるだけだった。左小竜の仕事は、このパークの警備だ。息も絶え絶えの不動産デベロッパー指定の警備員で、友だちの大師は地元の政府事務所が呼び寄せたパーク監視員だ。一人は不動産デベロッパー指定で、一人は政府事務所が依頼したとはいえ、二人とも彫刻パークの監視警備だった。違いと言えば、この場所で誰も仕事を訊かなければ、不動産デベロッパーが依頼した左小竜はパーク長に当たり、政府事務所が依頼した大師はパーク書記に当たった。彫刻パークはたちまち見渡す限り果てしなく多種多様な植物が生い茂り、たくさんのカモメのような奇怪な大鳥が、いつもパーク内のいちばん中央の、いちばん草木がうっそうとした場所からバサバサと涌き立って、二十キロより向こうの海辺に飛んで行った。見る見るうちに大きくなった鷲《わし》のようなのもいた。当然、この問題で大師と左小竜は言い争いになった。二人は鷲を見てはいなかったから、大師が想像する鷲は合理的な大きさだったところ、左小竜が想像する鷲は、あっという間にパラグライダーに追いつくくらい大きかった。その後の論争の結果、左小竜は妥協した。

「年取ったフクロウ《猫頭鷹》だって、鷲《老鷹》の仲間だろ。両方に鷹の字(注7)を使うからな。俺はフクロウを見たことある。だいたい同じ大きさだろ」

こんな調子で、二人とも納得するのだった。

彫刻パークには外にも多種多様な動物がいて、野ウサギ、野犬、キジ、カモも見かけた。もちろん、飼いウサギ、飼い犬、ニワトリ、アヒルがうっかり入ってしまって、その後、外見はどうでもよかったから、それらと間違えた可能性も排除できない。こうして勝手気ままにかけずり回るのは野生動物なのか、それとも大ざっぱに言う家畜動物なのか、定説はなかった。二人とも生け捕った経験がなかったからだ。それでもある日、左小竜はイノシシを見かけた。大帥にはそうした幸運はなくて、見るのは基本的に野良猫だった。まあどうあれ、ここは間違いなく原野だった。

彫刻パークに通じる道はふたつある。左小竜はどちらかと言えば、走りにくい方を選ぶ方が多かった。その際は、自分はモトクロス・ライダーだと意識して、驚いた野生動物をみんな別のライダーに見立てた。そしてレースに勝った。だから友だちが見かけると、いつも顔全体が理由不明の喜びに輝いていた。鳥や獣を打ち負かしたからだ。

大帥に会った。

「大帥ね、話があるんだけど。でも話していたら間に合わない。用事があるんだよ。泥巴《ニバ》に会いに行かなくちゃ」

そう言うと、スロットルを捻《ひね》って行ってしまった。

泥巴は純情な女の子だ。実際、何が純情なのか誰も知っているわけじゃなくて、それは一種の素振りだった。泥巴にはそうした素振りがあった。この世界に純情な女の子なんかいない。純情らしきものがあるだけだ。

泥巴は美人で、言い寄る連中も少なくなかったけれど、みんな未遂だった。未遂の原因は、泥巴にはその連中はみんな使えない（注8）と分かっていたからだ。使えないのが上半身であろうが、下半身であろうが。泥巴は心を大切に考えていた。眼で見て、ユニークで魅力的な心を持たない男たちは、みんな不健全だった。

　この泥巴の性格が作られた原因を説明するのは難しい。ふつう理解の難しい性格は、理解の難しい簡単な原因から作られる。連続殺人犯は、小さいころ人に思い切り足を踏まれただけなのかもしれない。泥巴は小さいころ、ある映画を観た。そのために愛情の見方が変わってしまったのだけれど、悲しいことに、結局自分が何の映画を観たのか忘れてしまった。それはもう一度観て、自分の成長する間に起こった理解の誤りを修正する機会がなかったということだ。

　泥巴は絵を描き、空想するのが好きだった。両方が補い合って、大量の時間が消費された。絵を描きながら空想できたし、空想しながら絵を描けた。描いた絵をもとに空想できたし、自分の空想をもとに絵を画けた。そんなふうにして一日が過ぎていった。長い間、美術の勉強をしていた泥巴は、以前小学生のとき、グループのメンバーと一緒に絵を描いていたことがあった。ある日、みんなで馬を画きにいった。そのとき、純情な女の子は、みんなと違うところを見せた。男子、女子の全員が提出した宿題の中で、泥巴が描いた馬にだけ一物がなかった。

「恥ずかしいわ」と泥巴は言った。

　それから泥巴の純情は語り種となった。

ずっと、ずっと後になって、自分たちは間違っていたんだと、みんなおそらく気付いただろう。

外のメンバーはスケッチをしているとき、棒があれば棒を、モノがあればモノをそのまま描くだけで、メンバーも大方それが一物だとは知らなかった。でも、少なくとも泥巴はもう知っていた。そしてそれが思いもよらず、泥巴が純情だという最初の証拠になった。

泥巴は道をゆったりと歩き、話し声はか細く、そのすべてが人にいい女の子だとの印象を与えた。泥巴は自分で自分を絵にしていた。

でも、泥巴は左小竜が好きだった。

泥巴は学校に行っているころから、あちこちブラブラしている左小竜がもう好きになっていて、好きな男のモーターバイク音と普通のどうでもいい連中のモーターバイク音の違いを、たとえそれがどれも同じ車種であろうと識別できた。泥巴にして見れば、エンジン音だってセクシーだった。学校では五階のバルコニーに立って、先を見渡すのがいちばん好きだった。前方にスケートリンクがあり、そのころ左小竜はスケートが好きで、——スケートはジョギングより速い、だからスケートだって、男の力量の延長だと思っていたかもしれない。でも、相変わらず泥巴は、左小竜の白いモーターバイクが好きだった。その当時、モーターバイクは赤か黒で、白いのは左小竜のだけだった。

左小竜は一日中タバコをくわえて、帽子を被り、用もなくモーターバイクを走らせた。それは本物の無為の類いで、他人にはまるで大事業を計画しているように見えるほどだった。

泥巴は一年前、左小竜に気持ちを打ち明けたことがあった。絵を一枚描いてあげたのだけれど、描かれた左小竜でひとつだけ違ったのは、タバコがシガレットから葉巻に変わったことだった。泥巴は左小竜に絵を手渡した。ちょうど白いモーターバイクに給油していた左小竜は、絵を見るなり言った。

「ああ、いいね。ただ、タバコがちょっと太いけど。これ、いくら？」

「いいのよ」

左小竜はタバコをもみ消した。

「ああ、俺、最近プアでさ。くれって言われてもないんだ。命くれって言うなら、ひとつあるけど」

泥巴はすっかり俯《うつむ》いてしまった。でも、この人はわたしが好きな人なんだと、内心思った。この男の子が好きなんだから、それから何が口から出ようが、当然、好きじゃない要素が作られようがなかった。でも、万が一気に入ったと言われたら、もっと好きになった。このとき、もし左小竜が「おまえのオヤジ、くたばれよ」と言ったにしても、泥巴の左小竜への思いに少しも影響がありはしなかった。それはブランド・ロイヤリティのレベルだった。

「君、絵を勉強してるのか」

泥巴は頷いた。

「何で俺を描くんだ。描きやすいのか？　俺って、シンプルなのか？」

泥巴は首を横に振った。

左小竜は、丹念に表装された絵を泥巴に三つ折りにさせて、タバコの箱の大きさにしてポケットに放り込んだ。

「どうも」

そして、モーターバイクのエンジンをかけた。

「君、名前は？」

「姓は倪《ニ》で、……」

左小竜はハンドルバーに掛けたヘルメットを下ろした。

「姓が倪？　変な姓だな。俺、今までそんな姓のやつ、聞いたことない。本名じゃないな。瓊瑶《けいよう》(注9)の小説を読むと、よく架空の名前があるよな。この世の中に、倪って姓があるのか。……ああ、そうだ。倪萍《ニピン》(注10)がいた。よし、君の姓は倪《ニ》なん《バ》だな。ハハ、泥巴《ニバ》(注11)」

このときから、泥巴は友だちに限って、自分を泥巴と呼んでかまわないことにした。


泥巴と左小竜が二度目に会ったのも、同じ場所だった。今まで一年が経っていた。左小竜のモーターバイクが停まって静かになると、泥巴が本を一冊渡した。書名は「チェ・ゲバラ」、その下に大きくCHEと書いてあった。

左小竜は手に取った本を左に右にしげしげと眺めた。

「チエ《切》……」と書名を音読した。

「チエっていう姓があるのか？　すげえ変な……」

左小竜は続けて、次に書かれたスペルＣＨＥを音読した。

「車（注12）……」

「あなたに似てると思うの」

左小竜は左側のバックミラーで自分の顔を映し、右側のバックミラーを手で動かして本に描かれたチェ・ゲバラの肖像を映した。眉に皺《しわ》を寄せてみたりするけれど、意見は言わない。すると、チェ・ゲバラの帽子に付いた赤い星を指した。

「こいつ中国人なのか？　ああ、違うな。外国人だ。ソ連人か？　いや、それも違う。だったら、チェ・ゲバラスキーだもんな。誰なんだ」

「読めば分かるわ」

「俺は本は読まない。読む時間はない。こいつは味方なのか、敵なのか？」

「中国人の味方みたいよ。国際共産主義運動の戦士だから」

左小竜はしばらく考えた。

「ああ、それじゃベチューン（注13）の友だちだな」

泥巴はちょっと言葉が続かなかった。左小竜はヘルメットを泥巴に放ってよこした。

「被れよ。ドライブだ」

泥巴はヘルメットを被ったけれど、あご紐を締めようとしなかった。

「おまえたち学のある連中は、うんと本を読んでても、命を守るモノをどう使ったらいいか全く知らないんだな。ほら」

振り向いて、きちんと泥巴のあごのベルトを締めてやると、泥巴を乗せて走り出した。それは春、春の半ばは独立した気候だ。陽射しは降り注ぎ、ちぎれ雲は雲間から突き抜けて、空を吹く風はスカートをはたはたと揺らす息吹のようだ。左小竜は何も喋らず泥巴を乗せて、ゴミ置き場の前にやって来た。泥巴を降ろして自分のヘルメットを脱ぎ、泥巴のヘルメットを取った。

「おまえ、恋愛小説、よく読むのか」

「読んだことない」

それからしばらく沈黙した。

泥巴が顔を上げて口を開こうとしたとき、左小竜はいきなり泥巴の後頭部を支えて長いキスをした。し終えると、周囲の生活ゴミを指差した。

「俺、女のロマンを追っかけるのがいちばん嫌いなんだ。わざわざおまえをここに連れて来たのは、臭いし汚いからだ。いいか、現実ってのは、おまえの想像するようなもんじゃない。すごく残酷なんだ。どうだ、ここでファーストキスしてロマンチックか？　ロマンチックか、ロマンチックじゃないのか？　どうなんだよ」

泥巴は心の中で思った。

〝マジ糞ロマンチックだわ。現実って、すごくクール《好酷》〟

左小竜は当てもなくツーリングを続けた。泥巴は左小竜の背中にもたれて、何も怖くなかった。

それから二人は何も言わなかった。群雲はだんだん厚くなり、陽射しは柔らかく、ありとあらゆるものを金で縁取った。モーターバイクの燃料タンクは八リットルの容積で、このマシンは百キロメートル走って三リットル消費した。見ると、フロントの燃料警告灯が点灯していた。残りは、あと一リットルだ。走りに走って、モーターバイクはガス欠になりかけていた。二人は、二十キロメートル余りを走ったことになる。その時、ちょうどうまい具合に辺りが暗くなった。

二人は黙々と食事をした。泥巴はずっと左小竜を見て、左小竜はずっと料理を見ていた。食べ終わると、左小竜はモーターバイクをスタンドまで押して行き、燃料を満タンにした。ヘッドライトを点けた。

「寒くないか」

「寒い」

「よし、暖まろう」

ホテルの前でモーターバイクを停めたとき、状況からして、一晩百元は超えるわけにはいかないなと左小竜は思った。残りの金があまりないとはいえ、女の子一人買うのと比べたら、とにかく安くてラッキーだ。フロントにこう尋ねた。

「いくら？　シングルルームで」

古臭くて重苦しいデザインのフロントと、年寄り臭くて冴えない身なりのフロント嬢が周囲を厳めしいものにしていた。ホテルの壁は掛け時計でいっぱいで、ひっきりなしに世界各地の客を招き寄せる淫靡《いんび》な雰囲気を作り出している。北京時間は正確だったけれど、外はどれもいい加減だった。時計の中央に絵が一枚掛かっていて、そこには松と水の流れ、それに鷲と虎が描かれていた。

フロントは、電卓で価格を計算した。

「二百二十元。保証金が三百元」

左小竜は財布を覗いた。二百二十元しかなかった。とっさにホテルの回転ドアはセキュリティX線検査器で、客のプライバシーデータがフロントへストレートに伝わるんじゃないかと疑った。緊迫した状況になった。

「わたし、ここに……」

泥巴に手を振って、いいんだという仕種をした。手持ちの二百二十元をすっかり取り出して、ヘルメットをカウンターに置いて言った。

「これをデポジットで預けるから。値打ち物だよ」

左小竜と泥巴が部屋に入ると、左小竜はカーテンを開け、二人で窓の外を見た。すると、ちょうど通り掛かりが顔を上げて、二人の姿を見て怒鳴った。

「何、見てんだよ。バカッたれ」

すぐさまホテルのガードマンが出て来て止めようとした。路上の通り掛かりは話しもしないで、いきなり殴りかかったので、ガードマンは手にした電気ショック棒で、直に相手を突き返した。相手の通行人は何も反応しなかった。二人ともしばらくあっけにとられた。誰も電気ショック棒の効果を目にしたことがなく、一人は自分の反応を、もう一人は相手の反応を待ち続け、階上ではふたつの姿が二人の反応を眺め続けて、その結果、十秒が経過した。いったい反応するのかしないのか、二人とも反応がないままだった。目に見えて邪悪な一方が、やはり先に気が付いた。

「おまえ、バッテリー切れだ」

怒鳴って、ガードマンの顔に平手で一発食らわせた。すぐに大勢の人だかりができて、パトカーがたちまち到着した。

そこまで見て、泥巴は先に身体を洗いにバスを使った。左小竜は窓辺で成り行きを見ていたけれど、それからバスに行った。戻って来ると泥巴はベッドに横になっていて、警光灯のきらめきがカーテンを透かして天井と壁に投影されていた。それからたちまちやって来た救急車のルーフ灯がパトカーの警光灯の鋭利な、部屋を照らす一片の光を和らげた。左小竜がカーテンをきっちり閉めに行くと、遠くではもう霧が立っていて、地上の人たちは舞い降りる水蒸気に少しずつくるまれ始めていた。

泥巴は布団に入って、テレビを見ているふりをしている。

左小竜が振り向くと、泥巴が言った。

「わたし、生理になっちゃったの」

警官が下で怒鳴った。

「さあ、さあ、行った、行った。解散しろ」

泥巴は続けた。

「でも、そんなの関係ないわ」


その夜、左小竜は泥巴を家に送った。深い霧は辺り一面に立ちこめて、月のない夜が、前方の道をいっそう希望のないものにしているように見えた。灯光は闇夜を切り裂けるけれど、濃霧はどんな事物も終始切り裂けられはしない。でも、左小竜のモーターバイクはそれができるみたいだった。二人は時速百キロで、視界五メートルの霧の中を走った。左小竜をぎゅっと抱きしめた泥巴は、安心して身を委ねていた。左小竜は霧の中を突っ走るのが大好きで、霧が出たのを見たらすぐにモーターバイクを押して出て、霧が深くなればなるほどますます心は弾み、家に着く度に大災害から生きて還ったと大いに満足だったけれど、霧があまりに深かったので家が見付からなかったことが二度あった。外国に行こうとは思わないけれど、行くとしたら絶対にロンドンを選ぶ。霧の都だからだ。十五分爽やかな時間を過ごしてから、モーターバイクを停めた。あまりに爽やかだったので、一息入れなくちゃと思った。こんな濃霧は最後かもしれない。何て変な天気なんだろう。もうすぐ夏だ。なのにまだ深い霧が出るなんて。

「おまえ、何で俺がギャンブル好きじゃないか、知ってるか」

「何でなの？」

「こいつが、いちばんエキサイティングなギャンブルだって思わないか」

泥巴はアハハと笑った。

「俺、何でヤクやるのが好きじゃないか、おまえ分かるか」

「どうして？」

「こっちの方がヤクよりスカッとすると思わないか？」

「エエ？」

「すごい霧の中を走るんだ。興奮するぜ。神経、ぶっ飛んじまったみたいだ。停まったとき、体中メチャクチャ気持ちいいと思わないか？」

「ごめんね。わたし寝ちゃってたの」とムニャムニャした。

町に着いたら、深い霧はまるで街中の貪欲な人類にかなりの量を食われてしまったみたいに、視界が百メートル先まで見渡せるほどになっていた。左小竜は泥巴を家まで送り届けた。

「行けよ。おまえのパパとママ、こんな遅くに帰って来て、きっとご機嫌斜めだぞ」

「パパとママに言ってあるの。今日はクラスメートの家に泊まるから、帰らないって」

左小竜は慌てた。

「早く言えよ。もう部屋はチェックアウトしちまったんだ」

「大丈夫よ。お金はあるから」

左小竜は怒った。

「おまえの金、使えるわけないだろ。しまっとけ。俺に考えがある」

実際、泥巴と一緒にその晩を過ごしたものかどうか決めかねた。泥巴をそれほど好きなわけでもないし、これはみんな泥巴が自分をあまりにも好き過ぎるからだと思った。一方で微かにだけれど、この世界でこんなに安上がりなことがあるだろうか、こんなにうまい具合に望みがかなうなんてこと、あるだろうかとも思った。

でも、いないよりはましだ。幸い泥巴は体温が三十七度あって、暖を取ったり、足を温めるには充分過ぎるほどだ。左小竜はよくよく考えてみた。

「よし、じゃあ俺にくっつけ」

「それって、……あなたと一緒だっていうこと？」

「そうだ。おまえは俺とくっつくんだ」

「うん」

「よおし。これでおまえは俺の女だ」

左小竜は泥巴を連れて町をウロウロした。小さい町だったので、トロトロ走らなくちゃならない。そうしないとクルクル目が回ってしまう。通り掛かりのジャンク屋の前で、モーターバイクを停めた。

「どうしたの？」

左小竜は息をひそめた。

「聴いてみろ」

店では強烈なディスコミュージックの歌が流れていた。

姐さんたちがやって来た　お仕事やりにやって来た
ただ放蕩者《ほうとうもの》を釣るためよ
放蕩者はお馬鹿さん
アレやりたくて仕方ない
兄さん勘定払うなら
ちょっぴり手を貸したげる
兄さんその気を出したなら
ちらりちらりと見せたげる
兄さんお金を払うなら
胸の辺りをお触りよ
兄さん大枚はたいたら
それならパンティー脱いだげる
見せてあげても触らせない

こらえ切れずにまた言うの
もっと深入りしたいのね
もうだめだダメだと姐さんに
もうだめだダメだと姐さんに
兄さんすっかり耐えられない
車に乗るかと姐さん訊けば
もうお金がないだって
もうお触りさせないと
兄さんたちまちカッとする
そしたら交番連れて行け
そしたら交番連れて行け
交番に連れて行け

すぐ近くで聴いていた左小竜の毛穴は膨らみ、瞳は縮んだ。店のマスターに近寄って、声を掛けた。

「マスター、止めろよ」

マスターは手にした雑誌『某高官女学生十人を囲う』を下に置いた。

「あんた誰？」

「店で流してるやつ、ムカつくんだ。あんたの広宣思想は間違ってる。俺は認めない。こいつは社会を害するんだよ」

マスターは、しばらく呆気にとられていた。

「あなた、都市管理局の人なの？」

「いや、俺は左小竜という者だ。ただの一市民だ」

マスターはどっかと腰を下ろして、雑誌を読み続けながらブツブツ言った。

「びっくりした。市民かよ」

左小竜はプレーヤーを取り上げて、曲を止めた。

「あんたのディスクは没収する」

マスターは落ち着いた様子で一ページめくり、ケータイを取り出して警察に連絡した。

警官と補助警察員（注14）はすぐにやって来た。左小竜はモーターバイクに座ったままで、泥巴はどうしていいか分からずに見ている。警官が左小竜の前にやって来た。

「君がＣＤプレーヤーを取ったのか」

「あんた、ＩＤカードは？　見せてくれ」と左小竜は言った。

目の前に立っているのが本物の警察官だと認められるとはいえ、警察官にＩＤカードを出させた左小竜は、心中愉快だった。

「よし、署に行って取り調べようか」と、警官は手錠を取り出した。

左小竜は警官を押し返した。

「どういうことなのか、あんた分かってるのか。このCDの中味、聴いてみろよ」

呆気にとられた警官は、すぐに政治的な神経がピンと張った。万一流れているのが反動的スローガンだったら、誤認逮捕になると思った。即座に店のマスターに指示した。

「流せ」

マスターが面倒くさそうに再生ボタンを押すと、またディスコとラップが鳴り響いた。警官はずっと辛抱強く〝交番に連れて行け〟まで聴き、しばらく思案してから、左小竜の方に向き直った。

「問題ない」

左小竜は大声を出した。

「この広宣思想は、間違ってる」

警官の頭の中に、あの文句だけが残っていた。

〝交番に連れて行け〟

警官は言った。

「交番に連れていけ、の何が間違いなんだ。よし、これは民事紛争の領分だ。こうしよう。各自がそれぞれで対処せよ。周りの者はいっさい構うな」

左小竜は折れない。

「ダメだ。社会に害があるんだよ」

「害があるかないかについては、本職は上位の宣伝部門から通知を受けていない。マスターがここで流しても、音が住民に迷惑を掛けていなければ合法だ」

「なら、あいつは迷惑を掛けてる」

店のマスターは、周囲の見物客に訊いた。

「私のこの音楽、迷惑ですかね？　みなさんは迷惑ですか？」

周囲の人たちは笑った。

「いいや」

「ほら、実際はおまえの方が人に迷惑を掛けてるんだ。聴きたくなければ、おまえが好きなのを流せばいいんだ。マスターのをかき消せばいいんだよ」

警官はそう言うと、スロットルを捻るや、さっさとモーターバイクで行ってしまった。地位がちょっと低い補助警察員は、電動自転車で後を追おうと、両足で必死にペダルを踏み込んで走り始めの動力を補おうとした。二人は霧の中に姿を消した。

泥巴が左小竜を突いた。

「行こうよ。係わるの、やめよう」

「いや、俺は放っておけない」

「どう放っておけないんだ」

マスターはまた再生ボタンを押した。お兄さん釣りの歌がまた響き渡った。周囲の見物客はおかしくてたまらない様子で、一人が言った。

「兄ちゃん、もういいだろう」

数秒間、呆然としていた左小竜は、突然モーターバイクのエンジンを掛けた。ギヤを入れて、アクセルを思い切り捻った。一瞬のうちにエンジンと排気管の音が音楽をかき消した。マスターは驚いた。まだ突っかかるとは思いもよらず、音量を思い切り上げた。けれどCDプレーヤーの音量では、エンジンの前にはメロディーにもならない。蚊の鳴くような音でしかなかった。街路中にモーターバイクの高回転エンジン音が鳴り響いた。まるで霧がすっかり追い払われて、空気もちょっと暖まったみたいに思えた。

モーターバイクに跨がる左小竜は目付きがすっかり変わり、断固とした表情は彫刻のようだ。泥巴も周りの人たちも一体どうしたのかと、言葉も出ない。

左小竜はCDプレーヤーの方を見ながら、右手はひっきりなしにスロットルを吹かして、少しも気を緩める気はない。ますます胸を高々と張って、口元には笑みさえ浮かべた。

一分余りの間、周囲の人たちは凍り付いたままだった。左小竜がさらにスロットルを力いっぱい捻ると、エンジンのスロットルバルブは一気に全開になり、排気管の咆哮《ほうこう》が天地に轟《とどろ》いて、人混みはまるで音波で切り裂かれるようだった。突然、ボオンと大音響が、続いてカラカラと不快な音がして、左小竜のカワサキ・ゼファーはエンジン部から煙を濛々と立ち上げた。メーターパネルのエンジン回転数はゼロに落ちてゼファーは数回小刻みに震えると、それから周囲は死んだように静かになった。聞こえるのは、ＣＤプレーヤーが流す曲の最後の歌詞〝そしたら交番連れて行け　交番に連れて行け〟だけになった。

数秒後、かなり離れた場所で「アアッ」と声がして人が倒れた。人だかりがざわざわして、口々に一体どうしたんだと言い始めた。

左小竜はしゃがみ込んで、エンジン部分をずっと見つめたまま身体を起こさない。地面はオイルだらけだった。

「どうしたの？　わたしたちのモーターバイク、どうしたの？」と泥巴が訊いた。

「エンジンブローしちまった」

左小竜の声は力がない。

「それで、どうして人が転んだの？」

左小竜は顔を上げない。

「知らないよ」

あっという間に救急車がやって来た。アアッと声を出した人が頭を抱えて救急車に担ぎ込まれた。パトカーも到着して、警光灯の光の群れが次々に明滅し始めると、左小竜はボウッとなって、まるで泥巴とホテルの二階で見た地上の光景に戻ったように感じた。警察は捜査したけれど、現場でその人がどういうわけで頭から血を流しているのか分からず、左小竜も何ら違法なことをしているわけではなくて、ただ人中でエンジンがブローしたに過ぎず、製品の使い方が不適切だったということだった。警察がまた集まった人たちを追い払ったので、みんな口々に「帰って寝ようぜ」と大声で言った。

左小竜は地面に腹ばいになって、いちばん暗く調光された街路灯の微かなオレンジ色の光を頼りに、手探りで周囲に散らばったエンジン部品をひとつひとつ拾い始めた。手はオイルまみれになった。それから泥巴を遠くまで店に走らせてビニール袋を買って来させると、バラバラになったエンジンのブッシュやピストン、クランクシャフト、コンロッドなどをビニール袋に放り込んだ。けれど、金属部品の周囲はどこも尖っていたので、ビニール袋はすぐに破れてしまって、中味はみんな地面にこぼれ落ちた。

「ダメだわ」

「たぶん繋ぎ合わせれば、部品はまだ使える。泥巴、ちょっと丈夫な袋を探してきてくれないか」

泥巴はまた大急ぎで遠くまで走って、書類バッグを買って戻って来た。左小竜は部品をバッグに入れてファスナーを締め、手を地面に擦りつけて拭くと、モーターバイクを押した。泥巴も脇でそれを手伝った。二人は懸命に押して数時間、修理屋の店先にたどり着いた。

「俺、もう動けない。ここでちょっと休もう」

「うん、そうね。それがいいわ」

「ここでちょっと寝られる。少ししたら、店も開くから」

「明日、わたしたちのモーターバイク、うまく修理できるかな？」

「分かんないよ。俺には」

「どこが壊れたの？」

左小竜は面倒くさそうに言った。

「エンジン」

「それじゃあ、それじゃ新しいのに替えようよ。高いの？」

「分からん」

「悩んでるの？　大丈夫よ。お金あるもの。わたしたちのモーターバイク、エンジン交換してあげられる」

「いいんだ」

「大丈夫だったら。エンジン買ってあげる。新しいの見たら、わたし、もっと嬉しいんだから」

「いいんだ」


ちょうど傍の幹線道路上をトラックが一台通り過ぎた。トラックのライトが左小竜のゼファー・バイクをさっと横切ると、車体はまだオイルを滴らせていた。左小竜は胸中悲しくて仕方がない。いちばんの相棒が死にそうに思えて、涙が今にもこぼれそうだった。すぐにヘルメットを被ってシールドを下ろした。

「どうしたの？　真夜中にヘルメットなんかして」

「俺、いびき掻くから。うるさいと思ってさ。早く寝ろよ」

泥巴は起き上がって、左小竜のヘルメットを外そうとした。

「いいのよ、大丈夫よ。わたし、あなたのガールフレンドでしょ。あなたの手、こんなに汚くなっちゃったけど、わたしを抱いても全然平気よ。外すの手伝って……」

左小竜は遮った。

「寝ろ」


あっという間に明るくなった。修理屋はいつまで経っても開かなくて、街頭に人があふれ始めた。みんな生き生きとしているように見える。左小竜はくたくたで、見ると泥巴は胸の中でぐっすり眠っているので、そのままにしておく外はなかった。明けた日は曇天で、少しも陽射しが降り注ぐ気配がなく、吹く風も秋のようで、柔らかな青葉でさえ舞い落ちるのがあるくらいで、空はぶ厚いファンデーションを付けたみたいだった。左小竜はずっと小便をしたかったけれど、泥巴の頭が自分の膀胱《ぼうこう》の部分を押し付けていたので、いっそう辛かった。でも泥巴が熟睡しているのを見たら、実際起こすには忍びなかったし、それに泥巴が目を覚ましたときに、まず「俺、オシッコしたい」じゃあ、ヒーローの気概が示せない。ああだこうだ考えたけれど、結局どうにもならなかった。

そのとき、急に泥巴がピクリと動いて、左小竜はまるで妊婦が胎児の動きに感動したみたいに興奮した。その勢いで泥巴を起こした。泥巴は目を覚ましてもぼうっとして、目を見開いて周囲を見回しても何がなんだか分からない様子だったけれど、左小竜の姿にピントが合うと、口をとがらせた。

「わたし、トイレ行きたい」

左小竜は落ち着いて言った。

「俺がついて行こう。外を見ててやる」

二人はすぐ近くの角に行き、左小竜は角で立ち番をする振りをしながら、大急ぎで用を済ませようとした。急いでモノをしまおうとして、慌てて自分の手にも漏らしてしまった。周囲にどこか水を流せる所がないかと見回しながら手を地面でこすった。よく見たら、昨日オイルで真っ黒になった手がちょっときれいになっていた。

そのとき泥巴も用を済ませた。髪の毛がボサボサだった。

「トイレ行かなくていいの？」

「大丈夫。平気だ」と左小竜は言った。

その途端、泥巴の崇拝心は跳ね上がった。映画作品やテレビ番組では、アイドルやヒーローは、ふつうトイレには行かなかった。

左小竜と泥巴がゼファー・バイクの前に来ると、突然、泥巴は悲しげになった。

「これ、完全に死んでしまったの？」

「女ってのは、まったく。こいつはただの機械だぜ。エンジンはただの機械の機械だ。今、機械の機械が壊れた。なら交換だ。おまえのボールペンの芯がなくなったのといっしょだ」

「おまえ、学校に行かなきゃいけないんだろ」

泥巴はこくりと頷いた。

「この格好のまんまでか？」

泥巴はまた頷いた。

「アーアッ、おまえと一緒だとついてねえな。けど、おまえのせいじゃない。先に行けよ」

「じゃあ、いつまた会ってくれる？」

「それは、……モーターバイクの修理が終わったらだ」

泥巴はすぐに訊き返した。

「修理できなかったら？」

「それはない。すぐできる」

泥巴は安心した。

「じゃあ、絶対早く直してね。わたし、お金あるから、新しい機械に替えてもらえばいいわ。そうすれば、いちばん早いわよ」

左小竜は答えず、泥巴に手を振った。泥巴は二度振り返ってゼファーを見て、未練気にその場を離れて行った。

左小竜は身体がすっかり軽くなり、のびのびできるようになった気がした。でも、ゼファーはエンジンブローしちまった。自分には乗りこなす力が足りないと思う。泥巴に対しても急に自信をなくしてしまった。元々、強く逞《たくま》しい振りをしていたし、この可愛いモーターバイクが自分にたっぷり力を与えていてくれたのだけれど、それが目の前には……ア〜アッ、ちょうどインドの航空母艦(注15)が海に沈んだ気分だった。


修理屋で診てもらったところ、ゼファーのエンジンはもう修理不能で、新しいものに交換するしかなかった。新しいエンジンは一式まるまる市場から探してくる外になく、それでも見当たらなくて、もし日本の中古パーツ市場からさらに探してくるようなことになれば、少なくても一週間、長ければ一ヵ月必要だった。このエンジンは五千元かかった。

それで左小竜は掛け持ちの仕事を見付けた。本当のところ、彫刻パークの監視員は、大師が一人いればよかった。ふだん左小竜は外でブラブラしていて、彫刻パークには実際、金銭的価値のあるものは何もなかったから、金目のものといったらこの土地くらいだったけれど、持って逃げられるわけがない。ふだんいちばん多い来場者は野合の人たちで、車か歩きでやって来た。左小竜は邪魔をしないで、見かけたときには迂回《うかい》していた。祖先を祭る社は取り壊しても、縁は壊さずにみんな野合する方がいい、とよく言われる。避妊具やティッシュをむやみに捨てなければいいのだ。社会にどんな危害も及ぼしたりはしない。ちょっと権利を手にしたからと、それを振りかざして来場者に物言うのは、人の道に反する。でもその点、大師は左小竜と違って、容赦なく懐中電灯を照らした。

「何してるんだ」

この言葉を口にすると、大師は爽快だった。爽快に違いない。意識的か無意識かは別にして、製造中の命をいきなり青天の霹靂《へきれき》、間接的に絞め殺すのと同じで、人を殺してもそれを償う必要がなければ爽快に決まっている。その点、左小竜と大師には大きな違いがあった。左小竜は祝い事だと思っていたけれど、大師の方は「絶対に止めさせなくちゃいかん。少なくとも俺の縄張りではだめだ」と思っていた。

大師はこう例えた。

「ある日、自分の家の中で、誰かが客間でいやらしいことをしているのに突然気付いたら、おまえは放っておけるか」

「ここはおまえの家じゃないぞ」

「俺の土地だよ」

「どこにおまえの土地(注16)があるんだよ。どこにおまえの家がある土地があるんだ。どこにおまえの土地がある土地があるっていうんだよ。じゃあ、もういいよ」

このことを除けば、二人は同じ土地を監視警備してお互いを尊重し合っていて、二人とも自分の能力からすれば、使われなくなった土地の警備員なんて軽いと思っていた。でも実際、いい仕事だった。この世界で、食われずにすむどっさり山のような動物と一緒にいられて、おまけに餌やりは不要で毎月金が入るのだから、自然の健康的な職業と言えた。左小竜が見付けた兼職は、温度計を作る亭林鎮の小さな工場で働く仕事で、その温度計工場で任されたのは、……温度計の製造だった。職責は最後のプロセス、温度計の包装と計測テストで、品質総合検査に相当した。でき上がってきた温度計を口にくわえて、三十七度になるかどうかを見た。左小竜は体温が正常の三十七度だったけれど、それが悲しく思えた。自分の体温は通常の人間とは違うと思っていたからだ。以前小学生のときに体温を測ったことがあり、クラスにはいつも三十五度五分の同級生がいて、みんなが変に思っていたのだけれど、左小竜はそれが羨ましかった。それで、一度苦心して外の人と違う体温にしようとしたことがあった。温度計を歯で噛んで、舌と口腔内の壁に触れないようにしたところ、結果はやっぱり三十七度、少しも変わらなかった。息が三十七度だったからだ。

作業のスピードを上げようとして思案した。腋の下と肛門の温度には一定の法則があるのを知って、いつも口に五本、両腋にそれぞれ五本ずつ、肛門にもさらに五本挿して、これを自分の極限バージョンと名付けた。身体の各部から温度計を抜き取り、温度とでき具合をその都度綿密にチェックして間違いがないと確認したら、紙で一拭きして包装して、全国各地に出荷した。

この仕事を三ヵ月やれば、エンジン一台を手に入れられた。

彫刻パークで大帥と顔を合わせた。

「大帥、前に言ったよな。用があったら探しに来るからって」

大帥は見回りをしていた
「覚えてないな」

「おまえ、ずっとここで彫刻パークの警備をやるつもりなのか」

「いいと思うんだけど。俺は野心なんて考えたこともないし、何か商売やらなきゃいけないんなら、この仕事、毎日何もやる必要ないし、実入りだってそう悪くないから、捨てる気はないね」

「捨てないさ。でも、コーラスができるじゃないか。この前、言おうとしたのは、それだよ。俺たちには土地がある。な、土地があるんだ。コーラスをやって、一ヵ月後にはコーラスのコンクールがある。参加するんだ。絶対に入賞するさ」

「賞品は？」

「おまえは了見が狭いな。名誉だよ。それに仲間もできる」

「仲間を作って、どうするんだ」

「考えてみろよ。俺は小さいころから指揮がしたかった。合唱団の指揮だ。今がそのチャンスなんだ。俺たちには場所がある。こんなにでかい土地だ。練習はできて、発展させられる。仲間だってすごく大勢になって、ふだんやることだったら何だって思いどおりにできて、俺の、……俺たちのこの彫刻パークを小さな国みたいにするんだ。ひょっとしたら、何か産業も興せるかもしれない。金も稼げるし、もちろん、儲《もう》かるか儲からないかは、いちばん大事なことじゃない。いちばん大事なのは、キジやカモがいるだけじゃだめなんで、ここにはすごくいい土壌があるということなんだよ」

大師は怪訝な顔をした。

「なら、おまえがやればいいだろう。俺は歌なんか歌えねえよ」

「一緒にやるんだよ。いい仲間だろう。やろうぜ」

大師はまだ胡散臭《うさんくさ》げだった。

「おまえ、何でしゃかりきになって俺を引っ張り込むんだ」

左小竜はしばらく考え込んだ。

「でなきゃ、おまえはすごく孤独だろうが」

そう言ったら、鳥肌が立った。そこまで必死になって大師を引き込もうとしたのは、大師は安全な人間だけれど、うっかり口を滑らせないように、自分の近くに縛り付けておかないといけないと判断したからだ。

彫刻パークに夕暮れが近付いて、そこら中で色々な動物の鳴き声が響いた。

「まず十人要るな。亭林鎮合唱団と呼ぼう。一ヵ月かけて練習すれば、きっとうまく行く」

「で、メンバーはどこから連れてくるかだ」と左小竜は言った。

二人はカエルや虫の鳴き声に、長い間黙っていた。

「こうしよう。あのさ、学校の生徒を使う方がうまく行くはずだよ。小学生を見付けようぜ。小学生のアピール度って高い方だから、賞を取りやすい。小学校の校門で誰かいじめられてる奴を見付けて、そうしたら俺たちが出張ってだな、正義の味方をやるんだ。追っ払ったら、合唱団に入らないかと話す。組織があったり社会団体があったりすれば、いじめられないからな」

「いいだろう」と大師は言った。

「今から行こう。善は急げだ。俺がおまえのモーターバイクを運転するから、おまえは後ろに乗れよ」


左小竜は再びモーターバイクに跨がり、大師を連れて意気高らかに小学校にやって来た。二人はずっと待っていたけれど、小学生は一人も現れなかった。

「どういうことだ。もう学校は退けちまったのかな」

大師はちょっと考えた。

「いや、今日は日曜日だ」

「乗れよ。町を流そうぜ。ターゲットを拡大だ。必ずしも小学生がマストということじゃない」

二人はモーターバイクで町をあちこち回った。突然、左小竜はバイクを停めて、エンジンを切った。

「聴いてみろ」

大師はじっと耳を澄ました。

風に乗って、歌声が聞こえてきた。

草は見渡す限り青く　霧は果てしなく白く　水の向こうに美しい人はいた
草は青々と生い茂り　霧は濛濛と白く　汀《みぎわ》に美しい人は暮らしていた
わたしは流れを遡り　あなたの傍に寄り添いたい　けれど行く手は危険な早瀬
路は遠くまた長い
わたしは流れに棹《さお》さして　あなたの行方を尋ねたい　けれどあなたは朧気に
水の只中《ただなか》いるかのよう(注17)

「おい、大帥、すごくいいなあ。歌うんだったら、やっぱり唐詩三百首(注18)だな」

歌声はだんだん近くなって、女の子が一人小型スクーターに乗って、二人の前を通りかかった。

「おい、すげえ美人だぜ」

大帥は目を凝らした。

「あの子、俺知ってるぞ」

狭い土地とはこんなもので、ある女性の容貌がひときわ抜きん出ていようものなら、大きくなってから、その評判は間違いなく遠くにまで広まる。マスコミがニュースで宣伝するまでもない。口コミだけでいい。まさにそのとおりだ。この子は地元の若い男たちのホルモン分泌を促し得たし、目の前からいなくなってしまうまで、話題はその子のことで持ちきりになった。正真正銘の逸品はいつも大都市のもの、全人類のもので、……、どっちにしろ、俺たち個人のものじゃなかった。

左小竜は大師が「あの子、俺知ってるぞ」と言うのを聞いて、無意識に大師の顔を見たから、じっと眺めるチャンスを失った。でも、まだチャンスはある。大師のモーターバイクは女の子のスクーターよりちょっと速くて、そのうえこんなにたくさん歌の文句を聴けて、この子は本当にゆっくりスクーターを走らせながら、こんなふうにあちこち行ったり来たりできるんだし、ずっときれいな容姿でいられるんだ。左小竜は大師のモーターバイクで後に付いていき、落ち着き払った様子でスクーターを追い越して、ちらりと見た。女の子は楽しげに視線を受け止めた。左小竜はその眼差しに、誰なのか思い出した。二年前の公会堂だ。あそこでこの子を好きになった。黄瑩《こうえい》だ。

男には人生で二人の女性への幻想がある。一人は清純な女性、もう一人は色っぽい女性だ。もちろん、それは二人の女性でなければいけないのであって、一人の女性に合わさったものではない。このふたつが確実に合わさった人がいたとしても、肝心なのは、それはやっぱり一人の女性だということで、男はいつだって何でも二人の女性を望んでいる。黄瑩はふつうの人には一目見て色っぽく、事実、黄瑩は確かに色っぽい。婀娜《あだ》な人は一言喋っただけで世界中の人にたちまち脈があると思わせるし、そのうえ妄想をたくましくさせてしまう。黄瑩はそういう子だった。

黄瑩はこの地では社交界の華だった。社交の要請があれば、いつでも決まって現れた。この町では、毎年冬になると新年の歌と踊りの大会があって、文化芸術がこの町の特色だった。それはずっと前からこの町の名前を世に広く知らせたレパートリー——黄花村《こうかむら》農民劇があるからだ。それは崑《こん》劇《げき》(注19)の変わり種で、古くは起源を遡ること一九五五年、その地の大衆文化生活を豊かにする責任を負った村の娘、黄小花《こうしょうか》が崑劇を勉強してから、その後に土地の娘たちに教えたものだ。けれど黄小花は生まれつき頭が悪かったから、能力が低く、音楽の資質に欠けていたので、広まっていく過程で形が崩れて別のものができて……。余計なこととは言え、基本的にすべて新生芸術は、学習して伝播《でんぱ》する過程で形が変わっていった産物なのだ。村の娘はみんな真面目に勉強して、その年の文化芸術コンクールでそれまで誰も見たことがない……ものを演じた。ところがそのフェイク版の演劇は、労働者の文化芸術に対する現状によくマッチしていて——手に入れたのは、永久に元の形をなくした文化芸術だった。それ以降、この演劇の形はあっという間に各地に広がり始め、後には黄花劇《こうか》と呼ばれて、一時は黄梅劇《こうばい》(注20)と同じように有名になり、「ふたつの黄《こう》（双黄《そうこう》）」と呼ばれて、村も名前を黄花村と改められた。

　この町の歴代リーダーは「文化芸術」の看板が好きで、常に文化芸術に係わる色々なコンクールを開催しただけでなく、「文化芸術をステージに、演劇で経済発展を」、こんなふうな全国のくだらない地域ならどこでも好む俗悪なスローガンを考え付いた。「文化芸術をステージに、演劇で経済発展を」どんなふうにやればできるって言うんだ。この世界には「文化芸術は恥さらし、演劇はソロバン勘定」しかないのに。すべては風流気取りをしたいためだった。特色のない市や町があまりに多かったから、知恵を絞りに絞って何らかの特色を付けた。例えばこうした地の農民は絵が描けたし、豆腐は特別に臭いし、娘は好き勝手に寝たし、企業は税金を払わない等等等々、こうしたことは犬のクソかもしれないけれど、もしこの土地に特有な犬のクソだったら、それはいいモノだ。亭林鎮の文化芸術は、こんな犬のクソだった。

黄瑩は毎年、新春文化芸術の夜会が開かれると、決まって顔を出して、歌やダンスでとても人気があった。重要な点は、この地の文化部門に加わっていなかったので、給金を払わなくてよかったことだ。政府トップの覚えもとてもめでたくて、民間と役所の両方に可愛がられる数少ない存在だった。歌とダンスがひたすら好きで、そのうえ自分の姿態を見せたがるから、誰もが黄瑩を色気づいていると思った。いったい黄瑩はどういう子なのかと、実証研究した人はいなかった。黄瑩を追っかけるにしたって、とても矛盾していて、一方で男たちはみんな目の色を変えたけれど、その一方でうわべでは気を付けろ、こういう女と寝るときには、絶対にコンドームを付けろと講釈を垂れた。ひでも、仮に天から黄瑩とベッドインするチャンスを与えられるとしたら、条件がふたつあった。ひとつはコンドームを付けないこと、もうひとつは自分の家の母さんが寿命を一年縮めることだったけれど、大部分の男は勇猛果敢に突き進んだ。これは本当に悲しいことだったし、おまけにこの町の環境汚染はますます悪化して、老人の寿命はますます短くなっていて、寿命の一年短縮は人生が定めた河の流れのもとでは大したことはないにしても、人生の特定された場では、やり終えて家に帰ったら、母さんは死んでいたなんてことが充分あり得るのだった。

左小竜は黄瑩がずっと好きだったけれど、そうした好意は一種、何の予感もなく様々な思いが同時に湧いて出た好意だったから、これまで心に留めるようなことはなかった。今日こんな場所でばったり会って、左小竜に突然ある考えが浮かんだ。

「大帥、おまえ黄瑩をどう思う？」

「ああいう女と寝るときは、絶対にコンドームが必要だな」

「そういうことじゃない。あの子を合唱団に引き入れる、というのはどうだ」

「小学生を使うって言ったんじゃないのか。ああいう女がいると、みんなチヤホヤ気は散りまくり、やる気なくしてふにゃふにゃになっちまうんじゃないのか？　ＴＶドラマじゃ、いつもそんなふうだぞ」

「違う、違う。ちょうど声楽パート《音部》（注21）がひとつ欠けてるんだ。そのパート《音部》がないと合唱団は絶対ダメで、黄瑩はそのパート《音部》なんだ。ちょうどぴったりだ。確かだよ」

大帥は急に言葉に詰まって、ばつが悪そうになり、口を開くのにしばらく時間がかかった。

「小竜さ、おまえの話な。いきなりストレート過ぎるぞ。俺たちコーラスに一人、陰部がいないのは認めるよ。でもよ。黄瑩は納得するかな？」

「おまえが行って話すんだ」

「どう言うんだよ。何でおまえが行って言わないんだ」

「俺はコーラスの部長、おまえは副部長。映画や劇の監督と助監督の関係といっしょだよ。役者のオーディションは、みんな助監督の仕事だぜ。おまえが行け」

「じゃあ、俺は何て言えば」

「ストレートに言えよ。行ったら、こう言うんだ。『俺たち、コーラスやるんだけど、パート《音部》がひとつ欠けてるんだ。君はテクニックがいい。だから、君がいい』ってな」

大帥はまだ最後まで聞き終わらないうちに尻込みした。

「行かない。死んでも行かない」

左小竜は頭を振った。

「おい、おまえは肝心なときになると、いつもダメだな。俺がやる」

左小竜はスロットルレバーを一捻りした。ふと、自分が跨がるモーターバイクはエンジンブローしたゼファーじゃなくて、国産のモーターバイクだったと気付いたら、たちまち自信が萎えた。やっぱりゼファーの修理が終わってから、改めて黄瑩と話した方がもっと確実だと思った。ブレーキをかけて、大帥の方に向き直った。

「こうしよう。大帥、縁があるかどうかだ。すべては縁だ。もしまた俺が黄瑩と会ったら、俺から頼んでみる」

黄瑩はスクーターに乗って歌を唄いながら、二人の近くから離れていった。

「大帥、飯を食いに行こう」

二人がモーターバイクでいちばん賑やかな場所を通り抜けると、距離を追うごとに眺めは荒涼として、落ちぶれた様子になった。この辺りでは、農民はみんな家をよそから来た臨時工に賃貸していて、一部屋百元、一棟は一年で一万元以上の収入になった。そんなことで、地元の人たちの不法就業に対する恨みは少しずつ収まっていった。数十人の知らない人と一緒に住まなくちゃいけないし、大家は自分と自分の持ち物をみんな一部屋に詰め込まなくちゃならないとはいっても、利益が出るからだ。「経済を芝居で」が始まると、みんな喜んだ。自分にも見栄えのする仕事がもらえるんだと思った。でも、芝居で歌ってもうまく歌えなくて、誘致したのはどれも別の場所で重度の環境汚染を招くからと追い払われた化学工場の企業だった。でも、地元の人たちは考え直した。仕方ない。汚染が多少ひどくても、多少ひどいということであって、見栄えのいい仕事はなくなったけれど、ヤク《毒ガス》を吸うにはやっぱり金がかかるわけで、俺たちはここでタダでヤク《毒ガス》が吸えるんだ。わが故郷が汚染されたとはいえ、汚染されたのは故郷の河川や空気だろう。河は最後には別の場所に流れていくし、空気だって太平洋の風に吹き流されちまう。でも、金は手元に残るんだ。

町が化学工場の企業でいっぱいになると、思ったとおり環境問題が発生した。河の水は流れて行ってしまったけれど、種《しゅ》が変異を起こした。人々は気付いてわけが分からなかった。ここで育ったザリガニは、普通の三倍の大きさになった。みんな怖くなり、慌てふためいたけれど、労働者大衆の知恵はすぐに発揮された。

「あらら。こりゃ、オーストラリアのロブスターじゃねえか？」

その後、世情に明るい地元の村人が見立てたところ、オーストラリアのロブスターだと見せかけるにはちょっと難点があって、この大きさではあと五年汚染されないと、そうは言えないだろうとのことだった。でも大丈夫、オーストラリアにはまだ青ザリガニがいる。オーストラリア産の青ザリガニだと言って市場で売るんだ、ということになった。

けれど、フェイクの道は任重く道は遠い。オーストラリア青ザリガニは青色なのに、亭林鎮の変異したザリガニは赤い色だとすぐに気が付いてしまったので、仕方なくこの種のザリガニを捕えた人たちは、みんな余所に対しては口を揃えて、これはギニアのロブスターだと言い張った。ギニアを選んだ理由は、捕獲者はどこの産か国を決める必要があって、資料をめくったら、ギニア《几内亚》の最初の字の画数がいちばん少なくて、並んだ国名の最初に出ていたからだった。

当然、ギニアのロブスターの件はこの数日の出来事だったし、左小竜もこの町に居残ったささやかな数の青年の一人だった。地元民があのビジネスドリームを立ち上げてから一年も経たないうちに、大量の出稼ぎ労働者がこの町を探し当てた。地元の人よりもっと苦労や辛い境遇に耐えられたし、もっとヤクの吸引に耐えられたし、おまけに半分余りの給金を要求するだけだったから、あっという間に地元の人々はバタバタ失業した。

怒りをぶちまけようとしたら、町に別の産業が興った。出稼ぎ労働者向けのサービス業だ。突然押し寄せた数万の人口に対して、地元民数千人の半分以上が出て行った後、残った人たちは、はたと思い付いた。

「俺たちは、よそ者の出稼ぎ連中で儲けられるんだ」

年寄りは家を貸し、若者はそうした人たち向けに、日常生活上の生理的な需要を満足させるよう色々な店を開いた。かくして、この町は少しずつ穏やかになっていった。

左小竜と大師はモーターバイクに乗って、外来人口がいちばん多い通りを走った。これ自体は国道だったけれど、実際、ここは工場があまりに多くて、終業時刻になると、どの幹線道路も人の群れで溢れかえった。警察は仕方なく、この時間は車両を迂回させる外はなくて、全国で唯一、歩行者天国の国道になっていた。

二人は歩行者天国の人並みをよけつつ、モーターバイクを走らせた。急に左小竜は国道を出て、細い道路に乗り入れた。

「どうしたんだ？」

「法令の執行をやるんだ」

大師はしばらくの間、何のことか分からなかった。泥の道は上へ下へとガタガタ揺れたけれど、左小竜に抱きついていたくないので、ひたすらモーターバイクのシートをぎゅっと摑んでいた。

回り道をして、ある染料製造工場の裏手にやって来た左小竜は、エンジンを止めてモーターバイクを下りた。

「おい、この三階建ての家、あいつらのお偉いさんが住んでるところだ。奴ら、俺の河を汚しやがって、見てろよ、……」

「どうするんだよ」

左小竜は決然と建物のガラスを見つめ、決死の眼差しを剥き出しにした。

「あの窓を割ってやる」

石の塊を拾い上げて、窓に向けて放り投げた。けれど射程距離がわりと長かったので、左小竜の描いた放物線は合理性に乏しく、殺傷力はありふれていたから、窓にぶつかったときにはもう力は弱々しくて、すぐに塀の中に落ちてしまった。

左小竜は、各条件に合う石を拾い上げた。

「石投げは奥が深いんだ。俺、ほんとはこれが好きでよ。今、失敗したけど、いいか、大きすぎると遠くまで投げられない。あんまり小さいとうまく投げられない。薄っぺらいのは簡単に気流の影響を受けちまうし、三角形のは尖ってて痛いし、曲がって飛びやすい。楕円形で表面がつるつるで、大きさが……」

大帥が口をはさんだ。

「それって、玉石じゃないのか」

左小竜は話の先を続けずに、握った石の塊をガラスに向けて投げつけた。石がターゲットに接触しないうちに、左小竜はモーターバイクを始動した。

「急げ、ＯＫだ」

そう言う間に、ガラスがガシャン、ガラガラと音を立てて地面に落ちた。

大帥は慌ててモーターバイクに跳び乗った。二人が砂利道に黒煙をもうもうと巻き上げながら走った先にたどり着いたのは、ある村落のプラスティック製造工場の裏手だった。

プラスティック工場は、あの染料工場と造りが似たり寄ったりだ。

「俺がやるよ」と、大帥が地面から石を拾うと、左小竜がその腕をつかんだ。

「ちょっと待て」

「いいよ。なら、おまえがやれ」

「ちょっと待つんだ。建物の下で掃除をしてる人がいるのが見えないのか。あの人が行っちまってからやるんだ。でないと、ガラスがあの女の人の頭にみんな突き刺さっちまうぞ」

二人が五分待っていると、掃除のおばさんは建物前のステップに腰を下ろして、一息入れ始めた。

「どうするんだよ」

大帥はそう言ったけれど、もう決死の覚悟ができていた。絶対にこの石は、こんなふうに一人の直情径行に任せて投げられてこそ、役を全うするんだと思った。

「大帥、飯を食いに行こう」

二人は大毛土《だいもうど》レストランにやって来た。地元では有名なレストランで、店主は目が見えない。名前は劉必芒《りゅうひつぼう》という。生まれたとき、この子は必ず光り輝くような立派な人になると両親は考えて、劉必芒（注22）と名付けた。その結果、本当《必》に盲《盲》人にまでなってしまった。失明した後、ひどく恨みに思った劉必芒は、この名前は縁起が悪いからと「必」を消して、劉芒に名前を変えた。この世界で今何が起こっているんだろうか。それにとても関心を持っていて、左小竜のことが好きだった。ただ一人、左小竜が辛抱強くお喋りに付き合ってくれて、亭林鎮の様子を話してくれたからだ。世界情勢と中国の情勢はテレビで聴けたものの、亭林鎮情勢の話はない。その後、衛星テレビの受信器を付けたけれど、心はもやもやスッキリとしない。明らかに同じ出来事なのに、衛星テレビで知ることと国内テレビで知ることに何で違いがあるんだろうか。どっちを信用したらいいのか分からなくて、しまいにはパラボラアンテナを外してしまった。自分たち中国の方を信じなくちゃいけないと思った。パラボラアンテナが外された後、地元の警察が捜し当てて、勝手に衛星テレビを付けたと言った。

目の見えない店主は訊いた。

「衛星テレビは付けちゃいけないのかね？」

「ダメだ。君は告示を見なかったのか。各地の広報掲示板に貼ってあるんだ」

「見なかった」

「これは没収する。それに罰金だ」

「わたしが屋根に付けたとき何で罰しなかったんだ。外したら罰金取ろうってのか」

「君が付けたときには、レストランの看板、つまり鍋だと認識した。外したらそれだと分かったのだ」

「何で観ちゃいけないんだ」

「本官は任務を執行するだけだ。上級部署の通知によって執行する。これには間違いなく、不健康なものが含まれている」

店主は反撃した。

「じゃあ、わたしは何でまだこんなに健康なんだ」

警官は笑った。

「何が健康だよ。まるっきり目が見えないんだろう。もういい。罰金はなしにする。君は盲人だからな。だが、犯罪物件については、これを没収する」

そう言い終わると、ふだんはモーターバイク接収用のトラックに衛星アンテナを積み込んだ。

店主は泣きついた。

「これはわたしが自分で外したんだ。自分たちを信用しなくちゃいけないと分かったから、外したんだよ」

警官はちらりと見た。

「自分たちだと？」

こうしてパラボラアンテナは没収された。劉芒は憤然として、手探りで自分の部屋に戻った。物音を聞き付けたお手伝いさんが外に出て見ると、ちょうど警察がパラボラを積み込むところだった。御主人は知らないんだと思って、急いで車に乗り込んでパラボラを奪い返すや、「劉芒さん、劉芒さん」と大声を上げた。

お手伝いさんは、拘留一日に処せられた。罪名は、公務執行妨害罪及び警察官に悪態を吐いた罪だった。

劉芒はまた頑固な排外主義者で、よそから大勢の人が来るのに嫌悪を覚えた。奴らは昔からのわが故郷をメチャクチャにする。そこで地元の人が地元の言葉を話して店で食事をすれば、それだけで代金は半額でいいというルールを作った。ところが劉芒の連れ合いは寛容派で、本来永遠の故里なんてない、どこだって人類が移動していく過程で足を留めた場所に過ぎない、ただ留まる時間が長いか短いかだけだと思っていた。それでよその人がこの地にもっとうまく溶け込めるように有料の研修講座を開いて、地元の言葉を勉強させた。こんな二人は本当に変なペアで、実際、これで一体家計の総収入が増えたのか減ったのか計算できなかった。

左小竜が腰を下ろすと、ちょうど店内をウロウロしていた店のマスター劉芒は歩み寄り、すぐに切り出した。

「左小竜、明日またここで新しい工場が操業を始めるんだ」

左小竜は溜息を吐いた。

「何の工場なんだ」

「印刷工場だよ」

「メニューをくれ」と、左小竜は店のスタッフに大声を上げた。

マスターは続けた。

「除幕のテープカット・セレモニーもあって、それが終わった後、店は昼間貸し切りにされてる。明日のお昼は、来ても飯は食えないぞ」

左小竜はメニューを眺めている。

「平気さ。明日のお昼は来ないよ。たまたま食える金があったから来たんだ。連チャンじゃ来ない」

「オープニングセレモニーには町長も来るし、アトラクションもある。黄瑩も来て歌うんだ。印刷工場は目と鼻の先だから、用事がなかったら二階のプライベートルームに来て覗いてみたらいい。テープカットが見られるかもしれない」

「来るよ」


左小竜と大師が飯を食べ終えて彫刻パークに戻ると、そこは辺り一面真っ暗だったけれど、園内の様々な植物は、あたかも日や月の光を吸収できるかのように輝いていた。左小竜は大師をモーターバイクから下ろしたら、幹線道路をまた猛スピードで走った。風や霧を突き抜ける感覚がすごく好きだった。その感覚は、一人だけで、かつ、度胸や見識があって、そのうえヒーローのような存在、ちょうど一人きりで、大勢の敵を向こうに回して戦うワンマン・ヒーロー（孤胆英雄）のようなもので、まさしくそのヒーローでいちばん大事なのは、たった一人だということだから、傍には絶対に人を座らせられない。もちろん、この言葉は段階を踏んで少しずつ発展成長していく――一人であって、さらに上に度胸や見識が、度胸や見識よりさらに上にヒーローが——という意味なのを左小竜は知らなかった。でも、そんなことはまったくどうでもよかった。一人、ワンマンでいるのがいちばん簡単だったからだ。二十キロメートル余り遠くから吹き寄せる太平洋の海風に包まれてモーターバイクを駆り、海鳥ともつかない一羽の鳥をずっと追いかけながら東の海がある方向に走った。この町は海岸線からたった十五分の距離にあったから、彫刻パーク内の鳥も海上を渡っていくときにここで羽を休めるのだろう。彫刻パークは人類が発展していく過程で、唯一壊滅を免れた——滅亡しなかった理由は、人類自体がどうしたらいいかよく分からなかったからだったとはいえ——原始の土地にそっくりだった。パーク内には蚊がたくさんいたけれど、カエルやクモに食べられたので、エアゾールで駆除はされなかった。

左小竜はスロットルを捻る度に、大帥のモーターバイクと自分のカワサキ・ゼファーとを比べて溜息を吐いた。でも、相変わらず行く先にはこだわって……どこへ行ったらいいんだろう。ただ故里が大好きなんだと思っていた。でも、もし毎日やれるのは玉石を投げつけることだけじゃあ、あまりにヒーローは肝っ玉が小さいと言わざるを得ない。けれど、よく考えてみた。人にはそれぞれ仇討ちのやり方があって、仇討ちのために仇討ちする人もいるし、愉快だから仇討ちする人もいる。それに、それはみんな仇討ちなんかじゃなくて、ただムカついているだけなんだ。

海辺までたどりつかない間、あるマンモス化学工場の居住区にやって来たとき、走行中に車が一台不法に駐車しているのを見かけた。考えるまでもない。点字ブロックのある歩道を占領しているその車の右ボディに、いつものやり口でぴたりとくっついて、バックミラーを擦った。バンと音がして、車のバックミラーはフロント方向に折れ曲がった。左小竜はこれを法の執行と呼んだ。こういう連中は、自分が抱く善悪観に違反すると考えたからだ。懲罰として、こうした車のバックミラーは、ぶつけて折り曲げてやらなくてはならない。でも心配は要らない。車のオーナーが発見したら、ちょっと引っ張れば元に戻るわけだから。けれど二度目の違反には……二度目はこんなふうに安易に放ってはおかないぞと決めていた。ただ問題があって、どの車が二度目の犯行なのか見分けがつかないのをすっかり忘れていた。そんなわけで、左小竜は熟練の技を身に付けた。モーターバイクのグリップをバックミラーに擦り付けるという離れ業だ。ボディ右側のバックミラーを擦るわけは、初めてやってみたときはボディ左側で、先にグリップのフロントブレーキレバーが接触したから、そのためバックミラーを擦った瞬間、バイクのフロントブレーキが効いて、左小竜はふっ飛んでしまった。それで学んだ。エキスパートは、常にクラッチの付いた左側のグリップで擦るものなのだ。

ところが、今回またもやミスをした。大師のモーターバイクのクラッチポジションが変な場所にあるのに気が付かなくて、ぶつけた直後に指をはさんでしまった。それがメチャクチャ痛かった。どうにも走れないとバイクを下りた左小竜は、手を押さえて長い間うずくまった。ケガをしたのは左手の中指で、大きく膨れ上がってきていた。ふと思った。もうだめだ。この風圧《破》を突き破《風》るツーリングは、破傷風のツーリングになっちまった。

片手でフラフラ運転しながら彫刻パークに戻った。帰る途中、太平洋からの暖かい風が涼しくなっていたので、ズキズキ痛む左手を風に当てた。戻ったら、二人の居所では大帥がテレビを観ていた。ＣＡＴＶがないので、地上波の固定チャンネルを受信するしかなかったけれど、二人はこういう方がかえって一層満足感があると思った。左小竜は腫れ上がった中指を大帥に向けて動かしてみせた。

「骨が折れてるぞ」

「俺もそう思う」

「俺のバイクにぶつけちまったんだな」と大帥は言うと、立ち上がってモーターバイクを見に行った。

「ぶつけちゃいない。包帯ないか？」

大帥は引き出しをさんざひっくり返して、セロテープを見付けてきた。

「間に合わせだ」

左小竜は近くにあった木から細くて柔らかい小枝を折って来て、中指の固定に使った。それからセロテープをぐるぐる巻き付けて、痛み止めの薬を二錠飲んだ。治療はおしまい。左小竜は小さいころから痛みは怖くなかった。小さいころ戦争映画を観たり、戦争本を読むのが好きで、たとえ自分の両手両足が身体から切り離されようとしているのを見ていたとしても、それは受け容れられないというほどのことではなかった。小さいころ、ヒトラーを崇拝していた。ヒトラーはワンマン・ヒーローみたいだと思った。ところがヒトラーの伝記を読んで、ヒトラーには睾丸がもともとひとつしかなくて、おまけに銃弾が当たったときに、助けてくれ、痛いよ、と大声を上げたのを知って、たちまち崇拝する気持ちは消え失せた。ヒトラーはワンマン《孤胆》・ヒーローから、あっという間に金玉一個《こ》ヒーローに降格してしまった。(注23) 思うに、男たる者は、痛い痛いと大声を上げてはいけないのだ。

本当に痛かったにしても。

その晩、死にそうな痛みをこらえていたところを、分別のない蚊が一匹、左手中指をチクリと刺した。選りに選って骨が折れた場所だったから、掻くこともできない。まさに生きているより、もう死んでしまった方がましだった。場合によって痛みは我慢できるけれど、痒《かゆ》みは我慢できない。引っ掻けなくて、じっと我慢するのがいちばん我慢できない。左小竜はその時、泥巴のことを思い出した。ふと考えた。あの子は今、どうしてるだろう。明日、会いに行かなくちゃ。会って、ケガしたことを話すんだ。もちろん、黄瑩を見終わったうえでだけれど。

次の日、夜が明けるとすぐに左小竜は目を覚ました。先に温度計工場で仕事だ。仕事をするにはジーンズを後ろ前に穿き、ジッパーを下ろして、温度計を肛門に挿すのに都合がいいようにしなくちゃいけない。一回目のテストを始めてから三分後、温度計の完成品を腋の下から抜き取って計ったら、驚いた。何だよ、クソ、三十九度だ。迷わず温度計を肛門に差し込んで、抜き取って計るとまた三十九度だ。よく振って、また目盛りを元に戻したら口の中に差し入れて、長い時間含んだ後、抜き取って体温を見ると、本当に三十九度だ。それなら薬を飲まなくちゃならない。左小竜は薬がいちばん嫌いだった。人類の身体は、それ自体で問題をすべて解決できるものだ。そう信じていた。でも、職業上のモラルからすれば、この仕事には左小竜の恒常的な体温が必要だった。やむを得ず消炎剤と解熱剤を二錠飲んだ。左小竜はこの仕事が本当に嫌いだったけれど、モーターバイクの新しいエンジンのためには仕方なくやる外はなかったし、今になってもまた街頭で、あのお兄さん釣りの歌を二度と聴きたくはなかった。でも、事はまだ終わっちゃいない。悪が一時的に正義を圧倒した。悪は続き、正義はエンジンブローしちまった。それが今のシチュエーションだ。でも、すべてはひっくり返る。いつか……分からないけど将来。

ところが実際、左小竜は梱包《こんぽう》と計測テストを最後まで終えられなかった。家に帰って休めと言われ、そうするしかなくて、中指を上に立てて、高熱の身体を引き摺りながら、苦しそうにうな垂れて街を歩いた。急に自分の大型モーターバイクを見たいと思った。烈しい陽射しなのに、それでもちょっと寒いと感じる。あれこれ気を紛らわせなくちゃならない。ゼファー・バイクにニックネームを付けてやろうと思った。

頭に最初に浮かんだのは、「チャレンジ号」だった。でも、よく聞く名前だ。誰かにもう使われてしまっているだろう。あれかこれかと考えて出て来るのは、どれもみんな気に入らない。例えば「アトランティック」。だめだ、国産バイクのブランド名みたいだ。「インビンシブル《所向披靡》」もよくない。この〝ビ《靡》〟というのは、俺どう書くのか分からない。「ダークナイト・スター」もだめだ。ＪＪスター(注24)の弟分みたいな感じだ。

ああだこうだと考えているうちに、修理屋に着いた。見ると、ゼファーがバラバラに分解されて、地上に転がっている。ひとしきり悲しみにくれた左小竜は、わざわざゼファーの部品をいくつかまとめて一山にすると、黙ったまま見つめ続けた。心の中で思った。

「おまえって、本当に可哀想な奴だな。ニックネームだってまだ付けてないし、ナンバーも付けてやってない。ＩＤカードもないのと同じだ。バラバラにされちまってさ。おまえ、ほんと名もないヒーローだよ」

ショップのマスターが出て来て、左小竜の肩をポンと叩いた。このゼファーの空燃比調整をしてくれた人だ。でも、今はもうこいつはバイクじゃない。マスターは慰めた。

「大丈夫だ。エンジンを見付けてやったよ。二日で届く。前の奴はオンボロだったけど、今度のは上物だ」

左小竜はその瞬間、体温が三十七度に戻った。けれど、金がまだ集まっていないのをふと思いだしたら、また三十九度になった。

「そんなに早いの。一ヵ月くらいかかるって、言ってなかったっけ」

「ああ、あんたのガールフレンドが来て、早く探してくれって言うから、広東省から空輸させてるんだ」

「何だって、誰のこと？」

「あのほら、名前が出てこないな。あんたのガールフレンドだって言ってたんだ。あんたよりせっかちでさ。早くモーターバイクを直せば、あんたと早く会えるからって。あんたって本当にさあ、ナンパはあんたがするんであって、あんたのモーターバイクがするわけじゃなし。それにエグゾーストパイプ使って、あれ、やるわけじゃないだろう。何で修理が終わるのを待ってるんだよ」

左小竜は心中ひそかに思った。

〝泥巴め。金がないから、ゆっくり修理させたいんじゃないか。エンジンが自分でエンジンかけて、広東省からまっすぐやって来て欲しいくらいなんだ。今、空輸で直に運ばれてるんだったら、エンジン代はもちろん、空輸費までかかっちまう〟

「だけど、俺、明日から出張なんだ。だいたい三週間くらいしたら帰れる。戻ってから引き取りに来る、ってのは、どうかな」

「かまわないよ」

左小竜はマスターの肩をポンと叩いた。

「俺、デタラメ言うのはやめるよ。出張はない。でも、月末になって金が入ったら取りに来るからさ。今は引き取れないんだ。組み付けをしっかりやって完成しておいてよ。それからチェーンでロックして。俺も乗らないから。二日に一度見に来れば、それでいいんだ」

「あんたのガールフレンド、もう金を払ってくれてるよ。それでもまだ金があるみたいだ」

左小竜は心中、何とも言えない気持ちだった。慌てて、帰るからと言って、振り返って自分のゼファーをちらりと見てから、また温度計工場に戻って仕事をした。自分の女の金を使うなんて、どうあっても承知できる話じゃない。大急ぎで稼いで返してしまわないと。そうしないと、泥巴の顔を見られたものじゃない。泥巴にしてみれば、会うのはいつでもＯＫなわけだ。だけど、俺は金を稼ぐ大事な時に中指を負傷してしまって、兼職の仕事が探しにくくなった。一日中、中指を突き立てている工員がどこにいるっていうんだ。

正午に左小竜は大毛土レストランにやって来て、劉必芒に会った。劉必芒は東向きのプライベートルームで待っていた。自ら口頭で指示してデザインした部屋だったけれど、施工の面で作業員がちょっとした勘違いをしたらしくて、予想外にメインストリームとは違った味わいを持っていた。劉必芒のデザイン理念はスターライトで、天井を真っ黒にした上に白い星を描くよう指示した。そうしたら、「描くのはあまりよくないな。カビが生えたみたいだ」と言う人がいたので、思い切ってレベルを上げてＬＥＤを使ってキラキラ光る星を作るよう指図した。その一年後、ロールス・ロイスの新型スポーツカーにこのデザインが使われた。――スターライト・ヘッドライニング(注25)だ。

室内の天井を星空にしてから、劉必芒はまたもや奇抜なアイデアを出した。

「このスタールームのテーマを余さず具体的に表現したいんだ。スターというのは空の星というだけじゃなくて、芸能界のスターでもある。であるから、壁いっぱいにスターたちの写真を貼り付けなくちゃいかん。それから切り抜きにも注意が必要だ。スターの顔を見ただけで、この部屋がすっかりスターでキラキラ輝いているような感覚にするんだ」

劉必芒は目が不自由だったし、その上ふだんエンターテインメント界に関心がなかったから、その役目はマネージャーに任せた。レストランのマネージャーやスタッフはみんな地元の人で、自分たちの家の部屋はどこもよそから来た出稼ぎに貸していて満杯だった。同じ建物に長い時間一緒にいて、目にも慣れ、聞き慣れてもいたから、つうと言えばかあ、要領はすっかり呑み込んで、マスターが指示するや、すぐにスターの大判写真を見付けて来て部屋の壁に貼り付けた。これには、みんな楽しくて仕方がない。料理のメニューを書くよりもずっと面白いぞ。

てんやわんやで、目がまわることこのうえなし。

左小竜が入って行くと、最初に目に入ったのが楊臣剛《ようしんごう》(注26)の大きな顔で、しかもその写真は円卓の上に切り出したみたいに真ん丸だった。優に二メートル×二メートルはあるこの大顔は、このプライベートルームの機能を確実に変えてしまい、食事をメインにするのはもう無理だった。楊臣剛の隣には龐龍《ほうりゅう》(注27)の顔があったけれど、ふたつの大きな御尊顔の違いはたったひとつ、龐龍のサイズは二メートル×一・九メートルだという点だ。傍にはたくさんの顔が散らばっていて、その大きさの大小は、まるでケータイの着信メロディーのダウンロード率に基づいて決められているみたいだ。どれも身体のない顔が、入ってくる一人一人をまじまじと見ていた。

とても運がいいことに、ロールス・ロイスの新型スポーツカーにはこのデザインが使われていないことから、このブランド品は確実に命脈を保てることになった。

この部屋に入ったら、みんなついつい窓辺に寄ってずっと窓外を見続けてしまわざるを得ない。

ただ劉必芒だけはソファに座って、楊臣剛と見れども見えず目と目を見交わしている。左小竜が劉必芒に亭林鎮で起こった出来事を話して聞かせる時も、いつもこの自慢のプライベートルームでソファに座り、左小竜は自分で椅子を運んで来て劉必芒の真向かいに座るから、楊臣剛を見ないですむとはいえ、気が付けば背後の壁からじっと見つめている。思わず背中がひやりとして、話すべきことはみんな喋ってしまわなくちゃいけないと思ったら、実際もう耐えられない。こうした環境では、劉胡蘭《りゅうこらん》(注28)でもすっかり自白したくなる。

　要はスターライトルームに入れば、頭に浮かぶのはたったひとつ。

「話すよ。どんなことでも」

　窓の外では、テープカット・セレモニーが今まさにスタンバイの状態だった。人は失明すると、その外の感覚が鋭敏になるという。それは正しい。劉必芒の聴覚は凄かった。この式典について耳にしたところでは、だいたいこういう話だった。

〝この印刷所は、出版界で著名な人物、路金波《ろきんは》及び黎波《れいは》の二人によって開設され、ポポ《波波》印刷所と名付けられた。図書出版のプロセスで、二人は出版及び販売で利益を上げるだけではなかった。それでもまだ一銭たりともなおざりにできないと、ふと気付いたのは印刷による利益だった。路金波は毎年アニー・ベイビー(注29)や韓寒らの本を手がけていて、黎波は路金波と二人で郭敬明《かくけいめい》(注30)の本や雑誌の契約をしていたから、二人は自分たちのビジネスで充分に印刷所全体を支えられた。それで二人は、図書出版の全利益をそっくり懐に入れようとした。当然だけれど、新華書店には販売利益の取り合いを除けば、半値で卸していた。新華書店は国営企業に属していたから、いわゆる国家利益が最優先であって、個人の稼ぎはお小遣いで、大枚は国に差し出すものだ。それが金儲けの正道なわけだから〟

左小竜は溜息を吐いた。

「こいつら、あくどすぎる」

スタッフが熱くてヤケドしそうなお茶を二杯持ってきた。劉必芒はフウッと吹いて、一口で呑み込んだ。左小竜はそれを見て、感覚がなくなっちまったんじゃないのかと思った。窓の外では銅鑼《どら》や太鼓の音が鳴り響いて、腰鼓隊《ようこたい》(注31)のおばさんや学生たちが歓迎の曲を演奏しているところを、人が列になってひな壇に上った。その時、強い陽射しが照りつけて、空気は熱を帯びて暖かく、左小竜はその人々の斜め上方にあるガラス張りの部屋でお茶を手に人々を眺めていたら、ヒロイックな感覚がムラムラと湧き上がってきた。これが映画だったら、話の成り行きを決定づけるような背後に隠れた本物のエキスパートが、みんなこの位置にいるんだと思った。手にした一杯の液体をのんびり揺らせながらガラス越しに、眼下で一所懸命に演じる一団を眺めている。眼差しは遥か彼方を見通して、いつも冷静沈着で、頭がよくて精力的で、成功を胸に秘めて、エアコンの設定を二十二度にしている。

もちろん映画の中では、ふつうこうした人物はすぐにスナイパーに撃たれてしまうけれど、左小竜は思考に幕を下ろしてそこは覆い隠してしまった。物事は本来多元的なんだ。でも、使えるものを選んで使うのさ。

いきなり礼砲が轟いた。左小竜はびっくりして、うっかり湯飲みから何滴か床に溢《こぼ》してしまった。下を見てまたびっくりした。床にはもう一枚スターの顔写真があって、よく見るとそれは雪村《せっそん》（注32）で、額に水滴が乗っかっていた。慌てて足で二、三度こすって拭き取った。

礼砲の後、司会者が登壇した。微かにいくつかのキーワードが聞こえた。

「経済」、「繁栄」、「文化」、「演劇」、「ステージ」

黄瑩がもうすぐにも登場すると思った左小竜は、すぐに帰ると言って階下に下りると、見物の人だかりの中に入ってしまった。似非ヒーローの気概は、傾国の前ではすべてがちょっとばかりリアルでなくちゃならない。とりわけ、まだモノにしていない女に対しては。

ところが、続いて現れたのはポポ印刷所の大ボス、路金波だったので、左小竜はひどくがっかりした。同時に自分が小学生や中学生の人山の中にいるのに気が付いて、変だと思った。何でこのセレモニーは、こんなに大勢の未成年者を吸い寄せるんだ。自分は黄瑩の歌を聴くために来たのであって、こいつらとは違う。〃別のある考え——下心があってやって来た数少ない連中〃の一人だ。それ以外の人だかりといえば、ここの出稼ぎや老人たちで、〃何がなんだか本当のところは分かっていない群衆〃だ。この未成年者たちは、何でやって来たんだろうか。

ステージには路金波が登場した。次のプログラムは進物の交換だった。町長が地元の政府を代表し、路金波に進物を贈ることになった。

「この全国でもっとも影響力ある印刷所が亭林鎮を選んでいただき、亭林鎮に文化の気品を与えられたことに感謝し、よって政府は、印刷所に対して贈り物を用意した次第であり……」

セレモニー嬢が物体をひとつ携えて、ステージに上がった。物体には赤い布が掛けられ、ステージ下の人たちは首を伸ばして、学生たちはそれは何かと矢も盾も堪らない様子だ。

セレモニー嬢は進物を捧げて路金波の前に進み出た。町長が満面に笑みを浮かべて近づくと、笑みと贅肉が一緒になってゆらゆら揺れた。賓客向けのカラフルなストライプ柄の幕の下で、町長が布をめくると、金色に吹き付け塗装されたプリンターが現れた。遠いので、ステージ下の群衆はしばらくそれが何なのか分からず、路金波もひどく驚いた様子でその場に立ち尽くした。空気は一時、何がなんだか分からないふうだった。ステージ下の町長秘書が急いで我先にと拍手を始めると、パラパラとまばらな拍手が聞こえた。町長はこくりと頭を下げて、路金波はようやく我に帰って金色のプリンターを受け取った。

ステージ下の人々はそれが一体何なのか分からなくて、みんなてんでに話し合っている。

「何てでっかい金のレンガなんだ」

町長がマイクを取った。

「これはプリンターでありますが、特に丹精を込めて吹き付け塗装をして、ゴールドに仕上げたものでありまして、私たちがポポ印刷所の事業繁栄を祈念し祝福する象徴なのであり、特に申し上げなければならないのは、塗装のペイントが我が町の大剛《たいごう》ペイント製造所で作られたものだということでありまして、これはまた、町下の区委員会区政府の配慮の下に、区委員会区政府の指導の下に、私たち亭林鎮の経済が順調な発展を、科学の発展を、協調の発展をもたらし、ひとつの産業チェーンを形成した象徴となるものでもあります。さらにまた、ますます多くのポポ印刷所のようなこうした企業が亭林鎮の発展に資することを願うものであり、最後に、ポポ印刷所の事業が、日々向上発展し、社会に最も大きな貢献を成されんことを祈念するものであります」

町長の言葉の末尾は興奮して熱を帯びていたので、スピーカーが耐えられずに音が歪んだ。けれど、歪んだ音でも町長の秘書はまだ冷静でいたので、先頭に立って拍手を始めた。

集まった人たちはちょっとがっかりした。金のレンガじゃなかったんだ。

けれど、一方で路金波はステージの上で堅苦しく少し気詰まりな様子で、一言二言何か言いたげだった。司会者が後を続けた。

「町長のすばらしいお言葉でした。それでは、セレモニーの次は、ポポ印刷所の取締役社長であり、また著名な図書出版人でもある路金波さんから、ご進物の贈呈です」

別のセレモニー嬢が赤い布を被せた物体を捧げてステージに上がって来た。町長の目の前で立ち止まると、司会者がいかにもユーモアありげに続けた。

「見たところ、これも何だか心惹かれる贈り物みたいですね。では、どうぞ路金波さん、ご進物の心わくわくの覆いをお取り下さい」

音楽が鳴り、テープが宙に舞った。路金波はあまり気乗りがしない様子で赤い布をめくった。司会者はまだ見ていない裡《うち》から、職業じみた感嘆の声を上げた。

「おお、これは何と……」

司会者はそれがはっきりと見えたら、急にどう言っていいか分からなくなり、周囲も凍り付いてしまった。町長と路金波は互いに顔を見合わせて、集まった人々もどう振る舞ったらいいか分からない。

セレモニー嬢の手には、何と金色のプリンターがもう一台載っていた。ブランドも規格も全く同じだった。

慌てた町長秘書が腰をかがめてステージに上がって、セレモニー嬢を見た。

「違う、違うよ。君、何でまたこのプリンターを持ってきたんだ」

町長も憮然《ぶぜん》としてセレモニー嬢を見ている。セレモニー嬢はなおさらどうしていいか分からない。天候と心中の二重の苦渋で、路金波の頭からゆっくりと汗が一筋流れ落ちた。町長に囁《ささや》いた。

「間違ったんじゃないんです。お互い考えがいっしょだったんですよ。私が用意した贈り物もこれなんです」

ステージ下の人たちは、口々にああだこうだと言い合っている。

「この社長、俺たちが用意したのは値打ちがないからイヤなのか、それともこれ見よがしかい。何で同じ物を送り返したりしたんだ」

集まった人々にしてみれば、それは一人一人のメンツを示す品物だったから、公金使って路金波に金のレンガを送っとけばよかったと悔やんだ。そうしていれば顔が立ったからだ。メンツこそ、一部の庶民がまずいちばんに求めるものだった。

路金波がマイクを取り、機転を利かせてもぐもぐ話し出した。

「ハハ……、みなさん、誤解なさらないで下さい。これにはちょっとしたエピソードがありまして。私どもポポ印刷所が用意したお礼の品もゴールド色のプリンターですが、これは私どもが長い間考えていたアイデアでした。偶然にも町長と同じとは、まことに優れた人物の考えは似通うというものであります。これはまた、私ども及び政府が一致協力して、ポポ印刷所を当地の優良企業とする決意を意味するものであります。我々には同じくする目標があり、信念があり、……熱意があり、社会に対してさらに大きな貢献をなすものであります」

言い終わると、路金波はまた一滴汗を垂らした。政府相手に喋ると、何がなんだか分からないうちに、似通った言葉を並べて使いたくなっていると思った。

話を聞き終えた町長は、先頭に立って拍手をした。さらに秘書が集まった人たちの方に向き、拍手をリードして雰囲気を盛り上げた。

司会者の方も冷や汗こそ掻いたものの、ムードが和らいだのを見て、急いで場を取りなした。

「ああ、そもそもそういうことだったんですね。本当に才人同士は、お互い尊重し合うものですね。役所と民間企業は……」

そこまで言って、またつっかえてしまった。頭の中で語彙をくまなく探しても、「役所と民間企業は結託」という一語しか浮かばない。長い間言葉に詰まった後、はたと思い付いてこう続けた。

「役所と民間企業は協調するのです」

「協調」実にいい言葉だ。ある一定の場合、話すべきことが何もない状況では、この二文字を使いさえすれば、必ず災いを転じて福に変えられる。

町長は気まずいムードが解消したのを見て、またマイクを持った。

「まさに同じ世界、同じ夢(注33)、同じ贈り物であります」

一瞬、ステージ下の人々は全員固まった。秘書がその時にまた拍手を始めて、大声を上げた。

「すばらしい！」

けれど、明らかにステージ下の固まり具合は、秘書の想像を超えていた。一所懸命に煽《あお》っても、ステージ下で拍手喝采するのは秘書たった一人で、拍手をすればするほどバツの悪い思いがして、声はだんだんと小さくなった。ところがまさにそうした時に、やはり党員の自覚は高く、反応は早い。同時に出席していた一部のお偉方や労働者たちが突然我に返って拍手を始めた。でも拍手を始めるや、しらけた場のムードを解消したい司会者は、またも言葉に詰まってしまった。

「町長のお言葉はまことに素晴らしいものであり、このオリンピックの精神と私たち亭林鎮の発展とをひとつに結び付けました。ただ今から、我らが若手の歌手に登場してもらいます。――黄瑩さん、みなさんに歌を一曲お願いします。曲は――『わが祖国』(注34)です」

黄瑩はどう見てもまだ準備ができていないうちから、あたふたとステージに駆け上がった。音楽はもう流れていて、唾を呑み込んで喉の調整をする間もなく、すぐに歌った。

大河は波立ち洋々として流れ　風吹かば稲穂の花は両岸に香る
我が家は岸辺にあり　聴きなずむは漁師の舟歌　見慣れしは釣り船の白帆
娘はさながら花のごとく　男子《おのこ》の度量広きことこよなし
新天地を開闢せんがため　呼び覚ませしは昏々たる高山　改めしは大河の流れ
これぞ美しきわが祖国　わが生まれ育まれし処
かく広大無辺の土地に　至る処風光明媚なり
美しき山　清い水　麗しき土地　大路はあまねく広く　友来たり旨き酒あり
若し豺狼《さいろう》来たりなば　猟銃取りて迎え撃つ
これぞ英雄の祖国　わが生まれ育まれし処
かく歴史長き土地に　至る処青春の力あり
これぞ強く大いなるわが祖国　わが生まれ育まれし処
かく温けき土地に　至る処燦爛《さんらん》たる陽光あり

歌っている間、黄瑩は緊張しているのがよく分かった。むりやり歌わされたのは今回が初めてだったから、歌のさなか唾を呑み込むリズムポイントはどこなのか、ずっと探していた。でも、左小竜は聴き惚れた。後について歌った。

娘はさながら花のごとく、男子の度量は広きことこよなし

実の兄ちゃん、麦大麦《ばくだいばく》が(注35)自分にこう言ったのを思い出した。その当時、哈蕾《こうらい》という女の子がいて、こんなふうに兄ちゃんに歌ってくれて胸がドキドキしたって。麦大麦も左小竜の前でこの歌を唄ったことがあった。ひとつだけ違うのは、「かく広大無辺の土地に　至る処牛羊あり　至る処農作物なり」だった。だから、死んでしまった兄ちゃんに、こう言ってやりたかった。

「兄ちゃん、違うよ。至る処清き美しき陽光ありだよ」

至る処清き美しき陽光あり

黄瑩は歌い終わると、あたふたとカーテンコールに応えた。左小竜の視線は、楽屋に入る黄瑩をずっと追っていった。視線はカーブしないのが恨めしかった。付近にいた学生が騒ぎ始めたので、振り返って見たら驚いた。もう後ろには千人にもなる未成年が取り囲んで、口々に言っている。

「あの女の人、歌とうとう終わったわよ」

「あの女の人が歌ってたの、何て曲なのかしら」

「あれって何て曲なのかな、ちっともポップじゃないわ」

司会者がゆっくりとステージに上がった。意味ありげな笑みを浮かべている。学生たちは、もう我慢できなくなっていた。

「次のコーナーは、皆さん、本当に長らくお待たせしました。そうです。今回、ポポ印刷所が皆さんのために、さらにもうお一方、楽しみなゲストをお招きしました。その人は、著名な作家であり芸能人、さあ皆さん、それは誰ですか？」

そう言って、すかさずマイクをステージ下の学生たちに向けた。

女の子たちは全員、口を揃えて答えた。

「郭《かく》！　敬《けい》！　明《めい》！」

三つの音が長いこと亭林鎮の空にこだました。その日は、町の全員がまるで神の声を聴いたみたいだった。

ステージ下のムードは一気に爆発した。女子学生の中には、シクシク泣き始める子がいる。

「もう一度、皆さん、大きな声で名前を呼んで下さい。いいですか、熱い思いを込めて呼びましょう。さあ、いち《一》、にい《二》、さん《三》……」

「四《よん》、四、四ちゃん！（注36）」

大勢の女の子が本を胸に抱え、唇をきゅっと閉じて、目には涙をいっぱいにしている。

腰鼓隊が打ち鳴らす中、郭敬明がステージに上がった。みんなに手を振ると、集まった人の多くが大声で泣き叫び始めた。既に立っていられなくて、傍にいる人が手を貸してやらなくちゃいけない始末だ。目まいがした一人は卒倒して、左小竜にもたれ掛かった。見ると、器量がよくない。大人になっても見込みがなさそうだった。慌てて避けたら、そのまま人集《だか》りに倒れ込んだ。周りではみんな黄色い声を張り上げている。気が付いたら、左小竜は身動きが取れなくなっている。何千人もの十五歳以下の女子が周りにひしめいていた。本当に悔しいことに、左小竜は小児性愛マニアじゃなかった。もしそうだったなら、郭敬明の読者の振りをしてこのイベントに参加すれば、きっと満足なのに。おまけにどれだけ押し合いへし合いしたり、つかんだり引っ張ったりしたって、誰もおかまいなしみたいだった。なぜなら、女の子たちは……同じ世界、同じ夢の中にいるのだから。

左小竜は、このスターがどんな風体をしているのか見てみたいと思った。けれど、どうつま先立ちしても見えず、背後の女の子たちもアイドル《偶像》が見えないので――アイドルは見えないはずだけれど、ますますエキサイトして次々に前へ前へと押し寄せたので、左小竜も人波とともにはるか前へと追いやられた。また夾《はさ》まれてケガをしはしないかと心配になって、自分の指を頭上に高々と上げた。突然、傍で叱りつける凄まじい大声が飛んだ。

「あなた、何であたしたちの四ちゃんに中指突き立ててるのよ」

左小竜は慌てて言い分けをした。

「俺、四ちゃんがいちばん好きなんだ。中指立ててないよ」

そう言って左手を引っ込めて、人目を惹かないようにそっと人差し指を立てると、中指と一緒にVの字を作った。ブラリと下げたりしたら人集りにケガを負わせられはしないかと怖いので、顔の前でブラブラさせる外はなくて、ちょうど「四ちゃんヴィクトリー」の意思を表したいんだと言うつもりだった。いきなり女の子がそれを遮った。

「あら、あなたも只者じゃないわね。ごめんなさい。勘違いしちゃったわ。それじゃあ、あたしたちみんなで一緒に応援しましょ。四さまあ！」

左小竜はすぐさまパフォーマンスで叫んだ。

「僕らはいつまでも君とともにいる！」

そう言いながら、すぐに逃げ出した。群衆の熱狂した洪水の中で自己弁護する仕方には、ちょっとの間、自分自身にゾッとするしかない。それから人の少なくなった場所を探して、ホッと一息入れるんだ。

ステージから声だけ聞こえてきた。

「ここに来られて嬉しいよ。ボクの友人、黎波の印刷所もあるしね。……ええと、それから、今日はみんなにグッドなニュースがあるんだ。ボクの新作本、『小時代《タイニー・タイムズ》』がこの印刷所から出るんだ。この印刷所が最初に印刷する本になる。気に入ってくれるといいな」

全員がケータイを取り出して、わがアイドルの写真を撮ったり、大声を上げながら友だちに電話でまさにこの時の感動を中継していた。町長と路金波が同時にステージに上がると、イベント嬢が木製の台座を持ってきた。上にボタンがひとつ付いている。ビデオカメラやカメラがすべてセットアップされると、三人は同時にボタンを押した。

ステージ下の女の子たちは、これが爆弾ボタンだったらどんなにいいのにと思った。こんなふうに、自分のアイドルと永久に百メートル以内の距離で停止できるのだったら。ボタンが押されたら、花火が一斉に上がって、ムードはクライマックスになった。印刷所の機械が動き始めて、一分後にラインから一冊目の本が出て来ると、職人が急いでステージに届けた。町長はそれを高々と掲げて宣言した。

「これは印刷所の第一冊目の書籍であります。これはまた、亭林鎮の文化産業探求に向けた第一歩でもあります。正式に……炉に火が入ったのであります！」

三人がその本を掲げると、スポットライトが束になって照らした。歓喜の声と拍手がひとつになって鳴り響いた。本が下ろされると、郭敬明は愛着たっぷりな様子で自分の作品を眺めた。突然、時間が押されていたせいだろうか、本の装丁が歪んでいるのに気が付いた。傍にいた路金波に訊いた。

「ほら見て、ボクの『小時代』、歪んでないかな」

拍手に忙しい路金波は、何気ない様子で俯いて、ちらりと見て言った。

「かまわないよ。この時代はもともと歪んでるんだ」

左小竜はありったけの力を振り絞って、やっと群衆から抜け出してきた。黄瑩が帰ってしまいそうだったからだ。ステージ裏に回ったけれど、黄瑩の姿は見えない。急いでまた駐車場に行った。でも、町長の車が駐車しているだけだった。クソッ、左小竜は行き掛けにと、力任せに町長の車のバックミラーを前に押し曲げた。けれど、町長の車は明らかにそんじょそこらのものより頑丈で、左小竜は手がちょっと痛かった。さらに走っていくと、前方の曲がり角に生えた桃の木の下で、一人寂しくスクーターのエンジンを掛ける黄瑩を見付けた。

左小竜はちょっとボウッとして、思った。こいつこそ俺の心のスターだ。

黄瑩は頭を起こし、ちらりと見て左小竜に気が付いた。

「どうしたの？」

「別に」

それが二人の最初の会話だった。

左小竜は一歩前に出た。

「ちょっと君に話したいことがあるんだ。送っていこう」

黄瑩は顔を上げて、左小竜を眺めた。

「あなた、車なの？」

「いや、君のモーターバイクを運転して送ってく」

黄瑩は大笑いした。

「運転してよ」

左小竜は黄瑩のスクーターをのろのろ走らせた。午後の暖かい陽射しが二人を頭上から直に照らした。左小竜は身体に火照りを感じた。とりわけ脛《すね》が特別熱かった。とても不思議だった。太腿か、あるいは太腿の付け根が火照るのなら、人情の常だ。けれど、自分の膣が何で熱くなるんだ。でも、そんなことにかまっている余裕はない。停車して波風立てて、こんなにすてきな春景色をすっかり台なしにしちゃいけないと思った。後部座席の黄瑩は、そんな思いを気にも留めていないみたいだった。でも、左小竜だって黄瑩がどんなふうにしているかなんて分からない。そんなわけで、シチュエーションは全くもって不自然で、それは左小竜のスクーターの操作にも影響していた。道中二人は何も話さなかった。人の多い所にまでやって来たら、左小竜は何か喋りたい欲望がもっとなくなっていた。黄瑩が停めるよう合図した。

「着いたわ」

左小竜はスクーターをピタリと停めて、長い間もじもじした。

「さよなら」

左小竜がさよならを言ったら、二人はそのまま別れた。左小竜はこの時になって、自分が女の子を好きになったと思った。男子が一度に二人の女子に好意を抱くとき、どっちの子がより好きかは、どっちの子が自分をより好きじゃないかで決まる。黄瑩は、うっすらと左小竜の記憶の中にある遠い世界のシンガーで、ローカルな一テリトリーのスターに過ぎなかった。でも、それが突然具体的な存在になったとき、左小竜はたちまち惚れてしまった。黄瑩の擦れたところが好きだったのかもしれない。黄瑩は知っている女の子のうち、間違いなくいちばん擦れた子だった。擦れっからしには言いようのない一種の息吹があって、男にとっても女にとっても一瞬で惹き付ける力がある。男は擦れた女に惚れ、女は世の風塵にまみれた男に惚れる。泥巴は左小竜がガレージに停めたナイスなバイクだけれど、黄瑩は家の前を走って行くバイクだ。それは当然、家の前を通りかかるのを何度も目にする。こんな女の子は永久にストップしないひとつの物体みたいなもので、必要ならどこかでちょっと停泊して、燃料を満タンにしたらまたスタートする、それをひたすら繰り返す。スタートした後に、どこなんだか曖昧にしか言えないような場所にやって来て、メカが故障したりパーツが劣化したりしたら、ストップすればいい。それからその子をひたすらリペアする。縁は切れなかった。

左小竜は夢見心地から抜け出せなかった。でも、黄瑩の前では豪胆な気概があっという間に消えてなくなってしまうと感じた。黄瑩は広く世間を見ているし、それに心身ともにすっかり大人になっているからかもしれない。自分はきっと黄瑩にはとても幼稚に見えるに違いないと思った。それで、自分はこの町で何かを成し遂げなくちゃいけないと決心した。それに以前から、自分は役に立つことをしなくちゃいけないと思っていて、ただ何をしなくちゃいけないのかを言ってくれる人がいなかっただけで、自分の進む方向を見付けたときには、前途は計り知れない。でも、方向を見付けるのは何て大変なんだろう。というのは、いわゆる方向は東西南北じゃなくて、ひとつの円を三百六十度に分けたもので、左小竜は一貫してその中の一度を探していたからだ。その一度こそ左小竜の方向だった。

突然、泥巴に会いたくなった。泥巴の前だと、自分は堂々とできると思ったからだ。「快男子たる者、往年の勇を重ねて語る」(注37)だ。泥巴がどれだけ自分を好きかは重要じゃない。でも、もし泥巴が本当は左小竜を好きじゃなかったら、それは致命的な打撃に違いない。自分は下劣だと思った。黄瑩は何とも思っていないみたいだし、それにあれだけ色気があるのだから、もうママになっているかもしれない。けれど、間違いなく黄瑩にぞっこんだった。一方、泥巴は清純で若くて、ビール腹の中年男が垂涎《すいぜん》の的にするくらいだ。その泥巴がこれほど自分を好きなのに、左小竜はずっと自分の気持ちが分からなかった。

考え込んだ。泥巴が俺のことを好きだから、俺はあいつが好きじゃないんじゃないのか。でも、黄瑩は俺のことが好きじゃないから、俺はあいつが好きなんだ。だったら、俺は何て悲しい代物なんだ。

ところが突然、もっと深刻になった。まさか俺が泥巴を好きじゃないから、泥巴は俺のことが好きなんじゃないのか。だけど、ある男が泥巴を好きだから、泥巴はそいつが好きじゃないんじゃないのか。

すっかり打ちひしがれながら、同時に泥巴にすぐにでも会わなきゃいけないと感じた。誰か泥巴を好きな男が付けいる隙を与えないようにという気持ちが強くなっていた。黄瑩も泥巴も、二人ともいい女の子だ。二人とも自分の傍に置いておきたかった。

ところが、急に思い付いた。実は泥巴を見付けられない。連絡方法が分からなかった。この先どうしたらいい。見通しの立たない午後が過ぎたら、長い長い夜が続いている。本当に悲しかった。

このころ、ポポ印刷所はフル稼働を始めたところだった。実際には既にフル稼働していて、オープンしたその日もちょっとの間休んだだけで、そうでなければ、こんなに早く本を一冊印刷し終えるはずはなかった。さらに文化充実のためとして、すぐさまポポ印刷所は政府とひとつの合意を取り付けた。亭林鎮の第一回文化芸術コンクールの協賛とポポ杯《カップ》の設立だった。ポポ杯は、ペットに授与するみたいな賞じゃないかと噂されていた。ところがこれが亭林鎮で最高の賞金額で、一位が五万元、二位が二万元、三位が一万元で、さらには最優秀合唱団の審査選定委員会を設けて、勝ち抜いた合唱団はさらに上級クラスのコンクールへの参加が可能で、二万元を獲得できた。それ以外でコンクールに参加した人たちは、全員がお楽しみプレゼントをもらえた。文化芸術コンクールは二週間後に亭林鎮の公会堂で行われ、開催時にはまたサプライズゲストが出席することになっていて、地元の住民として身分証明書があればコンクールに参加できた。

このコンクールは地元政府から大いに注目された。地元住民の結束力を高めて、よそからの出稼ぎ労働者よりもワンランク上の文化芸術の面目を施すからだ。衣食足れば性的欲望が湧き、性欲が満たされれば文化芸術が生まれる。この地の一般庶民の誰もがみんな文化芸術が好きなら、その土地は豊かに決まっている。暮らしに何の心配もない。

ニュースが伝わるや、地元住民は沸き返った。

「賞金、でかいなあ。一年間、目いっぱい働いたって二、三万元だよ。なのに歌ったり踊ったりで、一位になったら五万元だぜ。こりゃ有名なスター歌手が闇アルバイト出演で、あっという間に稼ぐ金額だな。ちょっと下手でも二、三万だ。まるでダメでも、お楽しみのプレゼントがあるんだからよ」

とたんに各村民会(注38)、町内の各住民会(注39)、各家庭はみんな慌ただしくなって、自分たちはどんな出し物を演ればいいのかと脳味噌を絞り始めた。今まで人々は、これほどまともでない仕事をしたことがなかった。でも、考えればこのご時世、犯罪人は別として、自分が好きな仕事をしている人間なんていない。だから金儲けは、まともな仕事なのだった。

亭林鎮の書記はこの文化芸術プロジェクトに小躍りして喜び、わざわざ会議まで開いた。会議には、亭林鎮のリーダーたちが一人残らず出席した。

「エエ、私ども亭林鎮のポポ杯文化芸術コンクールは素晴らしいものであり、オープンな発想とパイオニア精神を余すところなく発揮するものであります。このコンクールは、亭林鎮の経済発展を促し、内需を牽引し得るにとどまらず、一般大衆のレジャーライフをこの上なく豊かなものにし得るのでありまして、政府指導の下に、大衆はその利点を存分に発揮いたします。大胆で、果敢な、楽しい表現が、人々に歌声あり、家々に歌声あり、村々に歌声ありと、全住民の参加をもたらすに至ったのであり、これによって社会に迅速な、長きにわたる、永続的な協調的発展を獲得したのであり、このコンクールは私ども伝統文化の喪失を防止する対策として、重大な意義を持つのであります。私は申し上げたい。私どもはこのコンクールを必ずや定着させ、毎年の開催によって、全国で知らぬ者はない、輝かしい、選りすぐりの、権威ある競技イベントとするべく、取り組まねばなりません。同時に、第一回亭林鎮ポポ杯文化芸術コンクールの開催に併せて、町の企業誘致部門は大型の企業誘致と資本導入策を行うのであります。コンクールが企業を誘致し、友好を築き、文化芸術の興隆により経済発展を導き、力強く手に手を取って、協調を遂げるのであります！」

　書記がこんなふうに話したら、下の連中はボサッとしてはいられないに決まっている。中国の役人と中学生は、そろって真似が大好きだ。目上の者やトップは崇拝の対象で、その一挙手一投足から話しっぷりまで、みんな目下の者たちは思わず真似をしてしまう。もちろん、下の連中はそんなふうに肯定したいわけではなかった。トップの発言にはものすごい感染力があって、きっとそれに感染してしまったのだと思っていた。正常な人からすれば、トップたちの発言はいちばん感染力がないわけだけれど、連中と同じ体制の人たちからすれば、こうした愚にも付かない言葉が確実に一語一語、同じ志をもつ人の心を打つのであって、言葉のひとつひとつがみんな無意味で、話のすべてが無意味だったら、全部削除してしまっても、言いたかった内容に何の影響もなかった。伝えたい内容は、感情のこもった眼差しで誰もがすぐに呑み込んだからだ。書記の発言は、下の連中にはとても価値があり、情報がいっぱい詰まっていて、しかも弁舌爽やかだった。書記は排比(注40)の言い回しが好きで、その使い方は神業の域だった。他の人が使うと、みんな並列じゃなくて層逓(注41)になったけれど、書記の排比は無産階級の思いやりに溢れていて、どんな階級の分け隔てもなく、それは本当に完全な三つの同義語で、強調しようとしてもっと強調するものだった。もちろん重要なもうひとつの理由は、こんなふうに話せば、さて次にどう喋ったらいいかと考える脳味噌の節約になったからで、それからもちろんだけれど、いちばん重要なのは、書記がまだ書記じゃなかったころ、自分のボスがこういうふうに喋ったということだった。

続いて町長が立ち上がった。

「書記から素晴らしいお話をいただきました。このコンクールは、最近では亭林鎮の最初で、最も重要で、中心的なイベントであります。ここで、私は準備委員会の設立を宣言いたします。委員会の名誉委員長は、もちろん私どもの苟《こう》書記であり、それにポポ印刷所代表取締役である路金波さん、及び区の文学芸術連盟の鄭《てい》副会長が務めます。実行委員長ですが、それは私が務めます。事務局長は町のカルチャーセンター所長である楊《よう》所長を、楊所長、ちょっとご苦労をおかけしますが、主要な準備作業をご担当下さい。それに警察署派出所の牛《ぎゅう》所長は、こうした大がかりな活動にも多くの経験がおありになる。力を貸していただけます。副事務局長には、町のケーブルテレビ管理者である施《し》理事を。この方面に熱心に取り組んでおられますからね。諸氏のなさる多くの仕事をバックアップしていただけます。準備委員会の委員には、……」

仕事の分担と割り当てが済んだ後、町長は何となく自分の発言にすっきりしなかった。原稿を逸脱しなかった一方で、さすがにこんな大勢の人を覚えきれない。いちばん決定的なのは文体の制約だ。町長は排比をたったひとつしか言わなかった。全くもどかしかった。

準備委員会会議の終了後、町長はさらに内々で企業誘致・税務・都市建設・土地利用等の部署を対象にした会議を開いた。その内容は、おおむね次のようだった。

今回の企業誘致大規模会議は、今回のポポ印刷所と同様に、是非とも多大な影響力のある企業を誘致するためのもので、亭林鎮は必ずや大事業を実行し、全国最大のプロジェクトを、アジア最大のプロジェクトを是非とも実行しなければならない。例えば、厦門《アモイ》のPXプロジェクト(注42)は事業停止となったが、亭林鎮に招致できるだろう。汚染があっても対処できる。汚染がなければ役人の行政的功績もない。汚染がなければ進歩もない。PXが目立ちすぎるのなら、名称を変えればいいだろう。XPではどこか不都合でも？　ソフトウェアをやるのかと思うだろうか。政策面では緩和を、税収の面では、ある特定の政策の下で更なる政策を施してこうした大企業を町に誘導する。土地の面では、まず地ならしが必要だ。亭林鎮の農村部と市街地の立地は不合理で、農民の住居が分散し過ぎていて開発に不利だ。取り分け大規模開発にはなおさらのこと。招いた大企業は一目見て、取り壊し立ち退き事業が難航すると、尻込みして逃げ出してしまう。だから事前に片付けておく必要がある。まずひとつ工業団地を作る。ただし、現在は国が工業団地を作らせないから、暫定的に工業用農地と呼ぶ。取り壊し立ち退き事業は、絶対にうまい具合にやらなければいけない。農民にはこう告知する。集団の利益がすべてに優先する。立ち退き拒否は恥辱だ。

立ち退きを拒否する者には、汚染指定で対処する。村の近辺に小規模の化学工場を建設して、風向きと汚染物質の排出方向が必ず居座る者たちに向くようにする。なおかつ、化学工場には環境モニタリング上で手心を加える。集団の利益のために業務を行っているという理由からだ。大局のためには、多少なことは切り捨てる。こうすれば一年もたない。進んで移転を要請してくる。だが、同志諸君、移転の過程では充分注意する必要がある。農民は全員、都市部に転入させられない。なぜなら、そんなことをしようものなら、町に来てくれた出稼ぎ工の住むエリアがなくなってしまう。最も経済効果のない土地を見付けて、そこに農民の新しい村を作る。つまり市街に転入しない農民は、全員この村に移転させる。村の家屋はきちんと規格化し、以前のようにあちらこちらでバラバラであってはならない。ベストなのは、統一規格を五百メートルとする集合住宅を一棟建設し、間隔を十メートルにしてまた一棟建てる。こうすれば各棟が近接して賑わう。近所との付き合いもうまくいくし、政府も管理しやすい。村はまさにハーモニービレッジ《協調の村》じゃないか。立ち退き事業は、すべて一年以内に完了させる必要がある。亭林鎮をアジア最大の工業重点都市に作り上げるには、きちんと地ならしをしておかなければならない。外の町がまだ取り壊し事業をやらなけりゃいけない時には、我々の町はもう用意万端怠りない。これが我々の優位であり、先見なのだ。ポポ印刷所がひとつの例だ。もし当時、土地整備の提案をしていなかったら、このプロジェクトはすぐにまとまらなかったかもしれない。アジア最大のプロジェクトでありさえすれば、町は必ず最大限の寛大な政策を施して成果を上げて、その他のプロジェクトを呼び込む。

それに加えて、立ち退き取り壊しの過程で、黄花村では一軒家を特定して、そこは取り壊さないが人は退去させて、旧居文化遺跡とする。さらに学生の文化イデオロギー教育の基地にして、彫塑家を探してきて自由に一人の女性の彫像を彫らせ、それを黄小花の彫像にする。それから作家を一人呼び寄せて、記念の字句を書かせる。経済の確保と同時に、文化も取り落としてはならない。仕事の段取りが終わると、町長は進取の気性があると、みんなてんでに町長を褒めちぎった。町長は笑った。

「それは何てたって、一般大衆のためであります」

この文化芸術コンクールの開催で、左小竜の合唱団誕生がもろに早まった。左小竜は本当に合唱団が大好きだった。小さいころから憧れていたのがオーケストラと合唱団の指揮で、指揮者がタクトを振れば人は逃げ出さない。そのうえ、きちんとこちらの要求を聞き入れて演奏する。そればかりか、指揮者は唯一最初から最後までずっと尻を聴衆に向けていながら、最大の尊敬を受けられる職業だ。いつか全員の拍手を浴びて、自分の名前がコールされて、さあ演奏をと言われたくて仕方なかった。そういうときになったら、絶対に多くの人が見守る中で失望はさせない。

ダラダラと阿呆みたいな暮らしをしている大師を、左小竜はこう定義していた。現状に安住し、考えに積極性がなく、生活を変えるのに臆病で、大事業をやろうとする気概がない奴。要するに、名前負けしている。でも幸いなことに、大師の姓は莫《ばく》(注43)だった。大師にこれっぽっちも野心がないのが気に入っていたし、安心だった。こういう奴と仕事をすれば、いつかある日、俺の地位を奪うんじゃないかと心配するようなことはなかった。

左小竜が印刷所開業の様子を見に行っていたころ、大帥はこっそり小学生を一人引っ張ってきていた。左小竜が彫刻パークに戻ると、思いもよらず大帥がパークの一角に小学生を連れて来ているのを目にした。その子は石造りの馬に乗っていた。左小竜は嬉しくてたまらない。ずっとしげしげ眺めた。

「君、男の子？　それとも女の子？」

小学生は全然おかまいなしで、自分は馬に乗ったつもりで、お尻を馬の背中で揺らせている。突然、アァッと叫んで、それから動かなくなった。

左小竜は笑った。

「君は男の子だったんだな」

莫大帥が訊いた。

「何で分かるんだ。俺はずっと女の子だと思ってたんだけど。すごくおとなしいだろ」

左小竜はちらりと大帥の方を見た。

「おまえ、今こいつの表情を見なかったのか。典型的な男の表情だっただろう」

大帥は呆気にとられた。

「どんな表情だって？」

左小竜は頭を振った。

「こいつ、太腿で自分のタマタマ、押さえ付けちまった顔してたじゃねえか。よく観察しろよ。おまえ、そんなふうだとこの世の中、あっさり殺《や》られるぞ」

左小竜はその子を抱き上げて、石の馬から下ろした。

「君、名前は？」

小学生は黙っていた。

左小竜は大師を突いた。

「おまえが連れて来たんだ。おまえ、訊けよ」

「俺も訊いたけど、言わないんだよ。街を歩いていたら、中学生がこいつに金をせびってたのを見て、そのバカを脅して追っ払ったんだ。それでこう言った。『坊や、君は弱者だ。俺たちの組に入れよ。入ったら、君をバカにする奴なんていなくなる』って。そしたら来たんだ」

左小竜はちょっと腹を立てた。

「おまえは俺の方針が全然分かってない。おまえ、それじゃヤクザだ。俺が言ってるのは合唱団、芸術だ。ステージアートなのであって、……」

そこまで言うと、ふと、最近お役所のスピーチで盛んに耳にして、ステージアートが好きになったのを思い出した。でも、どう考えても、ステージアートはヤクザの芝居だった。

小学生は相変わらず何も喋らない。左小竜は、ガキを脅しちゃダメだ、ひとつひとつ諭すように言わなくちゃいけないと思った。

「坊や、怖がらなくていいんだよ。これからはお兄さんが守ってあげるからね。君には今、組織がある。君の組織は亭林鎮合唱団というんだ。俺は君の指揮者《コンダクター》、左小竜だ。隣にいるこいつは合唱団のリーダー、莫大帥だよ」

大帥が割って入った。

「小竜、それじゃあうまくないよ。俺がリーダーじゃ、おまえより仕事が上だぜ」

「心配ない。俺は合唱団書記だ」

小学生は大きな目を見開いて左小竜と莫大帥をずっと見つめたままで、表情はボウッとしている。左小竜はまず励ましてやろうと思った。それで心をつかむんだ。

「いいぞ、君の表情はいい。これから俺たちの歌や踊りの上演では、君はその表情でいくぞ。純真で汚れがない。こうしよう。坊や、契約書を作ろう。君は亭林鎮合唱団に加入することになった。俺たち合唱団の最初のメンバーだ！　おめでとう！　ウェルカムだ！」

隣で大帥が拍手をした。左小竜は部屋から紙を一枚持ってきた。

「坊や、これに君の名前と必要事項を書くんだ。簡単な入団申請書に記入して、それから名前書いて、花押《かおう》を書けばＯＫだ」

大帥が腕で左小竜を突いた。

「花押はマズいんじゃねえの。俺、ビビる」

「心配するなって。おまえ、自分は悪《わる》だっていうのか？」

傍で大師はしきりに首を振る。

「ほら見ろ、悪じゃない。俺らは二人とも悪じゃない。何を心配してんだよ。俺が心配してんのは、合唱団のメンバーが増えれば、何のかんの言う奴が出てくるってこと。こうしておけば正式になるんだ」

傍で小学生は、相変わらず二人を見上げている。

「名前と花押を書いてよ」

小学生はペンを持つと、クネクネと字を書いた。

「尓一《アーイ》」

左小竜はそれを見て大喜びで、紙を叩いた。

「おい、見ろよ。姓は尓だって。これって、アーティストの姓だぜ。君、尓一っていうんだ。俺は左小竜、俺ら二人、名前だってほとんど同じだね。こうしよう。君はこの俺、左小竜の弟だ」

傍で大師は、一体二人の名前のどこが同じなんだと必死に考えた。

「さあ、弟、花押書いて」

小学生は長い間鉛筆を噛んでいたけれど、それからゆっくりと紙に家鴨《かおう》（アヒル）[注44]を一羽描き始めた。

左小竜と大師はアヒルを見て、長い間ポカンとしていた。

「もういいよ、小竜」

大師がそう言うと、左小竜は紙を折りたたんで、ポケットにしまった。

「一っちゃん、小竜お兄ちゃんが歌を教えてあげよう。どうだい？」

小学生は、それでも何も言わなかった。

左小竜は家から線香を持ってきた。

「今日から俺らは、契りを交わした義兄弟だ。線香を上げて誓いを立てる。行こうぜ、付いてこい」

三人はさんざ彫刻パークの中を行ったり来たりした末に、孔子像の前にやって来た。像は高さ一メートル余り、園内では小ぶりの方だ。一行三人は孔子像の前で横一列に並ぶと、左小竜が一歩前に進み出て、線香に火を点けた。

「今日、俺らは、俺のアイドル関公の前で、義兄弟の契りを結ぶ。昔、桃園《とうえん》(注45)で三傑が契りを結んだように、今、彫刻パークで三傑が契りを結ぶ。関公は義理人情があって、この俺、左小竜が気に入った人だ。この彫刻がもっと好きなのは、関公が刀を持っていないところで、それはもう人を殺すまでもないからだ。俺らもそうだ。関公、又の名を関羽、俺をいちばん感動させたのは、つまり……覇王別姫《はおうべっき》(注46)だ」

そう言うと左小竜は前に進み出て、線香を孔子像の身体の割れ目に差し込んで、三歩下がって一度頭を下げた。

「じゃあ、俺ら、今からトレーニングを始める」

彫刻パークの植物は春から夏の間がいちばん成長したから、彫像は枝や葉が少しずつ徒長する植物の中にだんだん埋もれていった。左小竜がまた参拝に行ったら、一週間経っただけで、孔子はなかなか見付からなかった。この一週間の間に、二人はある残酷な事実を知った。見付けた小学生、尓一は啞《おし》だった。左小竜の方こそ「啞は漢方薬オウレンを飲んでも苦いと言えない」ように、まさにどうにも言いようがない。(注47)でも、意中の合唱団は実際、人が少なかったから、啞だって役をさせなくちゃいけない。合唱団で啞をどう使うかは、本当に大問題だった。左小竜にふとアイデアが浮かんだ。自分はどうせ聴衆に尻を向けているんだから、俺が口開けて歌えばいい。啞には口パクで歌ってる真似させればＯＫだ。

ひとつの合唱団がこんなにちょっとのメンバーじゃ駄目だし、しかも今見付けた第一メンバーが小っちゃな啞じゃあ、オリンピック開会式でやった歌い方で行くしかなかった。コンクール開催は二週間後だっていうのに、合唱団が歌う曲目だって今はまだ決まっていない。左小竜は悩んだ。そのとき、急に自分のゼファーの修理が終わっているはずなのを思い出して、すぐに店に飛んで行った。店のマスターはもうゼファーをピカピカに磨き上げて、隅に停めていた。と同時に、新しく仕入れたドゥカティ６９５が一台、店の中央に置かれていて、それを見た左小竜のふたつの眼が思わず光輝いた。でも、あっという間に暗くなった。このモーターバイクは自分の物じゃないや、とすぐに思った。脳裏に浮かんだ思いは一瞬で停止して、抱いた欲望もたちまち消えてなくなった。左小竜は思った。人生の楽しみは、以前からの願いを実現するだけじゃなくて、ふとした閃《ひらめ》きを実現することでもある。でも、閃きが明らかにまだ実現していないときは、もう閃かせなければいい。モーターバイクに対してそうだし、女に対してもそうだ。

　左小竜がゼファーで街に出ると、世界はあっという間に様子を変えた。普通に考えれば、バットマン《蝙蝠男》は黒い服を脱いだら正義の男なんだけれど、左小竜にしてみればコウモリ《蝙蝠》だ。だから黒い服は、中味の男と同じくらい大事だった。新しいエンジンは慣らしが必要だから、ひたすらスロットル・コントロールには気を付けた。新エンジンはまるで……古いエンジンと本当にそっくりで、まさに日本人が造ったモノだけれど、予想もしなかったような嬉しさや驚きは感じなかった。午後一時から三時までずっと亭林鎮をグルグル走り回って、合唱団のことや泥巴に立て替えてもらった金をどうやって返すかなんて、すっかり忘れてしまっていた。

　九周目に入ったとき、いきなり道路の真ん中に立っている泥巴を見付けた。二人はしばらく会っていなかったから、一瞬どうしたらいいか分からなかった。映画だったら、二人はお互いにじっと見つめたまま停止して、周囲の人はせわしなく行き交うのがお決まりだ。けれど、亭林鎮の人たちは大の野次馬だったから、画面全体がスクリーンショットのように静止して、全員が二人を見つめていた。

「泥巴、金を出してくれて、ありがとう。おまえ、何で俺がここにいるのが分かったんだ」

「エンジンの音が聞こえたの。この音、知ってるもの」

「乗れよ。行こう」

泥巴は、たちまちエクスタシーを感じた。左小竜の一歩一歩のステップが、自分のテンポにぴったり一致する。二の句も言わずにゼファーに跨がって、左小竜の腰に抱きついた。春も終わりの風が二人の髪を吹き抜けた。ゼファーは郊外の暖かい毒を含んだ息吹の中を走り回った。化学工場の変な匂いでいっぱいの空気を呼吸しながら、カラフルな河の流れに沿って走り、まっすぐ南に向かった。南を目指したその理由は……人でごった返す道路が一方通行になったので、しばらく南に走る以外になかったからだ。ちょうどいい具合に風が北に向かって吹いたので、空気は少しずつ爽やかになり、呼吸すると空気に味がなかったから、むしろ酔っていい気分だった。二人は新しい小さな町にやって来た。天馬《てんま》という町で、ここはうまい具合に汚染された風が吹く方向になかった。左小竜はゼファーを停めて泥巴を下ろし、二人で道沿いの麺屋に入ってタマゴ麺を注文した。店内には、二人の外に客は誰もいなかった。おかみさんがタマゴ麺を運んで来た。

「この卵はいいよ。ここの地元の卵だからね。純天然物だ。あんたたち、亭林鎮から来たんだろ？」

左小竜は麺と卵をかき混ぜた。

「何で知ってるんだ？」

「ほら、あんたたちの髪の毛、緑色の灰だらけだよ」

泥巴はすぐさま左小竜の肩を見た。言うとおり緑色の粉状の物体が積もっている。灰を払い落としてやった。

「ねえ、竜さまったら、緑毛亀にそっくりよ」と笑った。

「ほんとに羨ましいよ、あんたたち」

左小竜は麵を一口食べた。

「俺たちのどこが羨ましいんだ」

「あんたたちの町、お金があるじゃないか。それに、懸賞付きの夜会をやるし」

左小竜は口をぬぐった。

「懸賞付きの夜会って？」

「文学芸術の演技で、優勝者に五万元ってやつだよ」

「ああ、あれは文学芸術夜会か」

「それが懸賞付き夜会よ。ここにはないよ、そんなの。ここの政府は能がないからさ、発展しないんだ。ほら、やっぱりみんなさあ……」

おかみさんはさんざ考えたけれど、浮かんできたのはみんな〝穏やかに楽しく暮らす〟という決まり文句だけ。でも、そこには必ず軽蔑の言葉を含めなくちゃいけないと思って、ずっと探してみても、やっぱり浮かんでこない。仕方ないのでこう言った。

「相変わらずなんだ。ね、人の数だって多くないし、あたしのこの商売だって、まあ世間並みってとこ。もしこの店を亭林鎮に出したら、どんだけたくさんよそ者が食べに来るっていうんだい。よそ者はいいカモだよ。麺の具だって、ちょっと少なくできるし。おまけに歌を唄って五万元だ。あたしの古びた家も賃貸できるし、一年でどんだけ儲かるっていうの」

左小竜は麺を食べ終えた。

「あんたのとこ、卵すごく旨かったよ」

外へ出たら、泥巴がしがみついてきた。

「わたしたちの身体に付いてるの、何なのかしら？　緑のてかてかしてるやつ」

左小竜は、工業煤塵《ばいじん》だらけになったゼファーの燃料タンクを手で撫でた。

「空中から舞い落ちてきたんだ」

「毒なの？」

左小竜が答える前に、泥巴は左小竜の左手の異常にふと気が付いた。

「その手、どうしたの？」

左小竜は中指をだらりと下げた。

「ちょっとケガしちまった」

「何があったの？　重傷なの？　キズはどんな具合？　見せてみて」

左小竜がエンジンを掛けると、泥巴は跨がってギュッと抱き付いた。

すぐ近くのバス停で客待ちをしていたモグリのライダーたちが、次々に口笛を吹き始めた。泥巴は怖そうにライダーたちを見た。

「大丈夫だ。ただの冷やかしさ」

左小竜がゼファーをゆっくり動かし始めると、すぐそばにいたモグリライダーが泥巴を上から下までジロジロ眺めた。左小竜を自分らと同じ商売仲間だと思って、泥巴がよそを見た隙に、こっそり握りこぶしをみぞおちの辺りで振ってみせて、左小竜に〝うまくやったな〟とサインを送った。左小竜は笑って、みんなモーターバイクのライダーだ、みんな兄弟だと、同じ仕種をして返した。その途端、相手は激高した。友好の気持ちを示したのに、何で左小竜は中指を突き立てて、素気ないバカにした仕種で返したのか理解できない。すぐにエンジンを掛けた。

「あの亭林鎮のクソ野郎、俺たちに中指突き立てやがった」

周りのモグリライダーたちは、たちまち切れた。

「亭林鎮の野郎、エラそうによお。追っかけろ。やっちまえ」

周りがエンジン音だらけになって、これじゃあきちんと説明できないと思った左小竜は、慌ててスロットルを捻って走り出した。七、八台のモーターバイクがすぐ背後に追いすがってくる。左小竜のゼファーは一人乗せているから、フルスピードで走っても少しスピードが落ちる。最速でも時速百二十キロしか出ない。ところが、背後のバイクは比べると排気量が小さくて、おまけに整備が悪かったから、重さで優勢とはいえ、追い風下り坂をフルスピードで走っても百十キロしか出なかった。モグリのライダーたちは苛立たしい。ほんのわずかに優勢な左小竜が遠くへ離れていくのを見送るほかはない。亭林鎮と天馬鎮《てんまちん》の境界標が立った所で、モグリライダーたちはバイクを停めると、意気消沈して嘆いた。

「亭林鎮はモグリのバイクでも、俺らより速いのかよ」

左小竜はフルスピードで十数キロ走って、亭林鎮の区域にまでたどりついた。振り返って見たら、相手にはもう追撃の意思はなかった。突然、エンジンが一度、ダッダッという音を発するとゼファーの火は消えて、ノロノロと滑るように路肩で停まった。左小竜は青くなった。ふと、新しいエンジンがまだ慣らしをしないうちに、こんなフルスピードで走ったから、もしや……という思いが頭をよぎった。

ゼファーを降りて、呆然と車体を見つめた。

「泥巴、ひょっとして……またエンジンブローしちまったのか？」

泥巴には何がなんだか分からない。エンジンブローが真新しいボキャブラリーに思えた。初めて左小竜にあった時にもう見てはいたけれど、次に会ったらまたこんな目に遭ってしまって、モーターバイクというのは、乗れば毎回エンジンブローしなくちゃいけないものなのだろうか。

ちょうどその時、五百メートル以上引き離された天馬鎮のモグリライダーたちは、左小竜がモーターバイクを路肩に停めたのを見ていた。すぐにああだこうだと議論になって、一分間の討論の末、結論はこうだつた。

「企んでる。行くんじゃねえ。追えば、奴はまた逃げる。俺らはまた追いつけねえぞ。おちょくられてる。ますます格好が付かねえ。たぶん行く先には、奴の兄弟分が待ち伏せしてる。でなきゃ、大っぴらにストップなんかするわけねえ。嵌《は》められるか。ふけるぞ」

方針が決まったら、モーターバイクの連中は方向転換して次々に消えていった。

それを見ていた泥巴は、どうしてだろうと思った。

「あの人たち、何で追ってこないのかしら」

そのとき左小竜は、そんなことはうわの空で、しまったどうしようと、ゼファーを見つめたまま焦りまくっている。いい加減に答えた。

「あいつら、俺がおっかないのさ」

泥巴は事の重大さが分からない。

「じゃあ、何が心配なの？」

左小竜は立ち上がった。

「エンジンブローだよ」

泥巴はそばに寄って慰めた。

「大丈夫よ。そんなことない。ね、今度のと前のとは違うわ。今度は爆発がなかった。だから、エンジンブローじゃない」

「なら、中がやられてる。スカッフィング(注48)ってやつだ」

たちまち泥巴は心酔してしまった。機械知識が豊富な男が好きだったから、本当に機械や車両の学問があって、動かなくなったときに、それがエンジンブローかスカッフィングかの見分けがつくんだなと思った。

「じゃあ、エンジンブローとスカッフィングだったら、どっちがいいの？」

左小竜はちょっとうるさいと思った。でも、このエンジンは代金を泥巴が立て替えてくれたんだとふと思って、すぐに口調を穏やかにした。

「ベイビー、どっちもよくないんだよ」

泥巴は左小竜の気落ちした表情を見て、慰めてあげるしかない。

「大丈夫よ。きっとスカッフィングよ。絶対にエンジンブローなんかしてないわよ」

左小竜はもうどうにもならないと思った。

「泥巴、どっちにしたって、エンジンはもう使い物にならないんだ」

泥巴はさっと緊張した。

「それじゃわたしたち、もう会えないの？」

左小竜はよく考えもしなかった。

「うん」

泥巴は不機嫌になった。

「わざとなの？　わたしと会う度にバイクを壊しちゃって、わたしと会いたくないってこと？」

左小竜は黙っていた。できることなら、こう言ってやりたかった。

〝君は俺のゼファーほど大事じゃない。君と会わないようにするのに、ゼファーを壊すなんてあり得ない〟

「ごめんなさい。どうやって修理するか、早く調べましょ」

左小竜は絶望していた。

泥巴はなおも急かせた。

「ねえ、早くみてちょうだい。わたし、待ってる。何も言わないから」

左小竜はモーターバイクの機械原理が全く分からなかったけれど、ちょうどクルマがエンストしたときには男たちがみんなエンジンフードを開けるように、ゼファーの前後左右を数十回も回った。ハッと気が付いた。すぐに勇ましくなった。

「泥巴、行くぞ」

「直ったの？」

左小竜は笑った。

「心配するな。もうバイクを押してる」

「どこが壊れたの？」

「ガス欠だ」

満タンにしたときには、初夏の夜陰が降りていた。左小竜はゼファーに跨がってタバコを吸い、泥巴は売店に水を買いに行った。泥巴の後ろ姿を見ながら思った。こんなふうな綺麗な女の子が、この自分に一体どういう気持ちを抱いているんだろう。この問題は何度も考えてみたけれど、分からなかった。一緒にいると、心が和むのだけは分かる。泥巴の心の裡で、左小竜は英雄だったからだ。この世界が泥巴で組み立てられていればいいのにと思った。

黄瑩と会ったときの自信のなさとを比べてみて、これからは黄瑩と会う前と後で、泥巴に会う必要があると思った。一度目で自信を創造し、二度目は自信を回復するんだ。こんなにいい子なのに、自分はどうして好きにならないのかな？　この問題の答えは、黄瑩をモノにしてからまた考えよう。

泥巴を家に送り届ける前に、レターセットとペンを泥巴に買わせた。泥巴は大喜びだった。家に送ってから、闇夜の中を彫刻パーク内の部屋に戻った。灯りを点けると、頭の上をいろいろな飛行物が旋回している。硬い殻の昆虫がひっきりなしに窓ガラスにぶつかった。左小竜は部屋に跳び込んできたガマガエルを外に放り出すと、黄瑩に手紙を書く決意をした。表向きは黄瑩に亭林鎮合唱団に参加して欲しい旨の招請だけれど、本当は左小竜個人の黄瑩に対する称賛だった。

レター用紙を広げて、アレッと思った。泥巴が買ったレター用紙に丸っこい動物が一匹印刷されていて、その下にこう書いてある。

『ボク、ピカチュウ』

あっという間にインスピレーションはゼロになり、長い間じっと紙を見つめ続けた。黄瑩みたいに熟れて大人びた女の子に、アニメのデザインなんてことあるわけない。この一枚は捨てることにして、綴りの中に招請状に相応しい用紙がないのか見てみた。二枚目を引き出したら、これもやられた。今度は丸い動物のてんこ盛りで、こう書いてある。

『ピカチュウ・ファミリーへようこそ』

その後の用紙はこの二枚がずっと繰り返されている。左小竜はすっかり絶望的になった。ひっくり返してどこを見回しても、何か書ける紙面はどこにも見当たらない。封を切ったら、封筒の裏に書いてある、というのはどうなんだろう。でも、すぐにそのアイデアは撤回した。黄瑩は何度も封筒をひっくり返して中から何も出てこなかったら、手紙は捨ててしまう。この丸い代物を切り取ってしまえないかと知恵を絞り始めた。そうしたらこの丸いボールどもときたら、よく見ると元々レター用紙の背景にうっすら印刷された背景画像で、おまけに目立つように『竜猫《トトロ》(注49)』の二文字が、方々にでかでかと書いてある。もう時間を無駄にしたくなかった。文化芸術コンクールはじきに始まるし、夜の闇と灯りは手紙を書くにはもってこいだ。よし決めた。レター用紙のテーマから始めて、その流れに乗って書き進めよう。そうすりゃオープニングの雰囲気がリラックスしたものになる。俺の文才だって、けっこういい線行ってるんだ。小さいころからあまりモノがうまく書けなくて、作文は大嫌いだった。でも、今回は表現への欲求があるんだ。ふと思った。

〝小さいころモノが書けなかったのは、たぶん先生が俺に書かせるモノを与えなかったからだ。でも今、遂にそのモノを見付けたんだ〟

左小竜は紙を広げて、ピカチュウから書き始めようと思った。

黄瑩さん　こんにちは

左小竜です。ポポ印刷所が開業した日に、君をモーターバイクで家に送った男です。妹に何でもいいからと用意させたレター用紙でごめんなさい。でも、面白いね。ピカチュウはキューピッド（注50）のことだけど、このレター用紙のピカチュウの矢って、どこに射られるのかな。このレターのあて先が矢の届くところかもしれないね。

本題に入ります。ぼくは亭林鎮合唱団を作りたいと思っている。二週間後のコンクールに参加するつもりなんだけど、実際、ぼくは自分らの合唱団で賞金を稼ごうなんて、もとから考えちゃいない。ぼくは本物の合唱団に、全国で、ひいては全世界で公演できる合唱団にしたいと思っている。ぼくの小さいころからの理想は、すばらしい指揮をすることなんだけど、ぼくは君が初めてステージで歌うのを見たときから、とてもすばらしいと思っている。君の声とステージ・アピールは、ぼくらにいちばん欠けたものなんだ。時間があったら会って、話し合おう。

ぼくら、手を組めたら嬉しいな。

書き終わると、誤字がないかどうか何度も繰り返し読み直し、『ぼくの小さいころからの理想は、すばらしい指揮をすることなんだ』の部分から『の理想は』を削って、『ぼくは小さいころから、すばらしい指揮をしたいんだ』にした。他人の理想で自分を試してみたい人間なんていないんじゃないかと思った。封をしたら、もう夜中の十二時になっていた。大帥を起こしちゃいけないと、ゼファーを押して百メートル進んでからエンジンを掛けて、夜の闇に分け入った。夜中の亭林鎮に人影はほとんど見当たらない。郵便局に着いたらポストに投函した。封筒には『黄瑩さま』とだけ書いてある。黄瑩にレターを出す人は多かったから、住所は必要なかった。この町の人たちがみんな知っていることだ。

投函したら、とても気持ちがよかった。やるべきことはやった。この時、頭の中は黄瑩のことしかなくて、心はすっかり病気になっていた。黄瑩のことになったら、俺は本当に〝心叶えば幸せ。ダメだったら病気になる〟。

彫刻パークに戻ったころにはもうすっかり夜が更けていたけれど、左小竜はずっと眠れなかった。出した手紙の効果や、これからの成り行きをああなったらこうなったらと想像をめぐらせていたら、眠気はすっかり失せてしまった。テレビを点けた。球技のゲームでも観ようか、観ていれば眠くなるかもしれない。スクリーンにまだ映像が結ばないうちに、先に音声が聞こえてきた。――ピカピカピカチュウ《球(注51)》……

左小竜は目を丸くして番組を観た。しばらくの間、これまでのことをひととおり思い返して、突然声を上げた。しまった。もうダメだ。キューピッドはピカチュウじゃない。そう思ったら、いくら後悔してもしきれない。手紙はもう出してしまった。赤っ恥だ。悔やんでも後の祭りだった。

数分間、髪の毛を掻きむしったら、ふと名案が浮かんだ。ゼファーに跨がり、町に向けて猛スピードで……

早朝に起きた大師は、一体どういうことなのか全く理解できなかった。彫刻パークの自分の家の前に、一晩で郵便ポストがひとつ増えていた。そのとき左小竜が斧を担いでやって来た。大師が口を開こうとすると、左小竜は斧で郵便ポストの差し入れ口をこじ開け始めた。

「おまえ、何やってんだ」

左小竜は顔も上げない。

「俺、夕べ黄瑩に手紙を書いたんだけど、間違えちまったとこがあるんだ。取り返さないと」

「なら、もう一通書けばいいじゃないか」

左小竜は汗をぬぐった。

「だめだ。こいつは第一印象が大事なんだ。そうしないと俺たち、合唱団のメンツが立たん」

「一体、何を間違えたんだよ」

「おまえには関係ない。早く手伝え」

大師は急いで部屋に取って返して、工具箱を持ち出した。二人は長い時間バタバタと動いて、ようやく郵便ポストが開いた。左小竜は数百通の手紙を掻き分けて、中から自分が書いたものを探し始めた。見付けたと思ったら、不意に自分あての手紙が外に一通あるのを見付けた。何だろうとかざして、しばらく考えていたけれど、ふと泥巴が自分あてに書いた手紙だと思った。手紙を書くというのは、この時代には文学芸術の亡霊に取り憑かれた人間くらいしかできるものじゃない。左小竜は泥巴が自分あてに書いた手紙を脇に放り出して、ブツブツ呟いた。

「どこのどいつなんだ。まだ手紙書くなんて奴はよ」

急いで自分が書いた手紙をポケットにねじ込んで、残りの手紙を見付けたビニール袋にひとまとめにしてくるんだ。ゼファーのエンジンを掛けてそこを離れようとしたとき、ふと地面に放った泥巴の手紙に気付いた。かがんで拾い上げると、手紙に向かって言った。

「俺に直接手渡すんじゃだめなのか。郵便局に走って行って出さなきゃいけないのか。俺に直接渡すのといっしょだろう」

左小竜はビニール袋をぶら下げて、ゼファーで町に向かった。

顔に吹き付ける熱風が、最高に素晴らしい夏の到来を告げていた。

左小竜はあれこれ思案しながら、郵便局の前にやって来た。見ると、郵便ポストのあった場所にはテーブルが置かれ、その上に募金箱が据えられている。ゼファーを停めた。手にした手紙の大きな包みはこの募金箱には入らないな、やっぱりカウンターに持って行くか。人の用事にかかずらっちゃいられない。でも、よく考えれば用事がある人だって、手紙は書かないに決まってる。そう思ったら、少し気が楽になった。ビニール袋を手にかざして、どうしてこの手紙を拾ったのか、その理由を頭の中ででっち上げ始めた。その時、いきなり一台のモーターバイクがハイスピードで左小竜の傍を掠めて、ライダーは左小竜が手にかざしたビニール袋を引ったくると、猛スピードで走り去った。現場には左小竜が一人寂しく中指を突き立てて、ぽつねんと立ち尽くしたまま、ライダーを遠く見送っていた。数秒して左小竜は我に返った。――クソッ、強盗に遭っちまった。ふだん軍事関連の本はたくさん読んでいる。偵察と偵察防衛についてはよく知っているという自惚れがあった。その挙げ句が、国家人民に仇なす輩に引ったくられちまった。それればかりか、今やもうううねと南に延びる街道に姿を消してしまい、行方は全く分からない。消え去った方向に向かって、胸中バカヤロウと毒づいた。それに持ち去られた手紙の行く末に心が痛んだ。あの中にはラブレターもたくさん入っていたかもしれない。あの盗っ人は、たくさんの愛情を奪い取ったんだ。まったく罰当たりだ。どれだけの人がこのために一緒に暮らせなくなるというんだ。もしも二人が一緒に暮らせなかったら――そう考えたら暗い気持ちになった。――そうしたら、他の人に鞍替えして一緒になればいいじゃないか。

警察に通報しようかと思ったけれど、ここの警察は仕事の能率が悪い。通報したって、あの悪人を捕まえようがない。ああだこうだ考えたって仕方ない。もういいや。でも、あいつの特徴を覚えてる――白いTシャツを着てた。

まさに左小竜の判断は基本的にすべて間違いだったように、今度も間違いだった。この引ったくりのモーターバイクは、排気量オーバーでナンバープレートを付けていなかったから、交通警察に停止させられバイクは没収、ライダーは不審なビニール袋を携帯しているとして検査され、その過程で数百通の手紙が発見された。ほどなく交通警察隊の隊長が到着して、こうもたくさんの手紙を目にするや、この案件は違法カルト組織の広宣活動に捜査範囲を拡大することになり、その後すべてが私信だと判明すると、郵便局郵便ポスト窃盗事件と関連ありとなり、この引ったくり犯は郵便ポスト窃盗事件の容疑者と認定された。被疑者は強く否認したけれど、れっきとした事実だ。否認すれば厳罰だ。取り調べの過程で、ある警官が自分の女房が愛人に宛てた手紙を見付けた。次の取り調べの後、鼻は痣《あざ》だらけで顔が膨れ上がった被疑者は、自分が郵便ポストを盗み、そのうえ屑鉄にして売り払うつもりだったと認めた。強奪と公共物損壊の罪で、この容疑者は懲役三年の刑を言い渡され、政治的権利の剝奪一年、犯行に使われたモーターバイクと個人財産一万元を没収された。その後の歳月で、この犯罪者は刑務所でさらに外の犯罪者からさんざ嫌がらせや侮辱を受けた。何故なら、……外はみんな刑事警察に捕まったのに対して、交通警察に捕まったからだった。

もちろん、左小竜はそんなことは知らなかった。

左小竜はものごとを判断したり、予見するのが好きだった。恐ろしいのは、その判断が不完全に正確であるだけではない。それればかりか完全に不正確で、ひいては間違いが常軌を逸するかしないかの境界線上にまで達していたことだ。この人はと見込んだ相手やすばらしいと思った物事は、最後には悲劇を迎えるのに、取るに足らないと思った人やバカにした物事は、最後はみんな万々歳の大喜び。けれど、そこに自分の法則を発見するようなことはなくて、ただふとひどいなと感じるだけだった。ヒーローは賢明とは限らない。この世界が俺にチャンスをくれないだけだ。俺のヒーローの能力を証明させないだけだ。左小竜はそう信じていた。当然、この世界は実際のところチャンスだ。ただこの世界が永久に指名しないというだけのことだった。

亭林鎮の野外スケートリンクの近くまで来ると、ふと歌声を耳にした。力強く響き渡る歌声で、絶対に一人で出せるものじゃない。鉄製の門を押し開いたとたん、身震いした。百人くらいが整然と並んでいる。かなり大がかりな合唱団がリハーサルの最中で、……聞き覚えのない曲だ。本式な各パートが演じるハーモニーの歌声は、まるで左小竜に向かって地面の埃を巻き上げているかのようだ。ぐるりと周りを見た。ちぇっ、サウンドミキサー、スピーカー、マイクまであるじゃないか。それに……クソッ、こんなに大勢母《ま》ちゃん《ま》が。児童パートの保護者だ。それに指揮者がいる。手には本物のタクトが握られていた。

すぐ近くで歌声を聴いてみた。テクニックの面では何ら問題はないけれど、感情がこもっていないし、歌はありきたりだ。俺が亭林鎮合唱団を結成したら、感情表現じゃあこのお役所合唱団に少なくとも負けることはないと思った。

休憩しているところを近くによって声を掛けた。

「こんにちは。皆さんは……」

一人の力強い低音が響いた。

「僕らは、亭林鎮合唱団です」

左小竜は暗澹《あんたん》とした気持ちでスケートリンクを後にした。ゼファーの前に来ると、メーターパネルを撫でては、表面に付いた色取り取りのホコリをこすり落とした。ふとズボンのポケットに泥巴の手紙があるのを思い出したので、広げてみるとこう書いてあった。

竜さま

わたし、きょうはとてもうれしかった。ペンとレター用紙を買ってあげたのは、知ってるわ、わたしに手紙を書きたいのね。だけど、わたしの方が先よ。今までだって、いつもわたしの方が先だもの。あなたの方が先に受け取るかどうか分からないけど、でも、ぜったいわたしの方が早いわ。だって、あなたって無精なんだもの。

竜さま、プレゼントした本、もう読んだ？　本読むの好きじゃないって知ってるけど、それはどうでもいいの。出てくる人物がそっくりだって、ただそれが言いたいの。だって、二人ともモーターバイクに乗るのが好きだから。わたし、初めてあなたがバイクに乗ってるのを見たときから、好きだったの。ふつうはこんなふうに言っちゃいけないけど、だけど、わたし、あなたのガールフレンドでしょ。何も隠しちゃいけないと思うの。

最後になるけど、竜さま、わたし、大きくなったら、お父さんとお母さんに引っ越しさせられちゃうの。それが言いたいの。ここは小さい場所だから、家族みんなでもっと大きい場所に行くんだって。だけど、わたしはここが大好き。だって、あなたがいるから。あなたが何してるか知らないけど、それはどうでもいいの。わたしを連れてってくれれば、それでいい。モーターバイクに後ろの座席があるわよね。

最後になるけど、わたし、あなたの絵を描いたのよ。だけど、顔は描いてなくて、後ろ姿だけ。この前、二人で深い霧の中をツーリングしたのがすごくよかったよ。だけど、わたし、ずいぶん長く絵を勉強してるんだけど、霧って、どう描くのか分からないの。

いつも会いに来てくれたらいいな。わたし、あなたのモーターバイクのエンジンの音を知ってるから。あなたはわたしの学校を知ってるし、家だって知ってる。この前、わたしを送ってくれたところよ。アクセルを回せば、あなただって分かる。あんまり吹かさないでね。エンジンブローには気を付けて。それから、お父さんお母さんにばれないようにね。わたし、すぐに下りていくから。

最後になるけど、竜さま、わたし、あなたのモーターバイクに名前を付けてあげるわ。皇后号って呼びましょ。きっと好きじゃないと思うけど。何でバイクが女なんだって思うかな？　だって、あなたは男でしょ。あなたのモーターバイクが男だったら、それって変な感じでしょ。わたし、あなたとたくさん会いたい。たくさんたくさんたくさんたくさん会いたい。

最後になるけど、竜さま、運転にはほんとに気を付けて。わたし、あなたにすてきなヘルメットを注文したのよ。来週には届くわ。お年玉使って注文したんだから。プレゼントよ。

竜さま、じゃあまたね。

この手紙にテンションは上がったり下がったりだった。第三段落からもう『最後になるけど、竜さま』と始めたから一息で読み終えると思ったら、さらにもう五段落、息を止めまくりだった。手紙に向かって何か考えているふうで、開いてはまた読み、また折りたたんでポケットに放り込むと、ゼファーに跨がった。強い陽射しに灼《や》かれて気分はぐったりで、耳元では男の〝僕らは、亭林鎮合唱団です〟という低音がいつまでもこだましていた。突然、国道が封鎖されているのが目に入った。たくさんの警察車両がバリケードを築いている。地元の交通警察だけじゃなくて、刑事警察、特殊警察部隊(注52)、さらに今まで見たこともない特種車両の環境測定監視車や原子エネルギー車、そして軍関係の戦地消毒車まであった。

道路脇に停まって、隊列に分け入って訊いてみた。

「何があったの？」

誰も答えない。

またたく間に非常線が五十メートル外側に広がった。突然、空中でダッダッダッダッダッという音がして、高空からヘリコプターが一機、ゆっくりと降下してきた。土ぼこりが立ち上って、あっという間に視界がぼやけた。どう見てもヘリコプターは降下を急いでいて、パイロットがすぐに地面効果(注53)も克服してアスファルト道路にそのままぎごちなく着陸させると、中から外国の記者が数人飛び出してきて、カメラを担いだのが隊列に割り込んだ。すぐに一台の民生用車両から人が下りてきて、記者たちを制止した。

「あなた方は、取材の申請をなさったか？」

外国の記者が答えた。

「ありません。報道の自由が僕たちには……」

相手は続けた。

「誰があなた方に領空を開放したと？」

「僕らは低空を飛んできたので、低空であれば、……」

相手は記者を押しとどめた。

「お帰り下さい。新華社の記者が見当たらないのをお分かりにならないか。新華社の記者は全く来ていない。この件はニュースではないということだ。取材はできません」

記者の連中はヘリコプターに乗り直した。上昇するともう戻っては来ないで、逆に警戒区域内に侵入した。警戒区域は彫刻パークのある化学工場地区を含んでいて、幹線道路に沿って流れる河が彫刻パークを突っ切り、まっすぐ長江に注いでいる。いきなり空気を引き裂く音がして、一発の花火のような物体が猛烈な速さで空に上昇してヘリコプターに命中した。それでも分解はしなかったけれど、ジャイロスタビライザーが全く機能しなくなって、ヘリコプターはきりきりと回転しながら地上に墜落した。みんなびっくり仰天した。

ワアッ、ＲＰＧだ。左小竜は胸の内で叫んだ。

「兵器の発射を初めて見た。それもロケットランチャーだぜ」

みんな周囲をキョロキョロ見回したけれど、誰が発射したのか見ていなかった。
「どうでもいいじゃないか。ありゃアメリカがやったのさ」と声がした。

これはますます面白くなってきた。左小竜は迂回できる狭い砂利道がいくらもあるのを知っていたから、急いでエンジンを始動して元の道を引き返した。途中、非常線の方に走っていく人がどんどん多くなって、消防車や救急車も対向車線を走ってくる。これって、ひょっとしてバイオハザードかも、と思った。その時、いちばん最初に頭に浮かんだのは泥巴、それから黄瑩で、最後に大師だった。

〝大師は今じゃもう、隔離地区で何があったか知ってる。マジ訊いてみたい〟

迂回して隔離地区の反対側に着いた。偵察したら、実は隔離地区が亭林鎮の竜泉河《りゅうせんがわ》を境に区切られているのが分かった。非常に厳重に隔離されていて、基本的に各交差点は武装警察で固められている。そのうえ国道のもう一方の端は、もっと厳重だった。突然、銃声が途切れ途切れに聞こえた。左小竜は緊張せずにはいられない。何だ、何だ、何だ、何があったんだ。頭の中はそのことでいっぱいになった。もう我慢できない。近くの武装警察官に訊いた。

「いったい何があったの？」

「本官も何が起こったのか知りたい」

その時、トランシーバーが響いた。

〝銃は使用せず。銃の使用に及ばず〟

一大事だ。脇の小路から迂回して進むことにした。小路に入ったら、完璧に失望した。また武装警察だ。いきなり警察官の足元を一匹の……一匹の……一匹の……一匹の……。

一歩前に出て、しげしげと眺めた。青ガエルだ。――でも、すごくでかい。そうしたら、あのザリガニの変異した奴が頭に浮かんで、分かったぞ、こいつも変異したんだ。でも、前の変異はこれほどじゃない。ということは、この変異は前のより事態がもっと重大だ。その途端、サッカーボール大の青ガエルにギョッとなった。カエルは左小竜を見てピョンと跳ねて、すぐにまたピョンと跳ねた。ひとっ飛びで一メートルだ。泡を食って後ずさりした。カエルはまるで人類を怖れなくなったみたいに、こっちに向かってまっしぐらに跳ねてくる。その時、役所の広報車がゆっくりと動き始めて、スピーカーが大パワーでがなり立てた。

「お集まりの方々へ、お集まりの方々へ。関係機関による評価、衛生担当部署による調査検証の結果、この度、亭林鎮に出現した生物の巨大化現象は、正常で合理的な種の進化に属するものであり、地球温室効果によりもたらされたものであります。専門家による化学分析により、すべての生物に毒性はなく、唯一通常と比べて、やや大きいというものであります。お集まりの方々におかれては、パニックにならないよう、パニックにならないようお願いします」

左小竜はあっという間にパニックが収まった。目の前にいるこいつは、ウシガエルじゃないのかな。左小竜がスクッと立ち上がると、青ガエルはすぐに向きを変えて逃げて行った。それほど遠くない所にたった今までいた武装警察官は、もう姿が見えない。ゼファーで国道に出ると、何もかもすべて跡形もなくなっていた。取りあえず、彫刻パークに戻ってみることにした。

彫刻パークに着いたら、そこら中が青ハブ(注54)だらけだった。こんなにウジャウジャ猛毒の蛇に囲まれちゃあ、きっと大帥はお陀仏《だぶつ》に違いない。でも、こいつら青ハブは顔付きが温厚で、頭は三角形じゃない。それどころか、頭のてっぺんにフックの形をしたものがある。それに動きも鈍い。青ガエルの大きさの比率を思い付いて、頭の中で何倍だったか考えた。その倍率で割ってみると、分かったぞ、こいつは青虫なんだ。そう思ったとたん、突然空からトビが急降下してきて、青虫を咥《くわ》えて空に舞い上がった。トビはとても颯爽《さっそう》として勇ましい姿で、おまけにビール腹だ。ハッと気が付いた。あれはスズメなんだ。

左小竜はその場に立ち尽くして、珍妙な世界に溜息を吐いた。みんな大きくなっちまった。ただ人類だけ変異してない。それとも、自分の方が変異しちまっているのかも。すぐさまゼファーのバックミラーに自分を映してみた。大丈夫だ。大帥がどうなっているか見たいと思って何度も呼んでみたけれど、人の気配はなかった。しばらくして、目の不自由な劉必芒にふと会いに行こうと思った。

国道を走っていると、誰もかれも満面笑みを浮かべていて、中には家で爆竹を鳴らしている人たちまでいる。どんな盛大なお祝い事ができたんだろう。劉必芒の大毛土レストランの玄関前に着いたら、ポポ印刷所の前に大勢の人だかりができていた。みんな手に手に容器を持っている。

左小竜はわけが分からず、劉必芒の部屋に行った。劉必芒の方も待っていたみたいだった。

「何も変わったことないよね」

「相変わらずだ。わたしは目が見えん」

左小竜はソファに座り、ガラス越しにポポ印刷所を見た。

「知ってるかい？　町じゃあ物が……でかくなっちまったのを」

「知ってるさ。知らないわけがない。わたしが最初に気が付いたんだ」

「何で知ってるんだ」

劉必芒は溜息を吐いた。

「店じゃ毎日、地鶏を仕入れにゃならん。以前は一羽三十元余りだった。それが今日は三百元余りだ」

一瞬、どういうことか分からなかった。

「みんな変異しちゃったの？　地鶏が小さくなったから、値が跳ね上がっちゃったの？」

劉必芒は大きく溜息を吐いた。

「違う。地鶏も大きくなっちまったんだろうに……」

不意に室内が薄暗く、ひんやりしていると左小竜は思った。

「それじゃ……どうするんだ」

「何てこったよ。人生この方、こんなにでかい鶏は初めてだ。何もかもでかくなっちまったと聞いて、女房呼んでちょっとあいつを触ってみたんだ。どこもでかくない。まだ大丈夫だ。人に問題はないと思った。だが、こいつの方は急にこんなにでかくなっちまった。食えると思うか？　わたしは食えん。君、食えるか」

「みんなが食ったら、食うよ」

劉必芒は急に立ち上がった。

「食えんよ。食えはしない。絶対にまともな代物じゃない。君、今は何でもなくたって、これから何もないとは限らない。ほかに正常な大きさのがあるんだったら、それを食えばいいんだ。どのみちわたしは耐えられん。この世界、動きが早すぎる。今日はこう、明日はこう、目の見えん者にはたまらん。見ぬもの清し、見なけりゃ、いやな思いはしなくていいんだ」

「分かった。じゃあ俺も食わないよ。この世界が全部変わっちまったら別だけど。でも、まあ俺が見ても変だよ。今日はこの俺さまだって、もう少しでウシガエル一匹に騙されるところだったんだ。けど、あいつ、何で一晩のうちにでかくなっちまったんだろう」

劉必芒は窓辺を指差した。

「聞いたんだ。あの印刷所だよ。ついこの間、あるベストセラー作家が本を印刷することになって、そいつは使いたい特殊な紙を指定したんだが、それが全世界で初めて使う特殊な紙なんだそうだ。君は知らなかっただろうが、あれはただの印刷所じゃない。どこにあれだけ大きい印刷所が開業できるというんだ。あれは特殊紙を製造する工場でもあるんだ。でなけりゃ、毎日あそこに木材を運んでくる訳がない。その結果、特殊紙が作られて、本はいまだ装丁されないうちに事件は起きた。裏の排水溝から流れ出た水に問題があって、竜泉河に流れ込んで動物に触れたら、たちまち巨大化したんだ」

「どんな本？」

劉必芒はテーブルを指した。

「これだよ」

左小竜は手に取って見た。韓寒の『毒』だ。ソファに投げ出した。

「毒、たっぷりだな。俺、請け合うね。こいつは絶対、まともな代物じゃない。こんな大事件まで引き起こして。それに比べりゃ、以前町に来てテープカットをしたあの小物作家は悪くないと思うよ。物書きたるものが、こんないろんなことしでかして、何だっていうんだ。読者にちやほやご機嫌取りしてさ。その点、あいつの方は前途洋々だと思うな」

劉必芒は自分は読んでいないのが悔しく、うまく意見も言えないでいた。

「今はもうメチャクチャだ。鶏は七面鳥みたいにでかい。このレストランをどうやっていったらいいか思い付かん。それなのに庶民ときたら、嬉しくてたまらん。自分が育てたものが一晩で値が跳ね上がるんだからな。それだけじゃない。この町で異色の観光や飲食まで企んでるんだ。わたしはやらんぞ。それはこの町の特色じゃない。特色だったら、毎日わたしがやってるだろうが。わたしがやっていることこそ、町の特色なんだよ」

左小竜は傍によって慰めた。

「クヨクヨしなさんな。新しい特色ができたってことさ」

劉必芒は感情のコントロールが効かなくなった。

「あるって言うのか。そんなにたくさん新しいものが、あるって言うのか。新しくなけりゃいかんものは新しくないのに、新しくあるべきじゃないものが、むやみやたらに新しい。クソオッ……」

左小竜は、今にも爆発しそうな劉必芒をソファに座らせた。

「まあまあまあ、落ち着いて。俺が町で最近起こったことを話してあげるから」

劉必芒は水を一口飲んだ。

「話してみてくれ」

左小竜は腰を下ろすと、ゆっくりと話し始めた。

「町じゃ文化芸術コンクールをやることになったんだけど、そのコンクール、賞金がでかくてさ、人がどっさり歌うんだ。俺もコンクールに参加するつもりなんだ。亭林鎮合唱団を作るつもりだったんだけど、別の奴らに先を越されちまった。俺の合唱団に入れた最初のメンバーは、入れてみたら口が利けなくてさ。俺のモーターバイク、修理が済んだよ。町の郵便ポストが盗まれちまった。引ったくりがどんどん増えてて、俺も一度やられたよ。絵描く女の子が俺に惚れてて、そいつまだすごく若くて、俺、まだ歳を訊いてみてないんだ。それから、すごくいい女がいてさ。大人びてて、俺、好きなんだ。合唱団に引っ張りたいんだ。町じゃ地元の人間がどんどん少なくなってる。働いてる温度計工場で最近、でかい注文が入って、商売が忙しくなったよ。俺の仕事も増えた。一度に十六本の温度計を検査できるぞ。女だったら、二十本検査できると思うけどね。町の気温がどんどん高くなってる。いったん外に出りゃ、夏だよ。しょっちゅう家の中にいちゃあダメだよ。外に出てお日さまに当たるんだ。風に向かって進んでいって、ここの工業地区に行けば匂いが嗅げるよ。町の環境はどんどん悪くなってる。緑色の粉じんが空から降ってくるんだ。あんたのお隣の農家、家の取り壊しが始まった。立ち退きは今回、一平方メートル当たり二百元だ。町の住宅価格は四千元にまで上がったんだ。お隣にまた化学工場ができるんだよ。俺、書いた手紙を取り戻したんだ。一通手紙をもらったよ。こんなところだね」

聞き終えたら、劉必芒は気分が落ち着いた。

「どれもこれもいい話じゃないが、ザリガニがオーストラリアのロブスターに変わっちまったひどい話に比べれば、どうということはない」

その時、従業員が一人、興奮した様子で部屋に駆け込んできた。大きなザリガニを一匹つかんでいた。息を切らせている。

「マスター、マスター、やりましたよ。店の裏手で捕れたザリガニ、オーストラリアのロブスターよりずっと大きいですよ。ほら、見てください。……アア、……触ってみて、○・五メートルも大きいんですよ。今、出稼ぎ連中がみんな網で獲りに行ってます。釣ろうとしてるのもいるんですけど、釣りきれませんよ。すぐに従業員に捕まえるように言いましょうか。儲かりますよ」

左小竜は出て行くようにと、慌てて従業員に手で合図した。劉必芒は立ち上がった。烈しい口調だった。

「出て行ってくれ。おまえたち全員、捕まえてはならん」

従業員は劉必芒を白目で睨むと、むくれた様子でドアを閉めて出て行った。

劉必芒は声を荒げた。

「左小竜、君ね、これは価値観だ。価値観だよ。人は、何で必ず価値でもって価値観を測りにかけにゃならんのだ。この世界は日に日に変わる。変化と一緒になって人は変わっていけるというのか。この何日か、わたしは映画を聴いている。そこでこう言っていた。『おれはこの世界みたいなもんだ。この世界は変わらない』と。見えはしないが、こいつは間違っていると思う。人はいつ安穏に暮らしていたというんだ。わたしがたった今、こんなふうにしっかり理解したら、世界はもうすぐにあんなふうに変わってしまう。あんなふうは好きじゃない。世界はわたしをこんなふうにしておいてくれない。この世界は刻一刻と形を変える。わたしはこの世界と敵対してる。わたしが自分の新しいスタイルをぶつければ、あっちはまたスタイルを変えてしまう。毎日、わたしは店で闇の中だ。感覚は至って研ぎ澄まされてる。君は毎日外で目を開いて見ていれば、感じないだろう。この店の地鶏料理は旨い。わたしだって毎日この店ならではの地鶏を食べている。食べ続けて十二年、飽きたことはない。だが、今どきの人間は三度食べたら、こう言うんだ。『マスター、あんたの地鶏は旨いよ。だけど、新しい味のはないのかい?』って。旨いんだったら、そのうえどんな新味が必要だっていうんだ。毎日新しい味を出してたら、元のは不味いと言っているのと同じじゃないか。この世界は地鶏だよ。変わらずいちばん旨いんだ」

「マスター、だけどこの土地じゃあ、今だってあんたの地鶏のレシピが分かっちゃいないんだぜ」

左小竜が帰るからと言うと、劉必芒は店の戸口に立って手を振った。今日、店は以前に比べて明らかに閑散としていた。人々は、家で大型動物の新しいご馳走に舌鼓を打っているに違いない。店先のオーディオが『初恋の場所(注55)』を流している。夏の日のそよ風がかすめて、劉必芒が着る中国服の長袖が揺れた。左小竜が始動したゼファーのエンジン音に気が付くまでの二分間、ずっと店先で見当違いの方向に手を振り続けていた。向きを変えてまだ手を振り続ける劉必芒に、左小竜は大声を上げた。

「いいんだ、手を振らなくても。戻りなよ」

声は泥巴が買ったエンジンの回転音にかき消されて、誰にも聞こえなかった。でも、夏の香りでいっぱいの女性の歌声は、マシーンの轟きを突き抜けた。

心に刻んだ場所　いつまでもいつまでも忘れられない
あの人と契りを交わした場所　ともに過ごした楽しい日々
そこは素敵な場所　山は青く高く　水は延々と流れ
二人で手と手と繋ぎ　初恋の味はとても甘く

こらえられない懐かしさ

劉必芒が何度も歌を口ずさんでいるうちに、光の見えない目の端から涙が流れ落ちた。網の袋や足を洗う盥《たらい》を手にした人たちがガヤガヤ騒ぎながら、次から次へと目の前を走りすぎていく。人々は河岸にやって来ると大声でわめいた。

「地元の人だけだぞ、捕まえていいのは。地元の人間だけだ。この河は、ここの土地のもんだ。よそもんの漁は禁止だ」

よそ者が地図を持って、その後を走ってくる。

「この河は安徽省《あんきしょう》から流れて来るんだ。おれは安徽省の人間だ。だから俺は捕まえていいんだ」

同じようにやって来た一人の河南省《かなんしょう》出身者が怒鳴った。

「おいらだっていいんだ、おいらだっていいんだ。おいら河南省出身だ。印刷所の社長、路金波だって河南省出身だぞ。こいつはあの人の功績だ。だから河南省の人間の功績なんだ」

タバコ二箱握らせてからは、河の土手一帯を監視する村民委員会の許可を得て、この二人も河で捕獲ができるようになった。タバコ二箱は、安徽省と河南省出身の二人がタバコ二箱にかけた費用を埋め合わせるために、必ず捕まえなくてはいけないザリガニの数に相当していた。ところが、誰もがこんなふうにした。村民委員会の年配委員の言い分は、こうだった。

「今は道理の時代だ。人は道理をわきまえているというが、わしにはわきまえているかどうかを監視する責任があるんだ。とはいえ、わしらはわきまえてはおらん。どこへ行こうが、みんな同じ道理だよ」

ある週末、左小竜はふと泥巴のことを思い出した。この前、泥巴を下ろした場所にやって来てスロットルを三回吹かすと、タバコに火を点けた。半分吸ったら、泥巴がもう目の前にいた。今度はオーバーオールを着ていて、ますますロリータっぽい。カバンを背負って、球技用のシューズを履いている。

「何でカバン、背負ってるんだ」

「宿題やりに行ってくるって言ったの。ほんとはね、……へへ、見て——」

泥巴はカバンを開けた。中に黒いヘルメットが入っている。手こずりながらカバンから取り出して、左小竜に渡した。

「どう？　カッコいいでしょ？」

左小竜は重さを確かめた。

「フルフェイスヘルメットだ。どうも。けど俺、ほんとおまえに会いに来たんだ。ヘルメット取りに来たんじゃないぞ。今日届くの、知らなかったんだ。これ、いいな。持ってみりゃ分かる。ここらで一個二、三十元のとは違うよ」

泥巴はヘルメットを手に取って、さすった。

「当たり前よ。あなたにいちばん高いのを選んだんだから。これ、レースのときに使うやつよ。三千元ちょっとしたんだよ。この町じゃもちろん買えないわ。それに、こう被って、ちょっと被ってみて」

左小竜が被ると、ヘルメットはぴちっと頭を包んで、少しもぐらつかなかった。

「泥巴、こんなにいいヘルメットを買うことないよ。俺の頭、値段相応ってこともないんだ。金持ちになったら金返すよ。エンジンの金が先だけど」

泥巴にはヘルメットに収まった左小竜がただ口をパクパクしているのだけが見えて、ガラスが一面息で曇っていたから、左小竜が何を言っているのか全く分からなかった。でも、それが縁だった。泥巴は小さいときから、人が金の話を持ち出すとそれを耳にするのがいちばん嫌だった。家の暮らしぶりがよかったから、感情的に金銭はもっとも不潔なものだと思っていた。泥巴がとても嫌いな話をとうとうしてしまったと言えるけれど、泥巴には聞こえなかった。

泥巴は大判の本を取り出して、左小竜の後頭部を強く叩いた。

「どう？　痛い？　痛くない？」

左小竜は叩かれて、さらにキュッと締まった感じがしただけだった。急いでヘルメットを外した。

「ああ、ちっとも痛くないよ。どんなふうに転倒したって、ノープロブレムだ」

「そうよ、顔が出ちゃうのは買わなかったんだから。いつも顔が見えてたら、カッコ付かないわ。じゃ、正面叩いてケガしないか、見てみましょ」

泥巴は本を丸めて、左小竜にヘルメットを被せて正面から叩いた。左小竜は脳震とうを起こしそうになり、急いで話題をそらした。

「これ、何の本？　すごく厚いけど」

泥巴は丸めた本を広げた。表紙には、とんでもないことに『政治』と書かれている。

「道理でぶ厚いと思ったよ。くだらない話ばっかりだよな。泥巴、すごくでかい動物を見に連れてってやるよ」

左小竜はヘルメットを泥巴に渡した。

「おまえ、先に被ってな」

泥巴は受け取ると、黙ったままストラップを締め、ほんの少し黙っていた。

「連れてって」

左小竜は振り返って、大声で訊いた。

「何？」

泥巴は大声を出した。

「行こうよ。何でもない」

実は、泥巴にはこれが初めての恋ではなかった。二年前、泥巴はある男が好きだったけれど、その男は泥巴がモーターバイクに同乗した時、ひとつだけあったヘルメットを自分の頭に被った。その時から泥巴はもう会わなかった。もしひとつだけのヘルメットを自分のために取っておいてくれる人がいたら、わたしはその人にずっと付いていく。一日その人の女性でいるなら、生涯、そうあり続けるんだ。泥巴はそう思った。

左小竜はちょっとスピードを上げた。夏の虫が顔に当たって微かに痛い。しかも虫はでかでかとしていた。泥巴は後ろから抱きついていたけれど、弱ったことにヘルメットを被ったら、愛する人の肩にうまく頭をもたせかけられなかった。

「行こうぜ。この気が狂いそうな世界を見に連れてってやる。すごくでかい動物をな」

泥巴は一言も聞き取れず、ただ左小竜と一緒にどこかへ行くんだとしか分からなかった。

左小竜が泥巴を連れて彫刻パークにやって来ると、トビのような鳥が左小竜のゼファーと横に並んで長い間飛んでいた。砂利道を走るバイクが巻き上げるホコリは、日の光の中で長い間消えなかった。自分の住んでいる場所に泥巴を連れてくるとゼファーを停めて、泥巴のヘルメットを外してやった。泥巴は怪訝《けげん》な顔で周囲を見回した。

「ここ、どこ？」

「誰もいない所だ」

「じゃあ、何でここに郵便ポストがあるの？」

左小竜は郵便ポストをちらりと見た。

「泥巴、これは中華民国時代の郵便ポストなんだ。彫像アートさ」

泥巴は近くに寄って、郵便ポストにさわった。

「中華民国のモノって、現代のモノによく似てるわ。これ、わたしが二、三日前に投函したポストとそっくりよ」

左小竜は雑草の中に泥巴を引っ張っていった。

「おまえは知らないけど、ここはもう閉めてほっぽらかしになった彫刻パークなんだ。もっと中へ入ると、いろんな彫刻があるんだ。付いて来いよ」

泥巴は左小竜に手を取られて、ゆっくり雑草の中に足を踏み入れた。左小竜は関羽を拝ませたいのだけれど、雑草が生い茂っていてはどうしようもない。すぐには彫像は見付からなかった。人の背丈もある草の中から見えるのは、遠くのいちばん高い場所にある自由の女神像がたったひとつだ。二人が進んでいく間に、いつもドナルドダックが見える。西太后《せいたいこう》の像とすれ違った。左小竜は立ち止まりたくはない。早く関羽を見付けようとした。楚《そ》の覇王関羽（注56）、覇王別姫の物語を泥巴に話して聞かせようと思っていたからだ。

「ちょっと待って。わたし、もう歩けない」

左小竜は立ち止まり、周囲の草を踏みならした。不意に彫刻が一体、地面に横たわっているのが目に入った。もうバラバラになっている。近くに寄ってしげしげ眺めた。

「この人、誰？」

左小竜は頭の部分を見付けると、長い時間、細かく観察した。

「これ、孫文《そんぶん》だ」

泥巴も近づいてそれを見た。

「そうよ。二、三日前授業のとき、ちょうどテキストにこの人の顔写真があった。この人よ」

左小竜は、バラバラになった彫刻を元の人の形に繋ぎ合わせ始めた。

「泥巴、実は俺、おまえに見せたかったのは……」

突然、泥巴は大声を上げた。

左小竜はスッと立ち上がった。

「どうしたんだ？」

「これをわたしにプレゼントしたかったの？　見せたかったのって、これ？」

「どれ？」

泥巴は一方の手で口をふさいで驚きを呑み込み、もう一方の手で傍にある天安門の彫刻を指差した。見ると、確かに天安門が自分の足元にある。何で天安門がこんなに小さいのか理由が分からなかった。

「おまえ、北京の天安門が好きなのか？」

泥巴はまだ声が上ずっている。

「そう。ううん、そうじゃなくて……それ、それ……見て」

左小竜は三歩後ろに下がり、背後の草を掻き分けた。頬杖をついて、しばらく眺めた。

「よくできてる。すごく細かいな。主席の像まで上の方に乗っかってる」

泥巴は手を左右に振った。

「違う、違うの。見て」

泥巴を見た。

「どこだよ」

「ほら、天安門の上にある楼の中よ」

左小竜はかがんで、天安門から奥の方を覗いた。知らないうちにもう三歩後ろに下がっていて、一方の足が孫文像の頭を踏んでいた。泥巴は小声になった。

「見えた？」

左小竜は一度唾をゴクリと呑み込んだ。

「見えた。あいつも俺を見てる」

「あの、あの子、あの子、すごく可愛いわ。中から出してあげて」

左小竜はちょっと迷った。

「おまえ、中に何がいるのかちゃんと見えるのか？　蛇かもしれないぞ」

「そんなわけないわよ。毛が生えてて、二重まぶたなんだから」

左小竜は毛の生えた二重まぶたの動物が、すぐに頭に浮かんでこなかった。でも、今日この状況では絶対に正義のために命を投げうたなくては、自分をヒーローだと思っている女の子が隣で見ているからには、何がなんでもつかみ出さなくちゃいけないと思った。泥巴をちらっと見て歯を食いしばり、ズンと前に出て天安門像を除けた。一度深呼吸をしたけれど、頭はどぎまぎしている。両目の焦点が合ったら、丸々としたのが一体、ブルブル震えながら自分と泥巴を見ていた。この球形の物体には見覚えがある。それほど昔じゃない以前に見たような……。

隣の泥巴がいきなり大声を上げた。

「ピカチュウよ！」

左小竜が腰をかがめてよく見ると、確かにレター用紙にあった奴に十中八九、間違いない。慌てた。

「この世の中にほんとにピカチュウって、いるのかい」

「ほんとにいるのよ。ありがとう。ピカチュウをプレゼントしてくれて」

左小竜はゆっくりしゃがんで、恐る恐る小さな丸い奴を手に載せた。そいつは両前足を胸のところに下げて、オロオロして左小竜を見ている。童話の中に引き込まれたような気がして、泥巴の方を振り返った。泥巴は両手を胸のところに下げて、オロオロして左小竜を見ている。この丸いのと仕草が全く同じだ。左小竜は突然、誰と話したらいいのか分からなくなって、このだだっ広くて草深い原野で頭がおかしくなりそうになった。

「泥巴、この動物、一体こいつは何なんだよ」

泥巴は一歩前によってきた。

「これ、トトロ《竜猫（注57）》よ」

「竜なのか？　猫なのか？」

「ほんとはネズミよ」

わけが分からなくなった。

「じゃあ、それってほんとは猫なのか？　それともネズミなのか？」

「これはトトロ、だからピカチュウよ。ありがとう」

左小竜はトトロを泥巴の手に載せた。

「そんな複雑な生き物なのか、おまえにやるよ」

泥巴は、たちまち左小竜に関心を失った。このトトロしか眼中にない。女性はこうしたもので、どれだけ男性を愛していても、毛に覆われた不格好な動物が現れれば、あっという間に自分が好きな人を忘れられる。泥巴はトトロを胸に抱いて、小さく呟いた。

「猫ちゃん、猫ちゃん、怖がらないで」

「ネズミなんじゃないのか。『猫ちゃんを怖がらないでいいのよ』って言うべきだろ」

「フン、あなた、小さな動物のこと分からないのよ。この子に名前を付けてあげましょ。あなたのモーターバイクはわたしが付けてあげたんだから、わたしのペットは、あなたが付けてよ」

「イヤだ。俺、名前を付けるの、超嫌いなんだ」

「猫ちゃん、ちょっと抱かせて上げるから、早く名前を付けてってたら」

「なら猫ちゃんだよ」

「ダメ、この子、ネズミなのよ」

「なら、ネズちゃんだろ」

「ちゃんと考えてよ」

「何でおまえが自分で付けないんだ」

「猫ちゃんを傍に置いておきたいの。あなたが付けておけば、これからこの子の名前を呼ぶ度に、ボーイフレンドが付けたんだって思い出すでしょ。嬉しいもの」

「じゃあ、ピカチュウだ」

「ダメよ。もっと考えて」

左小竜はうんざりした。

「なら、ピピでいいじゃないか」

泥巴は声に出して言ってみた。

「ピピ、ピピ、ピピ……あなた、ピピがいいのね」

左小竜はもうごたごたしたくなかった。

「いいね、いいね。ピピ、最高にいいよ」

泥巴は突然、頑として撥ね付けた。

「ダメ。ピピはダメ。響きが悪いわ」

もううんざりだ。小ロリータってやつは、この手のことになるといちばん始末が悪い。自分が生活していくのに現実的になったことがなくて、相手の毎月の収入が多かろうが少なかろうが、父さん母さんが死んでいようがいまいが、相手に地位がないからと見下しはしないし、自分たちの地位に不相応な物を買ってくれと要求したりするようなこともない。心持ちは純真この上なく、身体は純真この上なく、愛情はまさに愛情そのものだ。たとえ相手がいつの日か、反革命分子に変節しても変わるようなことはない。でも往々にして、トトロに名前を付けるといった類いの問題でごたごたする。

左小竜はこうした類いの問題には少しも興味がなかった。それどころか思った。

〝このサイケな場所なら、黄瑩を連れてこられるかもしれない。ロマンは現実離れしてるだろ。ここは非現実的な場所なんだ。もしかしたら、黄瑩にここで一発、キスできるかも〟

左小竜はぽうっとなった。泥巴が突いたのでハッと我に返ると、四つの眼が自分をじっと見つめている。何て言っていいか分からなかった。

長い沈黙が続いた。

「泥巴、今日おまえに見せたかったのは、こんなもんだ。行こうか」

泥巴は俯いて頷くと、トトロを撫でながら左小竜の後を付いていった。彫刻パークのどれもそっくりな植物と全然似ていない彫刻でできた迷路を二人は半時間歩いたけれど、出口が見付からない。ただ一部が欠けた自由の女神が遠くに立っていて、いくら進んでも自由の女神の大きなお尻しか見えなかった。左小竜はこの像を目印にして、それから離れれば出られるはずだと思っていたけれど、どうしようもない。二人はずっと同じ場所をぐるぐる回っているみたいで、トトロも落ち着きがなくなった。左小竜がこの彫刻パークにやって来たときから、この自由の女神はお尻を向けている。ということは、お尻の方角が正しい方角だ。でも仕方のないことだけれど、西洋人のお尻はあまりにでかくて範囲も広いから、人はふつうお尻を東西南北の一方向に向けているのに、この西洋の女性は三方に向けている。それがますます出口を見付けるのを難しくしていた。

「迷っちまった」

泥巴はなんともないふうだった。

「ハハ、面白いわ」

「だけど、大丈夫。俺が付いてる。大丈夫」

「うん、付いてく」

「おまえ、この猫、……ネズミ抱いてて、かったるくないのか？」

「ううん、この子、とってもふんわりしてるもの」

「どうするつもりなんだ、こいつ」

「あなたに飼ってほしいの。あなた、いつも一人でしょ。孤独な人」

「おまえが飼えよ。おまえに会うとき、一人なのは当たり前だ」

「ダメ、家じゃ飼わせてくれないの。あなたが飼ってよ。わたしと会うとき、いつもトトロを連れてきて。わたし、あなたとこの子、両方見たいの」

「ここから出たら、また話そう」

その時、空はもうじき暗くなりそうで、雑草を吹きすぎる風は本当に気持ちよかったけれど、真っ暗な夜になれば色々な虫が、それも巨大化した虫がやって来る。左小竜はちょっと気が気じゃなくなり、歩くテンポも速くなった。泥巴は辺りを見回しながら、のんびりと後を付いてくる。

「おまえ、何見てんだよ」

「猫ちゃんにお相手が見付からないかなって、見てたの。この子、一人でとっても寂しいでしょ」

「一匹でいい」

泥巴は口を尖らせて、草を蹴飛ばしながら歩いてくる。

「猫ちゃん、猫ちゃん、猫ちゃん、猫ちゃんね、パパったら、ひどいわよね。悪い人。パパは……アッ、……蝿がいっぱい」

左小竜が立ち止まって振り返ると、本当に小さな虫の一群が編隊を組んで通り過ぎた。

泥巴は変だなと思った。

「あの蝿、すごく痩せてたわよ」

左小竜はすぐに着ていた半袖を脱いで、泥巴の頭に被せた。

「急げ、ありゃ蚊だ。喰われるぞ。行こう。俺にぴったり付いて来い」

泥巴は半袖を顔に被ると、雑草の中を左小竜にくっ付いて走った。ただ自分の好きな人に付いていくのに、何で走らなくちゃいけないのかと思った。上半身裸の左小竜は、目の前にびっしり生えた雑草を猛然とかき分けた。

「わたしたち、もしかして……」

左小竜は大声を上げた。

「大丈夫だ、急がなきゃ。空が暗くなるとまずい」

「わたしたち、奥の方に走ってるんじゃないの。女神の像も見えなくなっちゃったよ」

左小竜は立ち止まり、息をひそめて周囲を見回した。どこも全く同じ光景で、自由の女神の一部分さえ見えない。草は女神を遮っているんじゃなくて視線を遮っていたので、もう一度よく見たら、女神の顔が左小竜のちょうど正面だった。発見してうろたえた。この自由の女神には、顔に目鼻口が彫られていなくて、表面はただの球だった。でも、まるで表情があるみたいで、自由の女神は明らかに俺のことを笑ってる、それもバカにした笑いだ。左小竜は腹を立てた。

「クソッ、こいつまで俺のことを笑いやがって」

その時、周囲の草はもう二人の背より高くなっていた。左小竜は、ちょっともうダメかなと思った。呼吸が元に戻ると、夜の闇がそこまで迫っていて、太陽はもう地平線の下に沈んでいた。ただ世界に残っているチラチラと揺れる光も、どこまでも続く草の壁の間にゆっくり消滅して、数秒後には漆黒に変わった。トトロの頭をそっと撫でて、泥巴を胸に抱くと、俯いて長いキスをした。二人が目を開けたら辺りはもう真っ暗で、空にまだ色がある以外には、周囲はどこもスミのように真っ黒だった。泥巴はただ輪郭だけになっていて、どんな表情なのか分からないけれど、トトロの両目は光っていた。

「わたしたち……」

「二、三分したら、もうちょっと眼がハッキリ見えるようになる」

泥巴は愛する人の夜目が利くようになるまでしがみついていた。すると急に周囲が本当に明るくなり、白熱灯の光が見え隠れしながら一部を明るく照らした。

「灯りよ。誰かがライトを持ってきてくれたんだわ」

「おまえ、足音が聞こえるのか？」

「聞こえないわ。あれは、灯りが自分でわたしたちのために来てくれたのよ」

そう言ったら泥巴は自分で怖くなって、ブルッと震えた。左小竜はそれにギョッとした。この可愛さは、明らかにこの場にふさわしくない。左小竜が大声を出した。

「誰だ！」

周囲から人の返事はなかった。でも、光はどんどん近づいて来て、それも見えたり見えなかったりで、吹く風にそよぐ草の音もしない。左小竜は泥巴を後ろに一歩下がらせて、ズボンから革のベルトを引き抜いた。

泥巴は突然、決死の表情でトトロを地面に下ろすと、胸のボタンを外し始めた。

左小竜は急いで傍により、泥巴の外したボタンをひとつかけると囁いた。

「泥巴、誤解だ。まだ最後の行為をやる時じゃない。俺がしたいのは、こいつと……こいつと……

こいつと闘うことになるかもしれない。おまえは離れてろ。俺がヤバくなったら、逃げろ。おまえのその、そのトトロを放りだして逃げろ」

「わたし、逃げない」

「バカ言うな。光がどんどん近づいて来るだろう。おまえが怖がってるの、顔見りゃ分かる」

「わたし、怖くないよ。怖くなんかないのに。わたしに何か言いたいことあるんじゃないの」

左小竜は答えずに顔を上げて、革ベルトの銅製バックルを前方に向けた。微かな光に、泥巴には左小竜の肌が光っているのが見えた。

「わたし、助太刀する」


白い円盤がゆったりと、左小竜と泥巴の頭上をフワフワ漂いながら通り過ぎた。二人は光を見上げた。左小竜が脇に一歩よけたら、途端に甲高い声がした。左小竜はすぐさま革ベルトを握り締めた。

「何の声だ」

泥巴は涙声になり、しゃがみ込んだ。

「あなた、わたしの猫ちゃん、踏んじゃったじゃない」

左小竜はすぐに元の場所に戻った。

「わざとじゃない。泥巴、これは一体何なんだ」

光はまた何度か旋回したら一秒間消えて、またゆっくり光り始めた。泥巴が賛嘆の声を上げた。

「何て大きなホタルなの」

左小竜は思考を拡大した。つま先立ちして目を凝らしたら、確かにホタルだ。無造作に摑んでみたけれど、どっちが尻でどっちが頭なのか見分けがつかない。でも、今はそれは大したことじゃない。母さんのおっぱいは心強い、明るくするものも心強い。手のひらに載せた。

「泥巴、俺の判断じゃ、今夜はここから出られないかもしれない。ライトが手に入ったにしても」

「ウン、じゃあ出るの、やめましょ」

「草踏んで地ならしよう」

左小竜がそう言って一歩前に出て、ホタルの光を頼りに草を踏みならしていると、目の前に河が流れていて、今、自分は野草の生える一角のいちばん端にいるのにふと気が付いた。

振り返った。

「出られたぞ」

泥巴は、自分が何でがっかりしたのか分からなかった。

「外はどうなってるの？」

「河だよ。彫刻パークを過ぎた竜泉河のはずだ」

「河の畔に来たのね。船、ある？」

左小竜はホタルをちょっとかざしてみた。

「見えない」

その時、泥巴が抱えるトトロがそわそわし始めた。ホタルに向かってチュウチュウ鳴いて、ホタルも明るくなったり暗くなったりするペースが速くなった。

「この二匹、敵《かたき》同士なのか……」

泥巴は落ち着いていた。

「ううん、お友だちよ」

左小竜はベルトを締め直した。

「何で知ってるんだ」

「お友だちなのよ。ホタルを放してあげて」

左小竜はちょっと惜しそうにホタルを放した。ホタルは空中を数メートル飛んだら、ゆっくりトトロの近くにやって来て、その周囲をクルクル回り始めた。でも泥巴が抱きかかえているので、泥巴の周りを回るしかない。泥巴の身体で遮られる位置にホタルが来る度にトトロはそわそわして、そうするとホタルもすぐに上昇してトトロが見える高さまで来たら、またゆっくり下りて来た。

左小竜は驚いた。

「ほんとにカップルだ」

「ホタルはトトロに会いに来たのよ」

「だけど、この二匹じゃ子孫はできないな」

「何言ってるの。できるわよ」

左小竜はバカにした口調になった。

「どんな子孫ができるっていうんだ。どんな子が生まれるって？　ホタル《蛍火虫》かい？　トトロ《竜猫》？　それとも火の竜かよ」

泥巴は意地っ張りだった。

「それは火の竜が子孫だし、虫の猫だって子孫よ」

左小竜はズボンをたくし上げた。

「そんなら言うけど、トトロを連れてくんじゃないのか。二匹は離ればなれだぞ」

「ダメ、離れない」

「なんだ、やっと分かったんだ。トトロ、置いてくんだな」

泥巴は頑としてきかない。

「置いてかない。一緒に連れてくの。あなたが両方面倒みるの」

左小竜はすぐに後悔した。

「泥巴、両方とも置いてくんだ。ここが二匹のいる場所なんだよ」

泥巴はもう決めていた。

「イヤ、イヤ、イヤ。外の場所だって一緒よ」

「ダメだよ。愛し合う二人は、暮らしていける場所でこそ一緒にいられるんだ。もしその場所でなかったら、きっと別れることになる」

泥巴の眼から急に涙がこぼれ落ちてきて、ホタルはたちまち暗くなった。

「じゃあ、もしあなたがこの土地からいなくなったら、……わたしを連れてって」

「俺はここにいるよ。俺には、ここでやらなくちゃいけないことがいっぱい、いっぱいあるんだ。ただ、どういうふうにやるのか分からないだけでさ。俺は、ここを自分がよく知ってる好きなふうに変えるんだ。おまえを連れてくったって、ほんのここからそこまでだ。小さな場所だよ」

泥巴は左小竜がひとつひとつ諭すように話す夢にはうわの空で、ただ話の最後の部分だけ聞いていた。

「だって、こんなに大きいじゃない」

左小竜がホタルをピンと弾くとホタルはまた光り始めて、二人の顔を明るく照らした。

「おまえはまだ小さいから、ここが充分大きいって思うんだ。もし充分に大きくなったら、ここは小さくなっちまう」


いきなり河から声がした。老人が船を漕いできて岸辺に停まり、二人に乗るように言った。泥巴がトトロを抱いて乗ると、ホタルもすぐに舳先《へさき》へと付いてきた。老人は笑った。

「おや、あんたら電球一個でラブラブかい。やっぱりワイヤレスなんだ」

「じいさん、あんた河で何してんの」

「魚獲りだよ。でも、今日獲れたのは、みんなでかすぎる。普通サイズのを獲りたいんだ」

「でかいんだったら、もっとたくさん食えるじゃないか」

「一晩ででかくなっちまうなんて、おかしいじゃないか。食わんよ」

「泥巴、ここじゃあるものみんなでかくなってる。触っちゃダメだぞ」

泥巴は左小竜にしか注意が向いていない。

「じゃあ、万一あなたが大きくなっちゃったら？」

「俺はならないさ」

老人が鼻歌を始めた。

「お嬢さん、あんたのウサギ、ほんと可愛いね」

「おじいさん、これ、ネズミよ」

老人は頭を振った。

「以前からあるものを改めて見分けなけりゃならんな。まったく知らなかったよ。前方の彫刻パークを過ぎたら、河の流れは変わる。流れの角を曲がると、灯りがワンサと見える。そこが町の東側だ。あんたたち、どこで下りる」

「幹線道路近くになったら下りるよ。町の近くで下ろして。明るい場所で。俺たち、歩いて行けるから」

ホタルは泥巴の手に止まって、少しずつ光が消えていった。

「ねえ、見て。寝ちゃったわ。二人一緒に寝ちゃったわよ」

左小竜がトトロをちょっといじくると、トトロは向きを変えて、尻を左小竜に向けて泥巴の胸に潜り込んだ。泥巴は笑った。

「この子を踏んづけちゃったの、誰だったかな」

「お二人さん、この角を曲がれば、彫刻パークを過ぎるよ」

水の流れに沿って船がゆっくり向きを変えると、遠くに瞬きひとつしないたくさんの灯りがあって、泥巴の目に様々な色彩の光が現れた。

「とうとう明るい場所に出たわ」

ホタルが突然空中に舞い上がって、眩《まぶ》しい光を発して遠くの灯りと向き合った。トトロも頭を突き出して、身体を直立させた。この動物が楕円形になったのを左小竜は初めて見た。数秒でまたホタルは下りて来て、トトロの身体の上に落ちると輝きを失った。泥巴は心配になった。

「どうしたのかしら？」

ホタルはもう白い光を出さなかった。トトロと泥巴の周りをぐるりと飛んだら、暗いまま彫刻パークに向かって飛び去った。トトロは船尾に走り、ホタルが戻っていくのを見つめて、それからまた身体を小さく丸めた。泥巴が急にワアワア大声で泣き出した。

「おまえ、トトロより悲しいのかよ」

泥巴は泣いて言葉にならない。船を漕ぐ老人に途切れ途切れに声を漏らした。

「おじいさん、船を戻してよ」

「あんたたち二人のことだ。わしには関係ない。先にも行かんし、戻りもしない。ここで船を停める。あんたたち、行きたけりゃ行くし、戻りたけりゃ戻るさ」

老人は船を岸辺に付けた。

左小竜と泥巴は船を下りた。トトロは泥巴にぴったりくっついて、ずっと震えている。泥巴がトトロの頭を彫刻パークの方向に向けて、地面に下ろした。

「猫ちゃん、お行き」

トトロは泥巴の足元にくっついて離れない。

「行きたくないんだな」

「それじゃあ、きっとホタル、すごく悲しむわ」

「大丈夫さ。二、三日すりゃまた光る」

「ほんと？」

左小竜はタバコに火を点けた。

「別のネズミを見付けるさ。そのネズミだって別のを見付ける。悲しがることなんてない。さ、そいつ、俺に見せて見ろ」

左小竜は泥巴の手からトトロを受け取ると、ひっくり返して、街灯の明かりを頼りに長いこと眺めていた。

「ほら、こいつメスだ」

二人は真っ暗な道を、灯りがきらめく方にゆっくり歩いた。この世界は未知のことでいっぱいだったけれど、泥巴は少しも怖くなかった。左小竜が泥巴の世界だったからだ。ただ、ちょっと不安だった。二人はもっとハッピーエンドの仲なはずであって、自分はトトロと同じように、一日中ボーイフレンドのモーターバイクの音に聴き耳を立てているべきじゃないんだと思っていた。

「ねえ、わたしたちって、縁で繋がっているのかしら」

「ああ」

「じゃあ、あなたがわたしに会いに来ないで、わたしがあなたに会いに行かないとき、なぜわたしたち、いつもばったり会わないのかな」

「おまえ、ほんと要求レベルが高いな。俺たち同じ時代に生きてるってことが、縁なんだよ」

泥巴はアアッと言ったきり、そのまま歩き続けた。拾ってきたトトロは泥巴の胸で眠っていて、今し方の悲しい様子はもうなかった。泥巴の心は矛盾していた。トトロにはあまり悲しんでほしくはないけれど、一方で悲しく思わないでほしくもない。

「ねえ、わたしたちの猫ちゃん、なんで悲しくないのかな」

左小竜はバカにしたように言った。

「こいつら、ほんとに相思相愛だと思ってんのか？」

「二人の様子を見たでしょ」

「こいつの様子、見てみろよ」

泥巴は話を逸らした。

「あなたって、なぜ積極的に会いに来て、話をしてくれたことないのよ」

左小竜は返事をしなかった。


一キロ歩いたら､灯りはだんだん近づいてきた。夜が更けるにつれて､灯りはだんだん少なくなって、近づけば近づくほど物寂しくなった。長い夜、泥巴はこの道には永久に終点がなければいいと思い、左小竜は早く行き止まりになってほしいと思った。泥巴が急にくるりと振り向いた。

「わたし、今夜はもう歩かない。一緒に寝たいの」

左小竜はギョッとした。何でまた俺と寝たいんだ。

左小竜は尻込みした。

「寂しくないわけ？」

左小竜は口調にひんやりとしたものを感じた。

「俺は寂しくない、寂しくない。寂しいのは、それじゃないよ」

「で、わたしと寝るの、寝ないの？」

「寝る。寝るよ、寝るよ」

二人は一時間かかって、彫刻パークにある左小竜のバラックにたどり着いた。左小竜はゼファーがまだ戸口に停まっていたので、ホッとした。盗られるんじゃないかと、いつも心配だった。泥巴は好奇心いっぱいで、左小竜のすみ家に入って来た。食事用のテーブルが置かれていて、泥巴の手紙が載っていた。泥巴はそれを取り上げてライトにかざした。左小竜は字を書いた跡が残っていないかと、ギクリとした。泥巴は長いこと眺めた。

「ねえ、これ、ピカチュウそっくりよ」

そう言いながらトトロを持ち上げて逆光に晒《さら》して見ていると、いきなり壁の隅で物音がした。二人が音のする方を見ると、まさか五匹の……トトロが、ぐるぐる回っていた。

泥巴は目を輝かせた。

「何してるのかしら？」

「焦ってるんだ」

「なぜ焦ってるって、分かるの？」

「おまえ、家に帰れなくなって、焦ってるだろう」

「焦ってないわ。わたし、今日は帰らないもの」

「ああ、そうかい。ほら、こいつら帰れないんだ」

「なぜ、お家に帰れないの？」

「それは……でかくなっちまったからだ。なのに穴は元のままだろ。だから、家に戻れないんだ」

泥巴は手にしたトトロを見た。

「おまえ、ほんとはネズミだったのね」

左小竜が鉄のツルハシを持ってきてネズミの穴を広げてやると、五匹のネズミは穴に潜り込んだ。

泥巴はフェイクだった自分のトトロはどうするだろうと、地面に下ろしてみた。トトロはじっとしたまま、ポカンと泥巴を見つめている。

「この子、とってもお利口さんよ。ねえ、トトロって何食べるの？」

「ネズミが食うものだったら、何でも食うさ」

「それじゃあ、油ある？」

左小竜はテーブルの手紙を片づけた。

「ガソリンなら」


「いつも身体洗うの、どうしてるの？」

「公衆浴場だよ」

「じゃあわたし、どうするの？」

「水じゃダメか」

泥巴は左小竜を見つめた。

「お湯は出ないの？」

「待ってろ、沸かしてやるよ」

泥巴は周囲を見回した。部屋の中央にへんちくりんな柱がある。四方はどこも単なる漆喰で、隅まではっきり見通せた。ベッドがひどく変な位置に置かれていて、どの壁にも接していない。ベッドの上方に扇風機が掛かっていて、ゆっくり揺れている。テーブルは窓際にあって、窓の外は真っ暗な夜よりもっと黒い色をしている。椅子は床に転がっていて、戸棚がいくつか、四方にばらばらに置いてあった。思わず口に出た。

「ベッドの場所、すごく変ね。何か意味あるの？」

「もちろんさ」

「風水？　それとも風習《しきたり》？」

左小竜は頭を振った。

「俺が決めたんじゃない。扇風機がそこにあったんだ」

「エアコンないの？」

「ない」

「明日、エアコン届けるわ」

泥巴がこともなげに言うので、左小竜はびっくりした。

「いいよ、いいよ」

「何で？　それじゃ、暑くなったらどうするの」

左小竜は壁に近寄って、ひと蹴りした。たちまち穴が開いて、たくさんの漆喰が落ちてきた。

「レンガ使ってないんだ。室外機を付けられないのさ。さ、泥巴、おまえ何で俺がここに住んでて、何してるのか訊かないんだ」

泥巴は笑った。

「訊かないわよ。わたし、自分で想像するんだから」

左小竜は椅子を起こして窓際に座ると、合唱団のことを考えた。時間が迫っているのに、団員はたったの一人、黄瑩とも連絡が付かない。大師もやる気がないみたいだし、曲目も決まっていないし、参加申込みだってしていない。そんなふうに考えたら、思わず頭を振ってしまった。何か外のことを考えようと思った。むりやり自分のことを考えた。本当に素敵な晩だ。この前、泥巴と家の中にいたときは生理日で、ナニできなかったけれど、今度こそ童貞を捨てられる。おまけにこんな純真な女の子とやれるんだ。完全に頭の中を女の尻を追い回すことでいっぱいにしているこの年齢の若者と左小竜は違っていたけれど、実は感情経験がそう手薄なわけではなかった。泥巴と黄瑩の前に付き合った子は全部で六人いて、そのうえその誰もが左小竜の前で服を全部脱いだ。これは本当にどうしようもないことだけれど、運命のいたずらか、天の眼が節穴なのか、金が貯まってホテルに部屋を取る度に、そのときにやって来た相手の女の子は生理日だった。左小竜は生まれつき血恐怖症で、全然やりたくなくなって気を失った。生理日のときに勃起しない左小竜を女の子は優しいと褒めそやしたとはいえ、金が貯まって次に部屋を取る前に、みんな女の子はいつも決まっていろいろな理由でいなくなってしまった。泥巴は七番目だった。一番目と二番目のときはまだ天を怨んでいたけれど、その後は天の配剤に従って運命に抗わなかった。これは何もかも、初めて本当に好きになった人のために取っておかなくちゃいけないと、天がヒントを与えているんだと思った。――これはどれほど悲しい発想か、明らかに天が左小竜に与えた傷の深さを語るのに充分だった。こんなふうに考えるのは、往々にして女だけだからだ。もちろん、こう辛いことになったのは、左小竜の発想に一定の限界があったからだとも言える。左小竜に金が貯まるのにはひとつの周期があって、それは往々にして女性の生理周期と一致していた。でも発想を打ち破れば、必ずしも室内でナニを遂げる必要もなかった。今、左小竜は思っていた。自分はその子にめぐり会った。そのうえ、その子は俺に欲望を抱かせた。その子は――黄瑩。でも、同じ時期に泥巴がそばにいるのが問題だった。泥巴には、いつも考えを伝えられなかった。

〝泥巴、アレとナニをやり終わったら、おまえと寝るから〟

これを要するに、春景うららかなこと限りなし。

振り返って泥巴をちらりと見ると、今さっき蹴りつけて開いた穴から月の光が射し込んで、泥巴の身体の上に落ちていた。むりやり落ち着いて見せた。

「シャワー浴びろよ」

「どこ？」

「その場でお湯使えよ。この部屋の、いいと思った所で。ベッド以外だったらいい」

泥巴は服を脱ぎ始めた。

左小竜は雰囲気を和らげようとした。

「俺たち、この前一緒に寝てから、どれだけ経ったっけ？」

泥巴は即座に答えた。

「まる一ヵ月」

泥巴は本当に俺を愛してるんだなと思った。毎日、指折り数えていたんだ。

「一ヵ月か……おまえって記憶力がいいな。俺、覚えてないよ」

「え、それほどでも。だって、わたし、今日また生理が来ちゃったんだもの」


夏の早朝の匂いに眼が醒めた。泥巴はまだ左小竜の肩を枕に眠っていた。頭を低くして眺めた。本当に綺麗な子だな、また溜息が出た。でも、心の奥深くでは、自分の妹でいるべきなんだといつも思っていた。夜はまだいいけれど、昼間になったらなおさらおっ立たない。こいつが俺の前でせっせと絵を描いていたら、こいつの前でナニやれっこない。そっと泥巴の頭を枕に預けて、ゼファーのキーを取った。町に出て泥巴に朝食を買ってきてあげようと思った。一晩中泥巴の枕になっていた左手が持ち上がらない。肩を揉んで力が戻ったら、ゼファーを数十メートル押してからエンジンをかけて、繁華街を目指した。彫刻パークの出入り口まで来ると、山のような警察官が交通規制をしていて、道路はもう完全に麻痺状態だった。左小竜のゼファーはまだ前に進めた。前進するにつれて、目にする情景に不安になった。今までこれほどの大渋滞を見たことがない。一時、朝食を買うのも忘れて、渋滞の源を突き止めようと思った。渋滞源では、きっと凶悪な大事件が起こっているに違いない。

全く動かない車の列伝いに二キロ走っても、渋滞は解消する兆しがなかった。まさか何かが恐竜に変身して、亭林鎮を踏みつぶして真っ平らにしちまったんじゃないだろうな。遥か遠くを見ると、町でいちばん高いチャイナ・テレコム[注58]のビルが聳《そび》えている。ぼんやりとした中で、視界の焦点が合ったみたいだ。そこは警光灯の点滅がいちばん密集していた。

その場所まで走ってきた左小竜は、周囲を見回した。そこでも外のライダーと同じように、町の管理監督員[注59]に見物するんじゃないと、急いで先へ行かされた。ちらっと脇を見ると、車はみんな停止させられ、ドアやトランクをすべて開けて検査されて、そのうえ警察犬に徹底的に匂いを嗅がれていた。

訊くチャンスがなくて、先へと追い立てられた。町までやって来たら、明らかに警戒中のパトカーが増えていた。朝食を買ってバイクに乗り、別の道路から郊外に迂回したけれど、同じように車は検問で完全に止まっていた。車内の人からは、モーターバイクをひどく羨ましがられた。ちょうど交差点に差しかかったとき、好奇心を抑えられなくなって、見付けた若い警察官に訊いた。

「あの、ここで一体何があったんですか?」

「さあ、早く行って、行って」

左小竜はあきらめなかった。

「何があったか教えてくれないかな。俺、ひょっとしたら協力できるかもしれないし、何か事情を知ってるかもしれないけど」

警察官は根負けした。

「若い女の子が失踪したんだ。君、何か心当たりあるのか」

左小竜は口を大きく開けた。

「何だ、君、知ってるのか？」

左小竜はすぐにマントウ《饅頭》を取り出して、口に押し込んだ。

「知らない」


左小竜は急いで彫刻パークの未舗装道路に入ると、誰かに後を付けられないように、わざわざゼファーを草地に乗り入れて、しばらく隠れた。何の動きもないのを見てまた乗り出して、迂回して家に戻った。

「泥巴、起きろ。朝飯だ」

二回呼んだけれど、反応がない。すぐに部屋に入ってよく見ると、ベッドは整えられていて姿が見えない。周りを見たら、昨日空けた穴に紙が貼ってある。そこにこう書いてあった。

『わたし、帰る。シーツを忘れずに洗ってね』

左小竜はシーツをひっくり返して、その上に座った。ふと思った。今日の大事件、実は俺一人でしでかしたんだ。達成感がうっすら湧いてきた。


夏と雨が一度にやって来た。

亭林鎮で種が巨大化してから、既に一週間が過ぎた。この間、各テレビ局がこのミステリアスな事件を報道して、番組「科学アプローチ」まで町を訪れた。町の各方面のリーダーは、番組の撮影時間が三日半になるのを重大視した。番組制作班を迎えるに当たって、全町で〝マナー徹底、八十四時間唾吐き禁止〟活動が始まった。制作班が到着したら、全住民及び労働者は唾吐きを禁止され、痰《たん》が溜まったら吐かずにその場で呑み込むことになった。もし吐かなくて気持ちが悪くなった人たちがいたら、絶対に番組制作班に見られないようにしなければいけなかった。

接待の席上、テレビ局の責任者は語った。

「そんなに硬くならなくてけっこうですよ。どうぞ楽になさって、楽になさって下さい。制作班はそんなことには関わりませんし、『科学アプローチ』が追っていることではないのです。『科学アプローチ』の狙いは科学に踏み込むことであって、というのは、何年もこの番組をやって来て、その間ずっと科学に踏み込んだことがなかったのでありまして、そのためこの件を確固不動の目標として進め、決して他事にかまけることはありません」

番組責任者が例を挙げた。

「ある県の町で、そこの張何某《なにがし》という農家が植えた畑のニンジンがどうして白いのかというテーマを扱った際、プロの番組スタッフが綿密にクローズアップ撮影をしていたとき、隣にあった学校の教室棟が、屋上で学生が夢中で遊んでいたために、突然倒壊して八十六人が死亡、百人余りが負傷しました。番組制作班は当初、テレビ局のニュース班に通報し、ニュース班が到着するまでの間、カメラのレンズは終始ニンジンから外れることはなかったのです。これこそが一意専心、これこそがプロ精神であります」

町長は喝采した。

「皆さんのこうした精一なスピリットは、まさに改革開放に欠けていたものであり、ニュース報道スタッフに欠けていたものであります。敬服いたします」

そう言って、グラスを挙げた。

行儀よく座っている番組制作班の監督が続けた。

「いやいや、まさに粘り強さの頑張り主義ですよ。私たちは数多くの疑問をひとつひとつ解明していきますから」

町長が尋ねた。

「教室棟の倒壊には関心はありませんな。でも、何故そこのニンジンは白かったのですか」

監督は得意げにスタッフの面々をちらりと見ると、おもむろに始めた。

「この番組では、調査にえらく苦労しましたよ。我々は現地に二ヵ月余り滞在し、中国科学アカデミーや農業科学アカデミー(注60)の多くの同志もやって来て、このニンジンの生長を監視し、状況把握に努めました。テレビ局はこの番組を非常に重視しておりまして、と申しますのは、当時、太陽の黒点活動がニンジンの白色化をもたらしたのではないかとみており、局はわざわざ宇宙学の専門家にお願いして、太陽黒点の変化をモニターしてもらったのです」

お付きの亭林鎮の幹部たちは、傍でいちいち頷いては一心不乱に聞き入っている。

監督は続けた。

「その後、どれもニンジンが白く変色した原因ではないと判明しました。そこで我々は、水源に思い至ったのです。北京の水質専門家に現地へ来ていただき、調査と化学分析をお願いしました。化学分析の結果で分かったのは、ここの水道水は各方面ですべて基準値を超えてはいたものの、人類が飲用にした場合に限って有害であって、植物に対しては危険はないということでした。このニュースに、制作班は困惑しました。空気の質が問題を起こしたのではないかという意見が出て、すぐに北京の環境監視モニターの専門家に来ていただいて、計測を行いました。結果は水質と同じでした。空気汚染は深刻なほど基準値を超えていたものの、人類に様々な心臓疾患やガンを引き起こすというに過ぎず、植物に変異をもたらすほどのものではないということでした。こうして、番組制作班は思考の手がかりを断ち切られてしまいました」

話の途中、下座にいた幹部のケータイが鳴った。急いで町長が手を振って合図したので、その人はケータイを見ないで、すぐに電源を切った。

監督はビールを一口飲んで、話を続けた。

「その後、番組班は、これは肥料が張本人ではないかと考えて取材をしましたら、使われていたのは人糞だったのです。農家の記憶によれば、家の裏にあった肥溜めには本人の糞だけでなく、奥さんの糞まで入っていました。おまけに肥溜めは今は改造されて、もう当時のデータは失われ、そのうえ奥さんは現在、他所へ出稼ぎに行っていました。科学的な態度から、我々制作班は現場の肥料を復元することにしました。班内の一チームを派遣して、省都のカラオケ店でアルバイトをしていた奥さんを見つけ出して、検便をお願いしました。最初、奥さんは協力的ではありませんで、主に心配していたのは、万一本当に奥さんとその旦那さんの糞便混合物が作り出したある種の物質が植物の変異を引き起こしたとしたら、逮捕されてしまうのかどうか、ということでした。制作班は辛抱強く説得しました。もし検査した結果、そのとおりだったら、ご心配には及びません、テレビ局を信頼していただきたい。そう話しましたら、張何某の奥さんは協力して排便してくれました。番組のコラム班は奥さんの大便を手に入れると、その夜すぐに張何某が所在する県の町に戻りました。ですが、私たちは軽々しくこの手強い糞便を混ぜ合わせるようなことはしませんで、全国で最高水準の法医学専門家にお出でいただいて、当時の温度、湿度並びに糞便及び尿の混合の程度に基づいてコンピュータによる大量計算を行って、実験室で混合シミュレーションを行い、当時の状況に最も近い肥料を作り出してもらったのです」

テーブルを囲む人たちは全員、料理を食べながら話に聞き惚《ほ》れた。監督は誇らしげに続けた。

「肥料の混合が完了してから、ある別の場所で試料にするニンジンをいくつか見付けて来てアレを注ぎ、なおかつ、生長過程を一ヵ月余りビデオカメラに収録しました。ところが、残念なことに、ニンジンは結局、白くならなかったのです」

「では、一体どういうことなんですか。どうして、あのニンジンは白い色に変わったのですか」

町長が訊くと、監督は続けた。

「そこがまさに最後に言わなければならない部分なのです。わが制作班はあきらめませんでした。一晩に及ぶ会議と専門家の推測をもとに、こう決定しました。種子を北京に持ち帰って、先端の化学分析によって、この種子の遺伝子が変化したのかどうか、それによってニンジンが白くなり、肥大化したのかどうかを見ることにしたのです。必要なら、アメリカに送って化学分析するつもりでした。しかし、我ら祖国の遺伝学領域は、この難題を解決できるものと信じていました。種子を手に取ったその瞬間、答えは明らかになったのです」

町のお偉方は全員色めき立って、尻が椅子から離れた。

監督は言った。

「撮影の劉君が鋭い発見をしました。包装袋の表面に『ダイコン』と書かれていたのです。答えは、とうとう明らかになりました。張何某は文字が読めなかったために、間違って種を買ってしまい、蒔いたのはダイコンだったわけです。謎が解き明かされた後、私たち番組制作班は、おおぜい同志が泣きました。この二ヵ月余りに及ぶ苦労がとうとう報われたのです」

町の連中は全員、ハアッと息を吐いた。町長が立ち上がった。

「亭林鎮を代表し、我ら『科学アプローチ』制作班に敬意を表して一杯、皆さんのこうした真剣な科学的態度、倦《う》むことのない精神、どこまでも挫《くじ》けない決意に、お話をうかがって感動いたしました。科学は、社会の発展を推進する重大な要素であり、政治の正確さという前提において、科学の、省エネの、新機軸の奨励があれば、その社会の進歩は計り知れません。皆さんは、まさにその急先《きゅうせん》鋒《ぽう》であります」

監督はうやうやしくグラスを持つと、一気に飲み干して口をぬぐった。

「その後、この番組は局で高い評価を受けて表彰され、番組審査のトップは、『まさに農民文化水準が低いためにこうした事件は発生し、国のどのテレビ局もが連んで百万元余りを投入して研究を行ったのであり、もし張何某が字が読めていたら、国にこうしたムダ遣いは発生しないですんだ。したがって、とどのつまりは、この農民の文化水準の低さのために、今回の百万元余りの浪費を招いてしまったということだ。これは優れた反面教師である』との認識でした」

席上、万雷の拍手が鳴り響いた。

突然、あのケータイの電源を切った下座の幹部が泣き出した。隣がしきりに慰めている。全員が席を立って、いったい何ごとかと尋ねた。

聞けば、この幹部の母親は以前から具合が悪かったけれど、今し方容態が急変した。身内の人は、子どもをすぐ家に帰らせても間に合わないから電話をかけて、母と子どもに最後の言葉を交わせてあげられればと思ったのだけれど、どういうわけか通話を拒否されて、電源も切られてしまった。その後、電源を入れたらメッセージが来ていた。母親が亡くなったという知らせだった。

それを聞いた町長はひどく悲しげに溜息を吐いて、一同の心は重苦しさに包まれた。いたわりが大事なタイミングに、書記が乗り出した。母親を亡くした幹部の傍にやって来て言った。

「孫《そん》君、職務中に母上を亡くされてしまったな。母親を亡くした時にも、しっかりと職務を全うしている。孫君、すぐに帰りなさい。君はすばらしい同志だ。今こうした時にも、しても、組織が、党が、君の母だ。祖国が母なのだ。今回の君のお母さんのこと、町ではまちがいなく心にかけるからね。行きなさい、お母さんの病院に」

宴会はお開きになった。「科学アプローチ」制作班は、亭林鎮に腰を据えた。町からは祝儀が渡されて、制作班にはできたらもう少し滞在してもらって、ポポ杯文化芸術コンクールの夜会が始まるまでいてもらい、町の経済と文化の建設のもようを併せて報道してから帰ってほしいと願った。

この時期、左小竜は亭林鎮合唱団を作るアイデアをだんだんあきらめ始めていた。街で声を掛けても、みんな「金は出るの？」と訊くので、「分け前は受賞してからじゃないと。俺たちみんな自信ないから、山は張らないんだ」と答えたから、誰も左小竜の合唱団に加わりたがらなかった。新しく考えたのは、自分、大帥、啞の三人で合唱団を作って、それから黄瑩にまた会いに行く。もし黄瑩に本当に革命的ロマン主義の精神があったら承知するはずだ。そうしたらベストだ。四人でも小ユニットじゃないか。

大師の考えは「おまえが黄瑩と話をつけてくれよ」だった。

狭い土地の利点がこうした時期に現れた。どんなふうにしたら黄瑩に会えるか分からなくても、左小竜は待てた。この前会った場所で、だいたい同じ時刻に待った。今回は、左小竜はもっと自信があった。ゼファーの応援があったからだ。最近は雨の量がとても多くて、いい天気の日でも地面にはまだ水たまりがあった。左小竜のゼファーは格好が悪いマッドガードは付けなかったから、跳ねた雨水が白いTシャツの背中に点々と泥染みを付けた。泥巴にプレゼントされたヘルメットを被っていると、亭林鎮は自分の世界の外に隔てられて、色にも形にもサイケデリックな静けさが存在している。左小竜はゆっくりと走った。サスペンションとタイヤが地面を一インチ、一インチ撫でる度に、脳裏にはホイールの起伏と襞《ひだ》がひとつひとつ現れる。ちょうど舌で地面を舐《な》めるように、とても正確で細やかだ。空気中の異臭は一時的に雨水に隠されて、人々はみんな血色がよくつやつやしている。ちょうど屁《へ》をこいた電車内で、とうとう窓を揺すり下ろしたときのように、鼻の穴を大きく開けて、この貴重な空気を呼吸している。でも、雨水が蒸発するにつれて、すべて元どおりになっていった。

この前会った場所にやって来ると、左小竜は手持ちぶさたでタバコに火を点けた。午後の時間、ここで待っている心の準備はできていたし、うっかりしたら泥巴に会ってしまうかもしれない、そうした場合の心の準備もできていた。

聞き慣れたスクーターの音が背後から聞こえてきたとき、すぐに黄瑩のスクーターだと分かった。なるほど泥巴が俺のモーターバイクの音を聞き分けられるわけだと、ふと思った。急いでエンジンを掛けてヘルメットを脱いだ。黄瑩が傍を通り過ぎてから追いかけるつもりだった。

後ろをチラリと見た。黄瑩はプリントした花模様のワンピースを着ている。スクーターは左小竜の脇にゆっくりと停まって、声を掛けてきた。

「ねえ、きみ」

左小竜は思わず答えた。

「はい」

黄瑩はスクーターを下りると、ゼファーをパンパン叩いた。

「何してるの。ひなたぼっこかしら」

左小竜は黄瑩をまともに見られなくて、視線は黄瑩の輪郭の上下左右をひたすらフラフラと動いた。

「ア、ア、その、話したいことがあって、探してたんです」

黄瑩はスクーターに座り直した。

「言いなさいよ。なあに」

左小竜は心を落ち着けた。

「それは、その、こういうことなんです。俺はですね、合唱団を作ってて、あの、あのポポ杯に出ようと思ってるんだけど、あなたの予定は……どうかなあ、と思ってます」

黄瑩は即座に答えた。

「ダメ。あたし、ソロで歌うの。みんな出られる演目はひとつだけよ。重複はダメ。あたし、今日はカルチャーセンターの羅《ら》先生に一曲書いてもらったの。歌詞もできたわ。ほら、これよ。どう？」

そう言ってポケットのないワンピースのどこからだか紙を一枚取り出して広げ、左小竜に見せた。音符と歌詞が書いてある。左小竜は歌詞は読めた。

夏が来る／いちばん美しい季節／男はいつだって／決まった時刻に／
時計の振り子のように現れては消える／懐かしい思い出は／あの人の手を振る別れ／
やたらに粗暴で／がさつなあの人に／いつもわたしは身も世もない／
あの人白いTシャツ燃やしたら／わたしにこう告げた／火遊びするのもおもしろい／
それは堕落と人は言う／絶え間のない堕落だと／取り返せない過ちと／それは災いと／
祝福されず／実も結ばず／
わたしを転落させて／タバコの灰が落ちるように／
寂しさ眼差しに浮かぼうと／苦しさも怖さもない／それがわたしの願い

左小竜に見せているとき、黄瑩は傍でルルと歌っていた。左小竜は真剣に読んでいるふりをした。

「きみ、楽譜読めるの？」

「略譜(注61)だったら」

「あら、読めるんだ」

「俺、1は読める。ドだってこと、分かってる。それから数えてけば、みんな読める」

黄瑩は笑った。

「この歌、どう思う？　ソロでいけるかしら？」

「うん。だけどこれ、ラブソングですよね」

黄瑩は取り合わなかった。

「ラブソングだから、どうだっていうのよ。あたし、今までいつだって、人に代わって歌ってたんだ。歌だって、みんな他人のアレンジした曲だよ。今度、とうとう自分の歌が持てたんだ。自分の歌を唄うのって、すごくない？　当然、ラブソングじゃなくちゃ。きみ、あたしに自分の歌を唄わせないで、また革命歌を唄わせようっていうわけ」

左小竜は慌てた。

「違う、違うよ。つまり、この歌で競争するのって、ちょっと不利じゃないかと思ったんだ」

「そうよ。プロデューサーもそんなふうに考えて、亭林鎮の発展みたいなのを讃える歌を唄おうかって、歌詞を練ったのよ。『亭林の暮らしはとても楽しい』って。でも、実際どの辺りに入れられるか、挿入できる場所が見付からなくて。ほら、『わたしを転落させて、タバコの灰が落ちるように、寂しさ眼差しに浮かぼうと、亭林の暮らしはとても楽しい』、これじゃほんとに合わないわよ。どうせこの句を入れさえすれば、順位はワンランク上がるのよね。文化センターの審査委員に訊いてみたことあるんだけど、そうしたら、ずっとラブぼっかり言ってちゃあ、ダメだって」

「それじゃ、どうするの？」

「あたしは従わないよ。ずっと人のために芸を売ってきたんだ。あんなムカつく歌唄わせてさ。こちとら体売った方が、まだましだよ」

左小竜はブルっとした。何て言っていいか分からなくて、しようがないので歌詞を口にした。〝あの人、白いTシャツ燃やしたら、わたしにこう告げた……〟

黄瑩はたちまち遮った。

「ちょっと」

左小竜がビクッとしたら、タバコの灰が紙の上に落ちた。

黄瑩は紙を引っ込めた。

「何考えてんのよ。歌詞じゃきみのことなんか、言ってないわよ」

左小竜は仕方なく、ヘラヘラ笑った。

黄瑩はエンジンを掛けた。

「あたし、行くわ。じゃあね」

左小竜は、全然気の利いた応援の言葉が浮かばなかった。

「じゃあ、また。『文化芸術コンクールの夜会』で会いましょう。きっと一等賞、取れますよ」

黄瑩は停まって、振り返った。

「一等賞なんてムリよ。みんな、二等を狙ってるんだから。一等はもちろん、亭林鎮合唱団。そうだ、きみの合唱団、名前は？」

左小竜はハッとして、しばらく呆然とした。

「名前は……亭東村合唱団です」


ポポ杯文化芸術コンクールは、かんかん照りの日に時間どおりに始まった。土着の町民は、この日を心待ちにしていた。会場内では、ついに地元の方言で自由に喋っていいことになっていたからだ。コンクールの開催日が近づくと、文化芸術の雰囲気が高まっていくのが誰の目にも明らかで、空いた場所があれば、いつも練習する人々の姿が見られた。みんな、グランプリの賞金五万元は誰がもらうのかと口々に言っていたけれど、役所の筋が作った亭林鎮合唱団がいちばん可能性があると思っていた。ましてや、この合唱団が歌うのは亭林鎮の新しい町歌——亭林鎮を讃える——だ。歌詞はもともと文化センターの同志たちが作ったものだったけれど、その後に町長が関心を持ち、自ら歌詞を作った。その後、書記が聞き付けて自分もできると歌詞を作り、挙げ句の果てには、町出身の役人で現職ではいちばん地位の高い、省宣伝部の袁《えん》部長がこれを耳にして、一稿書いてみたいと言いだした。亭林鎮としては、当然おろそかにはできない。おまけに、袁部長は北京に栄転する可能性がとても高かったから、大至急亭林鎮に帰ってもらって、創作の取材をしてもらえるよう頼んだ。町としては、亭林鎮の発展は一日千秋の思いであり、袁部長は長年、他所で公職についておいでだけれど、当時部長がしっかりと礎を固められたお陰で、現在の亭林鎮は想像を超えた発展をしたのだから、プラグマティズム的思考に則り、ここはやはり袁部長にお出ましを賜りたい、というのだった。

亭林鎮にやって来た袁部長は、工業団地を視察した。車を降りるや、スイカ大の一匹のガマガエルにぎょっとした。お供の説明を聞いて、「なるほど想像を超えているなあ」と笑った。

お供はすぐに調子を合わせた。

「これは大躍進政策(注62)よりも、ずっと生物学的法則に反しております」

袁部長は視察の道中、詩を詠んだ。秘書はそれをいちいち書き留めた。随行の人たちは、袁部長が町で口を開くたびに揃って「すばらしい、すばらしい詩です。部長の文才は相変わらずでございます」と、誉めさえすればよかった。

「文学は素材だよ。ひとつひとつ、その積み重ねだね」

袁部長は、そう答えた。

視察の間はとてもいい雰囲気だったけれど、一度だけミスをした。袁部長が何か二言三言喋ったときに、傍にいた人がたちまち反応した。

「すばらしい。すばらしい詩でございます」

袁部長は不愉快になった。

「おべんちゃらを言うな。私は電話に出てるんだ」

お供が真っ青になった。

「申し訳ございません、部長。私ども、部長が電話に出ておられるのが見えなかったものですから」

袁部長は、ワイヤレスのイヤホンを耳から外した。

「ブルートゥースのイヤホンを君は知らんのか。科学的発展観(注63)に、どう手を打っておるんだね」

お供は謝った。

「私はてっきり補聴器だとばっかり思って」

袁部長の秘書が急いで遮った。

「君は何を言っているんだ」

「かまわん、かまわんよ。夏風はそよと吹き、子どもの言は邪推せず」

お供はすぐさま拍手した。

「すばらしい詩でございます」

取材旅行が終わると、町の書記が曲と歌詞、それに伴奏譜を袁部長の部屋に届けた。部長は歌詞を手に取った。

「これ、もう歌詞があったのか」

書記はすかさず反応した。

「いえ、正式なものじゃございません。部長に作詞していただくために、便宜上あらかじめ作っておいた、ほんのサンプルでございます」

部長は歌詞を眺めた。

「ああ、そういうこと。しかし、これを見ると、私の本領発揮に影響があるな。四角く枠を描いて、そこが歌詞を書く場所だと印にしてくれれば、どこに加筆すればいいかすぐに分かるんだが」

「それはいいアイデアでございます。そうすれば、先入観にとらわれません」

部長はまた歌詞を見た。

「これ、誰が書いたんだね。なかなかいいじゃないか。使わないのは実に惜しい」

書記はすぐさま答えた。

「いえいえ、大丈夫でございます。私のいたずら書きですから」

「いたずら書きにしちゃあ、うまいぞ」

書記は慌てて言い直した。

「とんでもございません。これを書くには、ずいぶん手間取りまして。脳みそをたくさん働かせたんでございますが、今でも納得がいきませんで。前々から部長の文才を拝聞しております。当年、華東八筆(注64)のお一人と謳われていらっしゃいますね。それで、私ども一同、部長のお出ましをと思い付いたわけでして。私、てっきりご参考までに、四角い枠のお役に立てばとばっかり思っておりまして。部長の文は、なかなか飾りが多くていらっしゃいます。アッ、いえ、飾りが多いじゃなくて……」

書記はすぐに自分の原稿をもぎ取って、人に全体を塗りつぶすように言い付けると、こう続けた。

「ひとたび部長の文が創作されれば、必ずや人々に歌い継がれましょう。私どもは決定いたしました。毎日公務開始後、公務終了前に、組織各レベルの幹部は歌を学習し、この町歌を唄います。私の才能では、なにぶんプレッシャーが大きいもので」

部長はワハハと大笑いした。

「よし、それじゃあ、ひとつやってみよう」

部長は亭林鎮を離れる前に、歌詞を完成させた。町ではさっそく合唱団を作って、歌を学習した。書記は歌詞を見ながら思った。自分が作ったものとは違うけれど、見たことがあるように感じる。歌うときになって、ようやく町長の作った歌詞と文化センター長の歌詞をくっつけたものじゃないかと気付いた。でも、役所筋の歌なんだから無理もない。どうでもいい代物だ。四人の手を経ていたから麻雀とそっくりで、あの百枚あまりの牌だったら、四人の手に同じものがあるのは当たり前のことだ。でも、部長の地位は高いから、最後には必ず部長の作が使われる。これもまた麻雀をやるのとそっくりで、職位の高い人が最後には必ず勝つ。当たり前のことだった。

みんな心待ちにしていた夜がやって来た。その晩はとりわけ素晴らしく、汚染されて赤くなった空が夕焼けに引き立っていて、酸っぱい匂いのする涼風がそよそよと吹いていた。亭林鎮の町民は早々と夕飯を済ませ、亭林鎮公会堂の外にはチケットが手に入らなかった大勢の人たちが河辺に集まって、現地のライブ放送を聴こうとしていた。公会堂の入口にはレッドカーペットまで敷かれて、亭林鎮のこうした初めての大規模な行事に、お偉方の服装は万事怠りなかった。手はずの結果、町の文化芸術コンクール関係者が報道スタッフを分担することになった。レポーターが五人、カメラマンが三人、ビデオカメラマンが二人、それに会場外レポーターが一人だった。お偉方が登場したら、必ず十人が取り巻いてインタビューをするよう決められた。この人たちは夕べ、お偉方と麻雀をしていたにしても、このフォーマルな場面では担当の仕事をきちんとやる必要があった。ご体裁だった。

貴賓席の最前列はステージのすぐ下で、役職の序列で割り当てられた。テレビ局番組制作班の監督は書記の左隣に、路金波は右隣に指定された。路金波はこの番組のスポンサーで、亭林鎮の大口のお客さんだ。ネービーブルーの中国服の胸に大きな赤い花を付けて、居合わせたお偉いさんと親しげに話を交わしていた。

亭林鎮の公会堂は収容能力が六百人余りで、唯一の映画館としてのホールでもあった。河辺にあるこの建物は改修しているところで、半分改修が終わっていた。収容能力が八百人余りとなったので、シート数は二百席あまり増えた。チケットには全面的に鉄道部門の規定が採用されて、軟座、硬座、(注65)補助席に区分され、さらに立ち見券、出入り口見物券、窓辺券も設けられた。軟座は全部で四百席、映画館改修計画の一部になっていて、チケットは一枚五十元だったけれど、基本的にコネの方々にあらかじめ押さえられていた。硬座は四百枚用意されて一枚三十元、一般町民向けに開放されたこのチケットは、ＩＤカードでのチェックインに加えて、オリンピックのオープニング・セレモニーの規定に従って抽選だった。そうすれば、よそから来た人が紛れ込むのを防げた。補助席は一枚十五元で、同じように地元民のＩＤカードで購入した。立ち見券は一枚十元、これも同じでＩＤカードが必要だった。続いて公会堂出入り口を出た所の見物券だけれど、公会堂には出入り口が三つあって、どこからも会場とステージが見渡せた。堂そのものに石段が付いていて、出入り口は段上にあったから管理しやすい。出入り口見物券を購入すれば、石段上にいてかまわなかった。その他の人たちは外で放送を聴いた。最後のランクに窓辺券があって一枚が二元で、これにはひとつだけ欠点があった。ステージが見通せないし、呼気ですぐにガラスが曇ってしまって観客席しか見えない。でも、観客席の反応でステージのプログラムを推測できた。怪しげな想像をする連中がいちばん好きなのは、それだった。

やって来た熱心な観客は主催者の予想を超えたばかりか、立ち見券の人たちは規制ができないから、会場内には少なくとも二千人がいて、春節の帰省列車を超える密度になってしまった。

左小竜もやって来た。でも、ただの観客だ。補助席券が手に入った。大帥はだめっだったので、仲間にした啞の子どもと一緒に外で大勢の人たちといるしかなかった。泥巴のチケットも買ってあげたかったけれど、手に入れられなかった。泥巴はＩＤカードを持っていなかったからだ。今、気分が落ち込んでいて、本当に何も手に付かない。早く泥巴にお金を返さなくちゃいけないと、仕事がオーバーワークになって、極度の栄養失調で肛門が炎症になった。そんなになっても、尻の穴に挿す温度計を六本に増やした。もう限界で、これ以上になったら温度計の表面が肛門の肉にぶつからずに、おならの温度しか測れない。おまけに温度計の工場はメチャクチャ忙しくて、大口注文が入ったみたいで毎日操業ピッチを上げていたから、すぐに疲れ果てた。その晩は、リラックスできるめったにない夜だった。

左小竜が座ると、いきなり隣から聞き慣れた声がした。

「わたしよ」

右を見たら、泥巴がいた。どういうことなんだ。

「おまえ、どうやって入って来たんだ。チケット、買えなかったんだろう？」

「入りたいと思ったら、入るの」

「どうやって、この席を選べたんだ。俺の隣だぜ。チケット、ものすごく取りにくいのに」

泥巴は不満そうに口を尖らせた。

「座りたいなあ、って思った席に座ったのよ。あなただって、ここがいいなあって、思ったんでしょ」

泥巴をしげしげと見た。

「おまえ、一体何者だ」

泥巴はハハと笑った。

「ステージ見ましょ」


突然、窓の外に目がくらむほどの光が溢れて、空は花火に明るく照らされた。左小竜は公会堂の中にいて、外の賑わいは分からなかったけれど、チケットを買った人たちは興奮した面持ちで、空を指差してガヤガヤ騒いでいる。

後になって大帥が言うには、あの日の花火は生涯見た中でいちばんきれいな花火だったそうだ。滝みたいにこぼれ落ちて来て、長さは延々と一キロメートル、いちばん高く上がったものは大空を優に数百メートルにわたって覆って、それから散り散りになる姿は神様がタバコの灰を叩いたみたいだった。まるまる五分の花火ショーが終わると、また多くの礼砲が打ち上げられた。礼砲が鳴り響く間、最後に河の中央に浮かぶ船から祝賀の花火が上がった。数発の大花火は向かい風の中を上り、煙を突き破って弾けると、空中にひとつの字を描いた。群衆は一体、何ていう字だろうと、あれこれ考えた。河の向こう側の人たちは「和」だと言っていたけれど、対岸にいた大帥は、この角度からは「吐」の字にしか見えなかったと言った。

花火が終わったら、硝煙の匂いが会場内まで広がった。観客の拍手が入り乱れる中、プログラムが開始された。左小竜は拍手しなかった。ふさぎ込んでいた。最後の最後まであきらめないで、三人で歌のレッスンをしていたし、融通を利かす余地だってあったんだ。本当に合唱団がだめなら、大師と二人で漫才だってできた。この盛大なイベントには、何がなんでも間に合わせるんだ。もしも観客になってしまったら、それからはずっと観客だ。パフォーマーになったら、それからずっとパフォーマーなんだと思っていた。

不運なことに、主催者側は無情にも、左小竜のエントリーを拒否した。エントリーはもう二週間も前に締め切られていたからだ。観客になるしかなかった。

主催者側は言った。

「観客になれたんだから、それでもうラッキーじゃないか」

スポットライトを浴びて、メインキャスターが登壇した。ご多分に洩れず、男女のペアだ。

「お歴々の皆さま、来賓の皆さま、観客の皆さま、今晩は。（拍手）第一回ポポ杯亭林鎮文化芸術イブニングをここに開催いたします。（拍手）

初めに、今回のイベントにご参列いただきましたお歴々、来賓の皆さまを、ご紹介させていただきたいと……」

「ダメ！」

外にいた若いのが、大声を張り上げた。会場はどっと笑ったけれど、お偉いさんたちは憮然としている。この若いのは早くステージを観たかっただけなのだけれど、すぐさま秩序維持の警察に連行された。でも、罪名の特定は難しかった。確かにダメという権利はあったんだけれど、この時点ではダメという権利はなかったのが問題だった。警察はいわゆる大義名分というやつで、亭林鎮図書館の「大声を上げて騒いではならない」の規定に違反したとして摘発し、チケット観覧区域から追い出した。

イベントは進められた。来賓の紹介後にプログラムが始まった。

最初の出し物は黄花劇だ。これはリメイク版で、シナリオは村民委員会によってあらためて作られ、地元の村人だった王秀梅《おうしゅうめい》の功績を称える物語は、次のようなストーリーだった。

家屋の取り壊しと立ち退きが行われているとき、当局は劉大虎《りゅうたいこ》に居座られた。劉大虎は独り者で、既に両親ともに亡くなって先祖から一軒の家が残されていた。父親が「大虎よ、父ちゃんは甲斐性なしだったが、おまえに家一軒を残すからな。悪く思うなよ。大事にするんだぞ」と遺言していたので、立ち退きたくなかった。独身で何のしがらみもなく、仕事もない。立ち退き担当の部局は手を付けにくい――両親にも、職場にも圧力をかけられない――から、亭林鎮でいちばん手強い居座り屋だった。立ち退き当局は、あらゆる手段を使った。水、電気、ガスを止めたけれど、劉大虎のサバイバル能力は高かった。灯りはロウソクを点けたし、毎日てんびん棒を担いで水を汲みに行き、木をこすり火を起こして暮らした。当局は亭林鎮の住民に、劉大虎は自己中心的で、コミュニティー意識のない個人主義者に成り下がったと、思想的宣伝を強めた。町のフードマーケットは劉大虎に食べ物を売らなくなり、米屋も米を売らなくなったけれど、それでも劉大虎の生存能力に何の支障もなかった。銛《もり》を手にして、自分で弓矢を作り、毎日野生動物の狩りをして暮らした。住民は劉大虎の自分勝手な振る舞いに激怒して、店も服を売ろうとしなかった。それで劉大虎の服は朽ちてボロボロになったので、動物の毛皮でコートを作って陰部を隠した。人々の正義の行動がこの頑固者を倒せなかったのを見て、町は最後の手段として、徹底的に劉大虎を孤立させようと、立ち退きをする他の農民の補償金の支払いを延期した。

「劉大虎が立ち退かなければ、この事業は成功しない。立ち退かないというなら、補償金の残り半分は保留にする」

他の農民は劉大虎を説得したり、罵倒したり、殴ったりした。でも、どんな正義の旗印の行動にも劉大虎は動揺しなかった。劇のクライマックスになって、町の幹部たちが会いにやって来て、猿人みたいな劉大虎に町長がきっぱりと言った。

「おまえという奴は、この個人主義の享楽主義者め。おまえはコミュニティーを台なしにしたんだ」

ここぞというときに、王秀梅が登場した。劉大虎は小さいときから、王秀梅が好きだった。王秀梅には家に重病の母がいて、もう半分の補償金の支払いを待っていた。劉大虎を見るや、こう言った。

「大虎、引っ越してくれたら、わたし、あなたと結婚します」

劉大虎は立ち退いた。

王秀梅は勇者だし、コミュニティーのために自分を犠牲にした女傑だ。大局を見る思想は、我々全員が学習するに値する。

演技が終わると、最前列にいたお偉方は、割れんばかりの拍手をした。町長は涙が止まらない。「町の発展の過程で、一体どれだけの苦労や障害があったか、誰も分かっちゃくれん。大勢の中には、言うことを聞かないのがたくさんいる。それに耐えてきたんだ。この劇はいい。立ち退き担当の同志たちがどれだけ真剣なのか、存分に表しているじゃないか。みんなに王秀梅のこんな気高い覚悟があったら、我々の仕事はうまくいくというのになあ」

審査委員は、我も我もと称賛した。

二番目のプログラムは、婦人連合会が選曲した——「我ら結桬《けっさつ》せん(注66)」だ。明るく、積極的に進めようと、次のように歌った。

我らは　人数《ひとかず》多き　大いなる国
我らの糧食　豊かなり
我らは東方の巨竜　担うもの　はなはだ重し
昼に働き　夜なお励む　なれど我ら従わん
御国《みくに》の号令　御国の号令　御国の号令　令令令……

未来がため　設くる子はひとり　子はひとりに　財成さん
もし更なる子を宿せしは　さは我らは堕胎せん
さればこそ　御国は清く輝くべけれ
我ら結紮せん　我ら面輪に笑み開く
我ら結紮せん　彼方《あなた》も　我も　あの女《ひと》も
我ら結紮せん　人多く生したれば　塵芥《あくた》生しやすし
我ら結紮せん　我ら母国がため

歌にいつまでも拍手が鳴り止まなかった。取り分けお母さん方は、まるで自分のことのようにありがたがった。でも、お偉いさんたちは一様に共感が薄かった。みんな子どもは一人でストップしたくなかったたからだ。

プログラムの三つ目は、亭林鎮幼稚園から選抜された年長組児童の合唱——「インターナショナル(注67)(完全版)」だった。

立てよ　飢寒に苛まれし奴隷たち　立てよ　遍き世界の受苦者たち
満身正義の血沸き立ちぬ　闘わん　真理がため

完膚なきまで打ちのめせ　旧き世界を
立てよ奴隷たち　立てよ　我ら無産者といわず　天下の主と成らん
最後の闘い　力束ねよ　明日に向かい
必ずや成る　インターナショナル
最後の闘い　力束ねよ　明日に向かい
必ずや成る　インターナショナル

もとより救い主ありもせず　神仙すがらず　皇帝にさえすがるまい
人の幸せ創らんは　総て我らが担うべし
奪い還さん労働の果実　打ち砕かん　鉄鎖を思想によりて
急ぐべし炉の火を　真っ赤に染め上げん　成るは鉄の熱きに打てばこそ
最後の闘い　力束ねよ　明日に向かい
必ずや成る　インターナショナル
最後の闘い　力束ねよ　明日に向かい
必ずや成る　インターナショナル

圧政したる邦国の　定めし法は空ろなり

苛酷な租税　貧しき者を搾取するも　富める者　業なく唯々逍遥す
貧しき者に　権利ありとは絵空事　平等さえも　権利なき義務に過ぎぬなり
最後の闘い　力束ねよ　明日に向かい
必ずや成る　インターナショナル
最後の闘い　力束ねよ　明日に向かい
必ずや成る　インターナショナル

鉱山《やま》や鉄路の帝王は　神壇にありて　醜悪なること限りなし
労働にあまつさえ　さらに何をぞ奪い取る
その金蔵に　労働が創りしものの何もなし
搾取せし者のその手より　ひたぶるに　奪い返さん血の責務
最後の闘い　力束ねよ　明日に向かい
必ずや成る　インターナショナル
最後の闘い　力束ねよ　明日に向かい
必ずや成る　インターナショナル

調和の煙幕張りて　国王我らを幻惑せり

我ら連合し　戦端開かん　対峙せん暴君に
軍隊にありては戦士たち　実行させん同盟罷業
止めよ暴君弾圧を　遠ざけよ暴力の具
戦士たち　もしも敵を守るなら　我ら勇みてこの身を捧げ
知るべし我らの弾丸は　射るべし我らの将軍を
最後の闘い　力束ねよ　明日に向かい
必ずや成る　インターナショナル
最後の闘い　力束ねよ　明日に向かい
必ずや成る　インターナショナル

誰なりや　人類世界を創りし者　そは我ら労働者の群れ
総ては我らに帰するなり
いずくにあらん　寄生虫の棲まう土地
生き血を食らう毒蛇や猛獣は　憎きこと限りなし
食い尽くしたり　我らの血肉
ひとたび　奴らを殲滅《せんめつ》せば　世界を隈無く照らさん　真っ赤な太陽
最後の闘い　力束ねよ　明日に向かい

必ずや成る　インターナショナル
最後の闘い　力束ねよ　明日に向かい
必ずや成る　インターナショナル

歌が終わったら、幼稚園の子どもたちは「ワア」と言ってバラバラになると、一人一人花束を抱えて、お偉方や審査委員、来賓に手渡した。人々は大いに喜んだ。貴賓席の人たちは口元をほころばせた。

「幼稚園の子どもたちがインターナショナルを歌うとは、また格別な趣があるなあ。とてもよく馴《な》染《じ》んでいたじゃないか」

書記がそう言うと、路金波がすぐさまお追従した。

「そう、そうですね。それはもちろん馴染んでますよ。元々無産階級の歌ですから。あの子たちは無産階級でしょ。だから、歌がぴったりなんです」

「うん、ひどく感動したよ」

書記はプログラムを手に取ると、歌詞を眺めながら声に出して読んだ。

「圧政したる邦国の　定めし法は空ろなり　苛酷な租税　貧しき者を搾取するも　富める者　業なく唯々逍遥す　貧しき者に　権利ありとは絵空事……誰なりや　人類世界を創りし者(注68)　そは我ら労働者の群れ　総ては我らに帰するなり　いずくにあらん　寄生虫の棲まう土地……調和の煙幕張り

て　国王我らを幻惑せり　我ら連合し　戦端開かん　対峙せん暴君に　軍隊にありては戦士たち
実行させせん同盟罷業　止めよ暴君弾圧を　遠ざけよ暴力の具。しかし、何で私はこの部分を読んだことがないのかな」

路金波がすかさず答えた。

「ああ、これは完全版だからですよ。ダイジェスト版じゃないんです」

「うん、やっぱり要約した方がいいな。これはくどい。元の簡潔な方だよ。『必ずや成る、インターナショナル』ね。この句はよくできている」

四番目は、黄瑩の独唱《ソロ》だ。全身真っ白なワンピースで、髪を束ねている。左小竜と路金波は歌に聴き惚れた。でも、お歴々にはご納得いただけるステージとはいえなかった。ラブは、公の場で演じるようなものじゃない。黄瑩は歌詞のとおりにそのまま歌い終わると、深々とお辞儀をした。

「わたしのオリジナルの歌をこのステージで唄えて、とても嬉しいです。場違いかもしれないけど、でも、これ、わたしのオリジナル曲なんです」

左小竜と路金波は思いっ切り拍手した。

五番目のプログラムは詩の朗読で、亭林鎮が輩出した前衛派の現代詩人、詩歌協会副会長が、自らステージに上がって新作――「話を聞く」を朗読した。

詩人はステージに上がると、背筋をピンと伸ばした。何度か咳払いをして、マイクに向かった。

「灯火は、ほの暗く……」

急いで照明スタッフがライトを暗くした。

「マイクは、いささか鳴り……」

急いで音響スタッフがマイクの音量を上げた。

「舞台下は、しんとして……」

ステージ下の観客は全員お喋りを止めて、このお偉いさんを見つめた。

「給え、水を一杯……」

急いで司会進行が水を持って行った。

「給え、椅子を一脚……」

急いでキャスターが椅子を運んで行った。

「世界は、なんと美しく……」

世界という名前の人がいなかったので、誰がステージに行ったらいいのか分からない。

「もし、かくのごとくあれば……」

観客はずっと静まりかえっている。

詩人は椅子から立ち上がった。

「詩の朗読は、以上です。ご静聴ありがとうございました」

町長が最初に我に返った。

「実にユニークだねえ。この現代詩、いいじゃないか。朗読者と聴衆が互いに触れ合っているし。灯火はほの暗く、マイクはいささか鳴り、舞台下はしんとして、給え水を一杯、給え椅子を一脚、世界はなんと美しく、もしかくのごときあれば。いい、いい、いいよ。この詩、何て題名だったっけ?」

隣が言った。

「『言《話》うことを《を》聞《聞》け《く》』ですよ」

六番目はダンスで、題名は「調和の音色を跳び出して」。電信電話局が選んだ。

……

人々があれがどうの、これがどうのと論戦している最中に、最後のプログラムが始まった。亭林鎮合唱団だ。亭林鎮でいちばん歌が上手い人たち、医者や看護師、病人、警察官、受刑者、ガソリンスタンドの従業員、役所の部長、事務職や労務職、教師、それに学生で作ったメンバー百人以上の合唱団だ。

これが左小竜の夢だった。自分の夢がまだ実現していないのは辛いことじゃない。辛いのは、別の人に実現されてしまったことだ。それも、自分の目の前で。この中の一人一人を家に、彫刻パークに引っ担いで帰りたい。帰ったら、タクトを振って歌の指揮を執る。左は低音パート、いきなり高音パートが現れて、それから重唱だ。すると中音パートが……想像したら恍惚《こうこつ》となった。夢想の元をたどれば、小さかったころ、小学校のクラスで合唱団が作られたのだけれど、指揮者がいなかったところにあった。音楽の先生が指揮者を選ぼうとして、生徒に手を挙げさせた。

「さあ、誰の手の爪がいちばんきれいか、先生に見せなさい。いちばんきれいな人に指揮をやってもらいますよ」

左小竜は前の晩に爪を切っていたので、指揮者に当選したのだった。嬉しくはなかった。ところが、指揮台に立ってタクトを振り初め、歌声が響き始めた矢先に、タクトを落としてしまった。すぐに歌声は止み、辺りは静まりかえった。それだけで左小竜はすっかり指揮が好きになった。その後、たくさんのクラス、学校やコミュニティーの合唱団に行ったけれど、指揮は一度もできなかった。みんな誰の爪がきれいかを基準にしなかったからだ。

ライトの照度が少しずつ落ちた。指揮者が静かにスコアを開くと、人も楽器も今かと手の最初の動きを待ち構えた。出し抜けに指揮者の手が小刻みに揺れて、音楽は始まった。左小竜も手を猛然と振って、首をすくっと伸ばした。ハッとした。俺の団員は講堂の外だし、入場の資格だってありはしない。首はたちまちすくんでしまった。

合唱団は一糸乱れず、非の打ち所がなかった。

楓林《ふうりん》　竹林　我らが亭林に及ぶものなし
樹林　森林　我らが亭林に及ぶものなし
そは東方　海原に輝く真珠《パール》
そは太平洋　水際にきらめく水晶《クリスタル》
亭林よ　おまえの飛躍に　世界は驚倒
亭林よ　おまえの博大は　文芸復興《ルネサンス》
かの湖面は　常に澄み清く
かの空気に　静寂《しじま》は満ちて
真白き明月　大地を照らす
照らすは　遍く大地のGDP
亭林よ　亭林よ　おまえの未来は
見渡す限り希望　希望　希望　希望　希望　望　望　望
三つの発展　四つの必須　五つの　かの利益
確と刻まむ　我らが心に
生まるは我ら　亭林鎮の民となり
死しては我ら　亭林鎮の霊となる

歌が終わって、ライトがすべて明るくなると、会場は全員総立ちとなった。書記が言うには、この歌は一部にちょっと聞き覚えがある以外は、心の思いが充分に語られ、イメージは生き生きとしていて、亭林鎮の町歌として恥ずかしくない品格を備えている。すぐに亭林鎮の入口の大アーチ（注69）に、対聯《ついれん》（注70）をひとつ作らせよう。

縦にこう書く。

生まるは我ら　亭林鎮の民となり
死しては我ら　亭林鎮の霊となる

横額には、こう書く。

世界は驚倒

もともと、それまでみんなどれもこれも素晴らしいプログラムだったので、審査委員たちは、亭林鎮の町歌は受けが悪いんじゃないかと心配していたけれど、みんな最後の演目がとても新鮮に感じて、町歌「亭林賛歌」でムードは最高潮になった。

地元のＩＤカードを持っているからみんな入場できたわけだから、場内の雰囲気には感覚として、特別に引き合う力がある。昔から住んでいる庶民は、長い間抑え付けられていた感情を吐き出した。突如、ステージ下で叫び声が上がった。

「ヨソ者を追い出せ！　亭林鎮を取り戻せ！」

叫んだのは左小竜だ。この掛け声に大部分の人が応じた。このままじゃ亭林鎮から地元の人間が全くいなくなって、植民地の町になっちまう。風俗習慣、文化、それに悪習や美徳の一切合切がもう元に戻らなくなると、誰もが思っていた。これは何もかもあの工場のせいだ。でも、もう工場なしではいられない。だから、いちばんいいのは、工場内では共通語《普通話》でコミュニケーションを取らなくていいことにして、今までのように誰かが自転車を盗られたと、それをもう一度この町の重大なトピックにして、そうして半日もすれば、口コミで捜索が始まるようになることだ。けれど、今はそんな状況じゃない。若い人はみんな大都市に出て行って、生活に苦労している。老人の暮らしはよそ者に頼っている。よそ者は工場に頼って、生活は苦しい。工場は、地元の土地を汚染して成り立っている。亭林鎮町歌が熱く支持されているとき、ふと左小竜は思った。よそ者を追い出しさえすれば、生物連鎖(注71)はもっと完全に繋がるんだ。公会堂内は、またたく間に地元民の弁論大会の場になった。突然、左小竜は大衆運動をしている気になって立ち上がった。

「俺が手を振る。さあ、賛成の人は一緒に！」

このとき初めて左小竜は、自分がヒーローになったと思った。もし黄瑩が傍にいたら、きっと抱きしめて、人々に向けて宣言しただろう。

「俺の女だ」

立ち見券の人たちは全員手を挙げた。補助席の人は半分以上が、硬座は半分が、軟座の席は一人だけ手を挙げた。左小竜は、中でも軟座から挙がった手に注意を向けた。よじ登って見たら、手を挙げたのは劉必芒だった。

もちろん反対する人たちも大勢いて、ステージの下であぁだこうだと言い合っている。もしよそ者がすぐにいなくなったら、一年あたり一戸につき、一万元あまりの家賃が取れなくなって損を出す。それに町の需要も拡大できない。工員の賃金が上がれば、工場の生産原価が上昇して、企業誘致の魅力が減少してしまう。

左小竜はますますエキサイトした。タクトを振るよりももっと楽しくて、自分の価値を具体的な形にしてくれるものをついに見付けた。泥巴が引き止めるのもまるでかまわず、椅子の背に上った。

「俺たちは、企業誘致なんて要らないぞ。昔のように田んぼ耕すんだ」

みんなたちまち、エ～ッと言った。

外では警察官が会場内を覗いているけれど、どうしていいか分からない。――まだ上からの命令が下りていないからだ。でも、行動を起こさなくてはいけないと思って、辺りに上司を探していたら、ボスは場内で外の人たちと烈しく論争していた。

事はイデオロギーに関わる重大な時だ。イデオロギーを代表する書記がステージに上がって、マイクを手に取った。

「同志の皆さん、どうぞお静かに願います。

本日の文化芸術イブニング、まことに素晴らしい。感動しております。団結力を目の当たりにいたしました。しかしながら、この団結力は、戸籍で限定され得るものではありません。私たちは、みな中国人ではありませんか。私も地元民ではありません。我らがポポ印刷所の社長、路さんにしても他所から来られた方ですが、激高して我を失ったことはありません。そんなことになれば、私たちはこの会場で文化芸術がもたらす喜びを享受できないではありませんか。

町の発展の過程において、ある程度犠牲が出るのは必然であります。それ故に、私は三つの発展、四つの必須、五つの有利を提案したのであります。それぞれは、経済の発展、文化の発展、思想の発展であり、確固不動の必須、一意専心の必須、勇往邁進の必須、心揺るがされずの必須であり、有利は、ええと……」

書記はとっさに思い付かなかった。お偉いさんたちは、上司である大ボスを割と崇拝しているほうだ。大ボスが二つ、三つ、四つみたいなスローガンを掲げるのが好きなのを目にしているから、自分が細かい具体的な方針を作ったときには、必ずいくつかの何とかを忘れないで、会議や対内紙を使って御大層に宣伝を繰り返す。転勤や定年退職したときには、このいくつかの何とかが自分の公職としての実績になる。ところが、苟書記はちょっと欲が深かった。打ち上げるスローガンを大盤振る舞いしすぎて、いつも自分で覚えていられない。どっちにしたって、利益が得られる人に有利なんだよ。書記は五つの有利を飛ばして、こう続けた。

「しかしながら、私たちは地元の人たちに対しても適切な保護をすべきでありまして、そうしなければ、地元民への打撃は甚大であります。それゆえ、町では現在、計画を練っております。最近、我らの町にビッグチャンスが到来しました。ポポ印刷所の特殊な排出物から、予想もしなかった効果が生まれたのです。町中のあらゆる動物が巨大化しました。この優位性を利用できるのです。まず、観光事業と飲食業を強力に発展させます。取り分け飲食業は、世界各地から旅行客を招き寄せられます。次に観光事業でありますが、彫刻パークを野生動物園にしようと考えております。ただし、これらの経営権益については、地元住民にのみ開放しようとの方向であります」

会場からどっと歓声が上がって、いろんな紙ペラが放り投げられて宙に舞った。

書記が静粛にするよう合図した。

「もちろん、これはまだ検討の段階にすぎません。しかし、ご安心ください。経済の発展を強力に推し進めるのと同時に、政府は何よりもまず地元住民の生活を考慮いたします。みなさん、政府をご信頼ください」

会場の人々は、異口同音に叫んだ。

「信頼するぞ」

左小竜は誰それかまわず言った。

「あんなもの、食えない。あんなもの、食えないよ」

けれど、誰も聞く耳持たない。食えないは金がない、の意味で、金は信仰だから、信仰を捨てるわけにはいかない。一声掛ければ百人もがそれに応えてくれたヒーローは、誰からも相手にされない庶民へと、たった三分で支持を失った。


会場から声が上がった。

「それじゃあ、万一動物が元の大きさに戻っちまったら、どうなるんだよ」

場内はざわめいた。みんな顔を寄せて、ヒソヒソ話している。これは大事な仮定だと思った。今じゃ動物たちは金のなる木だ。万一元に戻ったら、自分たちだって元のまんまになっちまう。

書記は答えた。

「それについては、誰も保証できるものではありません。しかしながら、本日は『科学アプローチ』制作班もここにお出でになっています。科学調査のためにお出でになったこの方々と、先日私はお話しする機会がありましたが、この類いの変異は不可逆的であって、かつ、遺伝子も変異を起こしております。これが何を意味するかと申しますと、これら動物たちから生まれた子どもも、非常に大きいのであります」

場内、どっと拍手が沸き起こった。左小竜は席に座ったまま、遠目に軟座に坐る劉必芒と窓ガラス越しの大師を見た。二人ともぼうっとしていた。大師は書記の演説にすっかり聴き惚れていた。左小竜はふと隣の泥巴を思い出した。泥巴は寝ていた。

書記は続けた。

「それとともに、私たちはまた、ポポ印刷所のお力を頂戴しなければなりません。何としても路さんの印刷所にこのまま継続して、この種の特殊な……特別な……特種の……この……化学物質を排出していただきたいのであります」

路金波は立ち上がり、みんなの方に向き直って手を振った。後方から割れんばかりの拍手と口笛が飛んで、いつまでも喝采が止まなかった。

書記がみんなに一礼すると、また拍手が起こった。今度の演説は成功した。書記は本当に感動していた。排比を使うことなんか、かまっていなかったからだ。真相が分かっていて、それでいてそれが何をもたらすかの真相は分かっていないほんのわずかな群衆の一人である左小竜は、会場で呆然となった。この長々とした演説でひとつだけ覚えていたのは、彫刻パークがもうすぐ野生動物園になることだった。そして泥巴は、隣でぐっすり眠っていた。

男性キャスターが拍手をしながらステージに上がった。

「素晴らしかったです。このイブニング・コンクールは、非常に素晴らしいものでした。私たちは素晴らしい文化芸術の演技を楽しく鑑賞するとともに、おまけに素晴らしい演説も拝聴いたしました。さて、ここで最もワクワクするプログラムになりました。専門家の皆さまの審査を経て、本イブニング・コンクール受賞者の方々を発表いたします。その前に、ダンスをお楽しみください。

――『兄ちゃん兄ちゃん、行かないで』です」

ダンスをやっている間、書記が路金波に「どの出し物が、いちばんよかったですか」と訊いた。

「みんなよかったですよ。みんなよかった。この町出身でない私でも、すっかり引き込まれましたよ。芸術には本当に境界はありませんな。しかし、黄瑩はよかったと思いますよ。爽やかだったし、それにこうしたプログラムの中でも、あの子は自分の歌を唄った。勇気がある。賞をあげるべきじゃないかと」

書記はすぐに秘書を呼んで、二言三言耳打ちした。秘書は腰をかがめながら、ステージ下を楽屋に入っていった。


ダンスが終わると、キャスターが登壇して発表が行われた。

「まず、第三位の発表です。第三位は、婦人連合会選定の『我ら結紮せん』です。審査委員会は、この歌には思想の正しさ、感情の痛切さがあり、女性の解放以後、社会的地位が向上し、それに伴い思想の自覚も向上していく姿をよく描いている、と評価いたしました。続いて、ダンス――『薬用ニンジン採り』――をご鑑賞ください」

ダンスが終わると、キャスターが登壇して第二位の発表が行われた。

「では、第二位の発表です。第二位は、黄花村村民委員会選定の黄花劇です。本劇は町職員の公務における真剣な責務の執行を体現しており、あらゆる方法を尽くして人々の利益のために、コミュニティーの利益を第一と考えるものであり、さらに一人の偉大な女性――王秀梅を生き生きと描きました。それでは、ダンス――『神舟、神州を飛ぶ』――をご鑑賞ください」

ダンスが終わると、キャスターが登壇して第一位の発表が行われた。

「それでは、第一位を発表いたします。第一位は、……亭！林！賛歌！」

発表とともに「亭林賛歌」の伴奏が鳴り響いて、ステージ下では歌詞を手にした人々が後について歌い始めた。ステージでは紙吹雪が舞った。公会堂内の人たちは帰り支度を始めて、みんな口々に『我ら結紮せん』が二位じゃないのか、やっぱり黄花劇『王秀梅』が二位じゃないのかとか言い合っている。そうしたら突然、女性キャスターが登壇した。

「もうひとつ、賞を発表いたします。ここで発表する賞は、ポポ特別賞です。これは路金波さんが今回に限って増設された賞で、ひたすら素晴らしい歌声を披露したにもかかわらず、第三位までの受賞に漏れた挑戦者に、この賞は贈られます。……黄瑩さんです！」

お祝いの音楽がまた鳴り響いて、みんな長い間ずっと黄瑩の登場を待っていた。場内にちょっと気まずい空気が流れて、路金波もあたりをキョロキョロ見回した。スタッフがやって来て、路金波と書記に耳打ちした。

「黄瑩は、歌い終わったらすぐに帰りました」

「君の母親は、ここに来ていないのか」と、書記はスタッフに訊いた。

「おりますが」

「母親を呼べ。キャスターに黄瑩の母親だと言わせろ。黄瑩の代わりだ。黄瑩は体調不良で先に帰ったと」

スタッフは慌てて頷くと、お任せ下さいと小走りですっ飛んでいった。

書記が路金波に謝った。

「いやあ申し訳ない、申し訳ないです。小娘は何も分かっておらんです。今度ご紹介しますよ。お近づきになるチャンスがあるかどうか考えてみますので」

路金波は立ち上がった。

「今度、今度で。心配ご無用、心配ご無用。このイベントは今後も必ず続けますから」

イブニング・コンクールの最後に、男女二人のキャスターがステージに上がった。

「本イブニング・コンクールを締めくくるに当たり、第一回ポポ杯文化芸術コンクールが滞りなく挙行され、成功を収めましたこと、まことにうれしく存じます。ご来場され、ご観覧になった町幹部の皆さま、ご来賓、観客の方々に感謝して、組織委員会は特に皆さまのために、ささやかなお礼の品を用意いたしました。それとともに、皆さまにこの品が私たち亭林鎮が作り出したものだと申し上げるのを、まことに誇らしく思います。とても実用的な品……それは温度計であります！」

みんな歓声を上げた。お偉方やコンクール出場者への温度計は、その場でセレモニー嬢が配布して、その他の人たちは退場する際に受け取った。出演者やお偉方は温度計を見たらとても珍しそうに、てんでに口に咥えて、お互いの顔を見て笑っている。会場を後にする人たちも、長い列を作った。

左小竜は泥巴を揺り起こした。泥巴は目がショボショボしている。

「終わった？」

左小竜はちょっと頷いた。

「足が痺れちゃった。……」

「なら、座ってろよ。俺は先に帰る」

泥巴は片足で立ち上がった。

「いやよ。ピョンピョンしてけば、大丈夫よ。今日はひどいのね。あら、もう終わったのに、何で並んでるの？」

「記念品をもらうんだ。いいよ、俺たちは要らない。脇を抜けて行こう」

泥巴は感心した。

「そうよね。わたし、安物欲しがらない男の人、好きよ」

左小竜は何て言ったらいいのか、分からなかった。外に出たら、夏の深夜はそよ風が吹いていた。

左小竜は泥巴をギュッと抱き締めた。河の水に映る街路灯の明かりはぼやっとして、帰る人々の投げかける影が波間に揺れている。ちょっと歩いたら、自分を指差す人がいるのに気が付いた。道行く人たちの密やかな話し声は、あの時の左小竜の行動を批評しているように思えた。さっきは失敗だったけれど、それは人々に何の旨味もなかったからだ。でも、左小竜の名前は、あっという間に町の住民に知れ渡るに決まってる。この蒸し暑さじゃ、何をしたらいいのか全然思い浮かばない。でも、それだっていい。どうせ思い浮かんだことだって、できはしないんだから。

歩いていると、書記の車が路肩に停まっているのを見付けた。左小竜はいつものようにバックミラーを外向きに押し曲げた。それでもまだひどく腹が立った。

「クソッ、もし俺、人の物ぶち壊すのなんかへっちゃらだったら、マジ奴の車、引き裂いてやりてぇ」

「ダメよ」

泥巴はぴしゃりと言った。

左小竜は驚いた。泥巴のこんな強い口調は、このたった一度きりだ。

「もちろんやらないさ。ジョークだ。そんな卑しい人間のやるようなこと、俺がやるわけないだろ」

しまった、と泥巴は思った。

「しないわよね」と笑った。

二人が河沿いを歩くうちに、人の姿は散り散りになっていった。街路灯もだんだん暗くなって、人の顔はロウソクの薄暗い光に照らされているみたいだ。泥巴は左小竜にかじり付いた。

「わたし、帰る。送って」

ゼファーが時速百キロを超えるスピードで亭林鎮の古い街路を駆け抜けると、両脇に並んだシャッターが、引き裂かれた空気の流れに巻き揚げられたようにガラガラと鳴った。ヘルメットを被らない左小竜の髪が風に吹かれて、後ろにピタリとくっつく泥巴の顔を叩いた。泥巴は片手で左小竜を抱いて、もう一方の手にプレゼントしたヘルメットをぶら下げていた。日が昇れば賑やかなはずの通りは、今は人っ子一人いない。猛スピードのために、本当はだだっ広い街路はゾっとするほど細い。モーターバイクたった一台が通れるくらいに感じる。泥巴は左小竜の腰にギュッと抱き付いて、うな垂れて前を見ていない。猛スピードの走りが路面の凸凹をアイロン掛けして、新しいエンジンの咆哮が町中に響き渡った。薄暗闇の地面に二人の黒いシルエットが次から次へと現れては消え、消えては現れて、まるでリレーをずっと続けているみたいに映った。この前エンジンブローを起こした場所に通りかかると、思いがけなくあの店がまだ開いていた。店はもう音楽を流していなかったけれど、隅っこでマスターが何かやっていた。左小竜は声を掛けた。

「やあ」

地面にしゃがんでいたマスターは、ハッと振り返った。左小竜だと分かると、無意識に近くを見た。

「バイク、直ったのか？」

泥巴が左小竜の手を引っ張った。

「もういいでしょ」

「ちょっとだけだ」

左小竜はまたマスターの方を向いた。

「何で音楽、流さないんだ」

「ハハ、お互いもう恨みっこなしってことか。音楽なんぞ、どうでもいいんだ。ジャンク屋なんて、もうやってる場合じゃないぜ」

「じゃあ、何するんだ」

左小竜は見下げたような口ぶりだった。

「電気ショック漁（注72）さ」

マスターは、目方を量るみたいに手にした器具を軽く揺すってみせた。


上空を大きな鳥が一羽飛んで行った。

左小竜は引き返してゼファーに跨がり、夜の暗闇を走り続けた。泥巴は左小竜の背中に耳を貼り付けた。

「聞こえるわ、あなたの心臓の音」

狂った世界で女の子が傍で心穏やかに付き添ってくれるなら、それはとても幸せなことだ。でも、左小竜は分からなかった。

亭林鎮の文化芸術コンクールは大成功だったので、お偉方は大層喜んだ。同時に嬉しい知らせが次々に飛び込んできた。亭林鎮の旅行ビジネスが本当に発展したのだ。町には大の字が付いたレストランがたくさん出現したけれど、その中でも「レストラン大蛙《おおがえる》」がいちばん有名だった。毎日彫刻パークにやって来る人たちも目だって増えた。地元の人々がみんなこのでかい野っ原で、野生動物を捕まえたかったからだ。でも、すべての動物が竜泉河の水を飲んでいるわけではないから、大きさはまちまちだった。いちばん悲惨だったのはオスで、というのは、メスとラブラブしている最中は、オスの方が変異しているとみんな思って、必ず真っ先にオスを捕まえたからだ。これは法則と符合する。世界が大きく乱れたときは、決まって男が先に不運に遭う。

捕まって飼育される大型動物はどんどん増えて、家々の裏庭に数頭飼われた果てに、煮物にされた。いちばん羨ましがられたのは、黄さんの家の牛をおいて外にない。子どもたちが全員その牛を見て、父ちゃん母ちゃんに訊いた。

「何で象は鼻が長くないの？」

父ちゃん母ちゃんは諭した。

「牛なんだよ」

でも、いちばん利益が上がったのは竜泉河の魚だ。陸上の動物はすべて大きくなったわけではないけれど、魚は例外なくみんな大きくなった。変異が見付かった日から竜泉河の水門が開かれたので、亭林鎮一帯の竜泉河とその支流は人民の天国になった。一九五〇年代のポスターにだったら見られた豊漁が、実際に亭林鎮で演じられた。町では〇・五キログラム以下の魚は、もう二度と出てこなかった。町の住民には、こうした代物が食べられるのか食べられないのか、やはり議論があった。住民の半分は「もちろん食べられるさ、ほら、まだ活きてるじゃないか」だったけれど、もう半分は「ダメだ。不安だな」という意見だった。でも、ひとつ意見は一致していた。食べられても食べられなくても、ヨソ者には食用で売ってよろしい。

亭林鎮は賑わい始めた。みんな出稼ぎ労働者だった以前と違って、今は大都市で乗用車を乗り回してゲテモノ珍味を食べに来る連中だ。最初は周辺の都市にいる広東省出の人たちが団体でやって来て、食べる物が珍奇なだけじゃなくて、味も料理の仕方も珍奇なのを欲しがった。

「みんな喜ぶ伝統的な食べ方がいい。例えば、生きた猫の水煮や、生きた猿の脳みその抉《えぐ》り出しなんか。なんだ亭林鎮に猿はいないのか。それだったら、虎みたいにでかい猫を水煮にしたらどんな視覚効果があるか、もっと見てみたくなってきたよ」

でも、これはちょっと難しい要望だった。猫は竜泉河の水を直接飲んでいなかったから、ここの猫はまだみんな正常でいた。問題は、何でここのネズミは全部大きくなってしまったのか、元の巣穴に入れなくなり気性が凶暴になって、あっちでもこっちでも猫を捕まえては八つ当たりをしたので、亭林鎮には猫は一匹もいなくなってしまったことだ。店はこう売り出した。

「ネズミの食べ方は、さあ分かりませんが。皆さま、どうぞ新鮮なうちにご賞味あれ」

食事に来た広東省のお客たちは思った。ここらの店は、ひどい田舎もんだな。とっくにネズミは食ったことある。目新しいもんじゃない。人以外はみんな食っちまったよ。

その時、隣で寝ていた人が目を覚ました。

「人だって、俺たち食ったぞ。忘れちまったのかい。この前、死んだ赤ん坊をどっかで食べたこと……」

ネズミを食べるのなら、オリジナリティーがあるものをと、お客たちは油ネズミという料理を思い付いた。言い伝えでは、ネズミは油が大好きだというから、まず大きなネズミをオイルタンクに放り込んで蓋をして、息を詰まらせて殺す。それから蓋を開けて、生で食べる。格別な味わいだ。

ところが、もっと大勢の人たちがロブスターやカエルを食べにやって来た。町のロブスターと青ガエルの値段は、オーストラリアのロブスターとウシガエルの半値だった。でも、味は四分の三だから、お値打ちだ。いちばん大事なのは、これは我ら中国のロブスターだいうことであって、食って旨いし、なおかつ民族の誇りと感じる点だった。

これに町のお偉方はいちばん喜んだ。亭林鎮は、もうじきこの地区の、他の町を遥かに超える発展を遂げると予測できたし、初めて旅行ビジネスと軽工業が完璧に結びついたとして、全国のランキングにも名前が挙がることだってあり得るからだ。でも、文化もしっかり押さえなくちゃいけない。工業はいくら発展したにしたって限界がある。最後は、やっぱり文化でブレークスルーしなくては。それが低ランクから高ランクに転換する重要ポイントだ。書記は亭林鎮レジャーフィッシング会館で、盛大な祝賀パーティーを催した。今回の祝賀会には、町と農村部の幹部が全員集まって、亭林鎮の大物小物すべてのお偉方が顔を揃えた。

夜もだんだん更けて、未明の風が月をそよと撫でる。お祝いにはとてもいい日取りだ。亭林鎮レジャーフィッシング会館は、湖のほとりに立っていた。ここは元々湖じゃなくて、魚の養殖池だった。前任の幹部が亭林鎮には湖がないからと、池を広げて……もっと大きい養殖池にした。広げた後、池の周りを緑で覆って、それからこの会館を人に作らせた。お客さまを接待する最高級のこの場所は養殖池の中に建てられて、いや、湖の中央に建てられて、華やかなイルミネーションに照らされた長い橋を渡るとレストランになっていた。

湖上のレストランは灯りが燦然と輝いて、けたたましい声がする。水面でひっきりなしに大きな魚が跳ねるので、レストランで食事をする人たちから喚声が上がった。気分は最高に盛り上がっていた。でも、主要な幹部のテーブルでは、相変わらず仕事のことで論争していた。論争の焦点は、変異した動物は政府の所有なのか、政府が統一的にコントロールするものなのかどうかだった。町長の意見は、そうすべきである、なぜなら、国家の資源なのだから、政府が統一的に管理して、統一的にコントロールして、町を統一的に発展させるほうがいい、というものだった。

書記は、内心同じ考えだったけれど、少しためらいがあった。というのは、ポポ杯の最後に千人以上を前にして、変異した動物を取り扱う権利を地元住民に与えると認めていたからだ。

　副書記がこう整理した。

「この権益は地元住民にのみ付与しますが、私としては政府が統一的に管理して、混乱を避けるべきだと思います」

　書記は頷いた。

「我々が統一管理すれば、現状からして、この一点だけで財政上、数千万元の増収となります」と副町長が言った。

「よし、仕事の議論はもうこれまでにして、みんな今日はリラックスしよう。そもそも我々は庶民のために、これほどたくさんのことをやって来たわけで、休養も取る必要が……」

　それからずっと酒盛りが続いた。大ボスがいる場所では、その他の子分どもは酔っ払わなくちゃならない。ところが書記はあまり酒が飲めない。二、三杯でエキサイトして、すっと立ち上がった。

「同志諸君、今宵はまことに麗しい。だが、少しばかり気温が高い。泳ぎたくなった。私に応じる同志がいるかどうか。みんな人民のために、これほど長い時間を職務に費やしたのだ。楽しむべきだよ。泳ぐんだ。我々は道理もわきまえている。水は舟を浮かべ、また転覆させる。人民大衆は水であり、我々はこの舟だ。今夜、我々はこの水とひとつに溶け合う。しかし、我々に舟は不要だ。我々はこの身体を使って、人民大衆と最も緊密に触れ合うのだ」

　すばらしい！　出席する人たちから、割れんばかりの拍手が鳴り響いた。書記の演説はレベルが高いと、みんな口を揃えて褒め立てた。

「書記の比喩は最適、描写は生気溢れ、寓意は含蓄あり」

町長がそう言うのを、書記はチラリと見て思った。

〝俺様が愛して止まない排比をまだ使ってないのに、おまえは先に使ったのか〟

役人が他人の排比を聞いたら、麻薬中毒者(注73)が他人がヤクを吸っているのを見るようなものだ。書記は言わずにはおかない。

「よし、我ら一同、一統、一緒に、泳ごうではないか」

そう言って、水中に飛び込んだ。力強いダイビングに湖面の月光は突き破られ、屋上に設けられたネオン灯が水に投げかけた光は、水しぶきの縁に鮮やかな輪郭を描いた。書記はときに平泳ぎで、ときにはクロールで泳ぎ、岸辺の部下たちはみんな夢中で見入っていた。最初に我に返ったのは、今回の祝賀会に出席した中でいちばん身分の低い同志で、すぐさま上着を脱いで水中に身を躍らせた。

「おお、いいね、駆け出しの同志。君の名前は？　具体的にどこの部署にいるんだね」

そう言う書記に駆け出しがまだ答えないうちに、岸辺の人たちはみんな我に返って、全員が水に飛び込んだ。あっという間に、湖は煮えたぎる鍋のようになって、いろんな泳ぎがとりどりの水しぶきを上げた。びっくりした大きな魚が、人込みの中からひっきりなしに飛び上がった。水の中で大勢叫んでいる。

「助けて、泳げないんだ！」

書記は一本、十数メートルあるロープを無造作に掴んで、部下たちに放り投げた。

「泳げない者は、ロープにつかまって……」

水中でバタバタする人たちはロープにたどり着くと、頭を水面に出した。

「このロープ、すごく滑るよ」

みんな手元を見たら、どす黒い皮膚の物体だ。ロープの先端に目を移すと、何と一匹の田ウナギだった。

「こんなことって、あるかよ。こんなに長い田ウナギなんて」と誰かが唸《うな》った。

「あり得ないことなんてない。ここではすべてがあり得る」

そう言う書記にみんな後を付いて、湖の真ん中に泳いでいった。

「我らが行動、足並み揃い、一心同体、力強く、さあ、みんな『亭林賛歌』を唄おう。リズムに乗って泳ぐんだ。**楓林、竹林、我らが亭林に及ぶものなし。樹林、森林、我らが亭林に……**」

「亭林賛歌」の歌声に乗せて、みんな書記の後を対岸に向かって泳いだ。

しばらく泳いだら、書記は止まって後ろを振り返った。

「体力が続かない同志もいるだろう。休もうじゃないか。方向を間違えちゃいかんからな」

みんな水を掻くのを止めた。いったん止まったら、水に慣れていない人たちは水中に沈んだり、同じところをグルグル回ったりするしかない。

「今、身体を動かしてみて、気が付いた。私が君たちを指導しているように、我々は多くの一般大衆を指導している。今し方、町長はいい発言をした。亭林鎮の変異動物は、亭林鎮の大切な財産だ。その数からすれば、国家の希少な保護動物であって、政府はこれら変異した動物を保護し、一元化し、一堂に集め、合理的な計画を進め、規範的に管理し、科学的に発展させる義務と、責任と、断固とした意志を有している。それこそが、人民大衆に対する最も責任ある態度なのだ。今、こうして我々が泳ぐのと同様に、もしも強靱《きょうじん》な一人の指導者が不在であるなら、確固とした方向がなければ、統一されたリズムがなければ、穏やかな水面《みのも》がなければ、我々はこれほど卓越した泳ぎはできないのであって……アッ……」

突如、空の彼方からまばゆい光が射して、水面に青い煙が上がった。辺りはすっかり静かになった。痛ましい事故だった。夜、こっそり誰かが電気ショック漁をしたばかりか、その場で高圧電流に繋いだことから、亭林鎮の優秀なお偉いさんたちは全員、遭難した。

滅茶苦茶な夏が終わった。町の幹部全員が遭難した日、庶民の生活を除いて、何もかもがカオス状態だった。それまで人々が興味津々だった権益の割り当てや、偉いお人に俺も私もと先を争ってゴマを擦るのも、一瞬に消えてなくなった。まことに速やかに、新しい幹部連中が赴任した。新書記は幹部としてキャリアの最後だったので、唯々平穏無事に定年を迎えたい。亭林鎮は静けさを取り戻した。変異した大型動物は、すべて食べられてしまった。住民はポポ印刷所を応援しようと、もうちょっとたくさん本を印刷してもらい、もうちょっとたくさん紙を作ってもらって、進んで本をたくさん買った。買ったらムダにはできない。読むしかない。ポポ印刷所は以前と同じ水を排出したけれど、もう動物は大きくならない。人々はいったいどうなってるんだと思った。

劉必芒のレストランは、夏を乗り切れなかった。大型動物をメニューにしないから、商売はうまく行かない。従業員や奥さんはこれには納得がいかないと、出て行ってしまった。その折も折、店の拡張リフォームに資金をすべて投じてしまっていたので、何日も経たずにいちばん暑いころ破産して、店は買収された。

そうした夏、左小竜は相変わらず自分の在り処が分からないでいた。劉必芒に会ったときには、もうプライベートルームはなくなっていた。左小竜はこの夏、起こった出来事を話した。合唱団がうまくいかなかったこと、結局は見物人をやっただけだったことも。

「時代は、君を単なる傍観者にしたんだ」

「俺、小さいときから今でも、ずっとヒーローの話を読んでるんだ。見物人やりたくない」

「見物人、いいじゃないか。わたしを見なさい。聞き役しかできん」

左小竜の人生で今までいちばん印象深かったのは、ポポ文化芸術の夕べが開かれた晩だったけれど、それでも自分の目標が見付からないでいた。目標がないから、ただ感じたままにするしかない。念願というものがないと、ふとした思いつきに満足してしまうのと同じだ。

この夏、それから泥巴に会ったのは一度きりだった。借りた金を返しに行ったときだけれど、泥巴は落ち込んでいて、左小竜に抱きつくとシクシク泣いた。左小竜は理由を訊かなかった。若い女の子は、みんなこんなものなんだろうと思った。左小竜にとって、感情の世界はおそろしく単純だったから、人と人とは繋がっているとは思いもよらず、憎たらしくて大嫌いな連中のかなりの部分は感電死して、また別の一部には社会道徳にそぐわないと思う人たちがいるとしか考えなかった。友だちは大帥と劉必芒、大帥は、思うに野心がないバカな奴だ。自分を好いている泥巴は前世からの良縁だけれど、楽しみは次に生まれ変わってからに取っておきたい。俺が好きなのは黄瑩、彼女との仲が発展していく望みは、全くなかった。

亭林鎮には他郷者がどんどん増えて地元民はどんどん少なくなり、黄さんのデカ牛が殺されてからは、亭林鎮からどんな変異動物もいなくなった。人々は亭林鎮を隅から隅まで探し回り、竜泉河の水を抜いて空にしても、もうどんな変異生物も見付からない。すっかり食べ尽くされてしまっていた。

その日、アメリカのナショナル・ジオグラフィック誌が亭林鎮を訪れた。西洋人が大勢やって来たので住民は物珍しい。噂が伝わって、アメリカの地理の先生方がやって来たんだとみんな思った。新しい書記が地理の先生方の応対をした。

「お座り下さい」

記者連中はぞろぞろと座った。

「アメリカから、みなさんどのようなご用件で、お出でになったので」

「中国のこの土地で、不思議なことに動物がすっかり大型化したと聞いたもので」

書記は残念そうだった。

「どうしてまた今ごろになって、話を聞かれたのか」

「アァ、書記さん、私たちは実際のところ、貴国のインターネットには関心はございませんで、それで申し訳ありません、お邪魔するのが遅くなったのです。サンプルを少しばかり採取したいと思っております。写真を見て検討しましたところ、ここの現象は非常に科学的価値を有しているのです。写真から判明したのは、これこそ私たちが必死に探していた恐竜と鳥類の中間にあたる過渡期の動物かもしれないということなのです。これは重大な意義がありまして、世界があっと驚くことになるでしょう」

「まことに残念ですが、ここの大型動物は、すべて食べてしまいました」

撮影制作班は一斉にざわついて、とてもびっくりしたジェスチャーをした。

「失礼ながら、こちらでは食に困窮しておられるのですか。なぜ食べちゃったのでしょうか。こんな大変不思議な動物を」

「あなたは、あまりに我々を理解しておられない。改革開放の進展によって、我々の食は既に充分です。現在の主たる目的は、人民大衆の生活における幸福感を改善することにあるのです」

撮影制作班は尋ねた。

「それでは、なぜ全部食べてしまったのですか。すべて平らげると、幸福に感じるのですか？」

「人民大衆の生活満足度の改善じゃないですか。このアイテムは、任重く道遠しです。あなた方が言うのは、そのほんの一部に過ぎない」

「じゃあ、どのように人民の生活満足度を改善するのですか」

「それについては、当政府の機密事項です。私としては、外国人は了知すべきでないと考えます」

「とは言え、やはり大型化動物を見付けたいですね。撮影していいですかね」

「あなた方は国外のテレビ局だ。私一存では決めかねる。上級広報部門に問い合わせなければならない。私からの連絡をお待ち下さい」

上級の広報部に問い合わせたら、どうしたものか決められない。さらに上級広報部に、そのまた上の広報部に問い合わせた。そこは広報部を広報する広報部で、数週間して遂に四字の回答があった。

「肯定報道」（プラスの報道をさせよ）

撮影制作班はありとあらゆる場所を探し回ったけれど、大型動物の影も形もなかった。でも、地元住民が撮影した写真にはかなりの数が写っている。制作班は気落ちした。生きたのを撮影するのをあきらめて、化石を探すことにした。けれど残念無念、全部食べられてしまっていたので、完全な形の化石は残っていなかった。

左小竜は町で撮影制作班と出くわした。

「お若いの、大型動物いないかな」

「来るの遅すぎたね。俺たちがみんな……外の奴らがみんな食っちまったよ」

写真と残骸を分析した結果、アメリカの本部は大いに研究する意義があると認めて、制作費の追加を決めた。翌日、亭林鎮中がアメリカのナショナルジオグラフィックの先生が出資して、生きた大型動物に賞金二十万ドルを懸けたというニュースを聞いた。

町の大部分の人たちは、自分の顔をひっぱたいた。食べた金額を大勢の人が計算した。――おいら三千万ドル以上食べちまった。二億元だァ。

そう考えたら、いったい何てことをしてしまったんだと、全亭林鎮がすっかり落ち込んでしまった。

左小竜も二十万ドルを手に入れようと、彫刻パークをずっと探し続けた。けれど、だだ広い雑草地に見付けたのは、自分と同じように尻をおっ立てる大師だった。茫々とした草むらの中を、左小竜は自由の女神像に向かって走った。やっとのことで女神像の肩に上って――彫刻パークの最高地点から眼下を見下ろした。大型動物を見付けて、生活の改善をしたいと思った。ところが、目の前の光景にびっくりした。彫刻パークのそこら中におっ立った尻が点々と散らばっている。みんな探し回っていた。みんな後悔していた。みんな生活の改善をしたかった。

大型動物の捜索に失敗した人民大衆は、運を呼んだ飲み水の源(注74)、事の発端になったポポ印刷所と路金波を思い出した。人々は路金波の工場の前に集まって、スローガンを掲げた。「毒」という名の本をまた印刷してくれ。分析で原料に毒が充分あったにしても、本には不充分だったら、遺伝子を変異させる廃水を作れない。毒と「毒」が手を取り合ってこそ、毒に侵された動物を作り出せるし、人類を幸せにできるというのだった。

先頭に立つ人が大型スピーカーで怒鳴った。

「ポポ印刷所は、再び人民に幸せを！」

「人民に幸せを！」

「人民に幸せを！」

人々は後を継いで、一斉に大声を上げた。

「ポポ印刷所は、もっと大局を重視して！」

「もっと大局を重視して！」

「もっと大局を重視して！」

「大局重視」はインチキ万能薬だ。一方で利益を得るためには、必ずもう一方の利益を犠牲にしなくちゃいけない。早速「大局重視」の出番だ。意外にも、人民大衆はあっという間にこの方法を学んだ。

「路金波個人の利益は、人民全体の利益に従え！」

「個人の利益は、人民全体の利益に従え！」

「路金波は、従え！」

群衆は激情に駆られて、工場の門を壊しそうな勢いだった。

個人の利益が欲しくて一斉に集まった群衆は、全体の利益が最優先になった。物まねをする能力が高かったから、全体の利益が叫ばれた途端、昔ソビエト(注75)を見付けたのと同じように、個人それぞれがまるで正統な思想基盤に拠って立ったみたいになって、みんなあっという間に正義の化身、群集心理は少しばかりコントロールを失った。

そのとき、別の集団が駆け付けた。当時、自分らの商売を捨てて、大型動物の売買に鞍替えした小規模商人たちで、群衆を押しのけて最前列に進み出ると、ポポ印刷所に向けて烈しい怒りの涙で訴えた。ポポ印刷所は巨額の損失を与えた。大型動物を作り出したにしても安定的に継続して作らなかったから、社会に巨大な被害を与え、人民の莫大な財産を失わせた。もし、ポポ印刷所が速やかに大型動物を作れなければ、我々は損害賠償を要求するという。

スローガンをこう打ち上げた。

「ポポ印刷所に継続的発展の道はない。反動だ」

このスローガンに、人民大衆はそうだ、そうだと、喝采した。社会は一握りの人たちと、本当のことを知らない大衆と、また別の一握りの人たちとで構成されている。その中の一握りと別の一握りの間に不一致が生じたときに、反動が生まれる。でも、本当のことを知らない大衆を大事にしてやれば、それは絶好のトーチカだ。真相を知らない大衆は永久に知ることはない。年端も行かない少女と同じで、引く手あまたのフィアンセになる。

警察はポポ印刷所を封鎖して、新しい派出所の所長がスピーカーで群衆を説得した。群衆は対話を求めた。要求はとてもシンプル、大型動物だ。動物を大きくするのはポポ印刷所の責任であり、使命だった。


元々劉必芒のスターライトルームだった部屋で、路金波は酒を飲みながら薄地のカーテン越しに窓の外を見ていた。ゆっくりと腰を下ろすと、胸に寄り添う女の子に話しかけた。

「黄瑩、あいつらバカだよな」

黄瑩は淑やかだった。

「あたしの郷里の人をそんなふうにおっしゃらないで。あの人たち、気が付きますわよ。ただ、急には受け入れられないだけ。ちょうど、ちょうど、何というか、……」

路金波が後を続けた。

「ちょうど、おまえが少しばかり私の目の保養をさせてくれてはいるが、それからはずっと先に行かせてくれん。私はカッカする。それと同じみたいなものだ。そうだろ?」

「それはお門違いですわ」

「それを言うなら、当てこすりですわ（注76）、だろう」

黄瑩は面白くない。

「教養がおありになる人には、かないませんわ」

路金波は立ち上がって、窓の方を見た。

「私だって、ここで動物がなぜ大きくなったのか分からんのだ。あの連中が今こんなふうに騒ぐのも、どうせ自分たちの商売がうまくいかなくなっちまったからで、それは元はと言えば濡れ手で粟のあぶく銭だ。天から一度降ってきただけなのに、拾って、使ったら、あぶく銭で暮らしていきたいとずっとあてにする。天にそんな金はなかった。あいつら、お天道さんは見る目がないと言う。先頭で衝突しているやつらは、どうせアメリカ人が大型動物一匹に二十万ドル払うと答えたから来ただけの連中だ。もし仮に私がまた自然法則に反する動物をたくさん作ったら、アメリカ人はまた二十万ドル出して買うかい。自分たちで一匹捕まえて、国に帰っちまうさ。真ん中辺りにいる連中は、ワイワイ騒いでいるだけだ。ほら、楽しそうだ」

「それじゃあ、あなたはどうするおつもり？」

「私が乗り出す必要はない」

路金波はタバコに火を点けて一口吸うと、もみ消した。

「タバコは吸わんのだった」

それからゆっくりと周囲を見回した。

「この部屋、いったいどんなクソッたれが設計しやがった。ほんとにムカつく。見る眼がない。この店、商売もこけて私が譲り受けた。おまえの写真でこの部屋をいっぱいにしてやる」

二階のスターライトルームの上方、ちょうど路金波の頭の真上にフロアがあって、そこではアメリカのナショナルジオグラフィック社が緊迫した様子でカメラを回していた。

あっという間に機動隊がやって来た。でも、現場はますます統制が効かなくなって、群衆は機動隊に投石したり、ポポ印刷所のガラスを叩き割り始めた。ちょうどそこへゼファーで左小竜が通りかかった。日用品を買いに、隣にある如海《ルーハイ》スーパーマーケットに来たところで、異常な騒々しさに呆然とした。

それを見た黄瑩が路金波を引っ張って来て、地上を指差した。

「ほら、あのモーターバイクに乗ってる間抜けな坊や、あの子、あたしのこと好きなのよ」

路金波は一目見るとまたソファに座り、頬杖をついて事態を見守った。

左小竜は何が起こったのか分からない。まず、ゼファーに乗ったまま様子をみよう、どっちに味方するかそれから決めればいいと思った。けれど、やって来るのが遅くて衝突を目撃しただけだ。俺は警察じゃない。絶対に警察側には加われない。群衆側に走って行って、詳しく訊くしかない。ゼファーを停めて、群衆の列に入って行った。

「ねえ、何してんだい」

ちょうどその時、路金波は自分の工場に押し入られるのを目撃して、門番の爺さんに電話した。爺さんはすぐに察して、デジカメを持って守衛所の屋根に上った。

「写真を撮るぞ。おまえたち、みんな一人一人写真を撮られて、ボスや家の人に通報されるんだ。警察が厳罰にするぞ」

またたく間に、衝突していた最前列の人々は散り散りになった。群衆の基盤を失った後ろの連中はそれを見て、たちどころに先頭立てて家に逃げ帰った。派出所の所長は、これが大きな効果があるのを見て、催涙弾やスプレーの使用をやめさせた。ひとたび使ったら、この小規模な騒動は性格が違ったものになる。でも、警察は別の企みがある扇動分子は見つけ出して、処罰しなければならない。門番の爺さんを屋根から下りてこさせてデジカメを受け取ると、ゲートの方を向いた。

「まだ退去しないでいる者は、撮影する」

だだっ広い空き地に、左小竜が一人ぽつんと立っていた。カシャッと音がして、左小竜は永久に写真の中に静止した。ふと思った。俺の人生で初めての写真だ。

「ねえ同志、その写真、現像したら俺に一枚くれないかな」

近寄ってきた左小竜を所長はじろりと見て、怒鳴った。

「おまえは、ここで何をしている」

「通り掛かりだよ。醤油を買いに来たんだ」

「ごまかすんじゃない。おまえ、なかなかしぶといな。バックは何だ。動機は？　国外のどんなグループと繋がりがある？　我々と一緒に来い」

左小竜は、たちまちパトカーに乗せられた。

「まだ、バイクのキーを挿したままなんだァ」と大声を上げた。

所長はあっさり一言。

「所に引っ張る」

いきさつを見ていた黄瑩は、すぐさま部屋を飛び出て階段を駆け下り、所長の前に急いで走り寄った。

「あの、誤解よ。あの人、友だちなの。あたしに会いに来たのよ。放してあげて」

車内で黄瑩を見かけた左小竜は飛び上がったけれど、すぐにシートに引き戻された。傍で監視していた人民警察がマイクロバスのドアをぴしゃりと閉めた。

所長は黄瑩をしげしげ眺めた。

「君は誰なんだね」

「あたし、黄瑩。ここで歌を唄って……」

所長は遮った。

「知らんな。何なら君も一緒に所に行って、詳しい話をしてみるか？」

路金波が後を追ってきて、所長にタバコを一本勧めたら、押し返された。

「二人は私の友人だよ。誤解だ、誤解なんだ」

所長は皆目わけが分からない。

「あんたは誰だ」

路金波はすぐさま名刺を差し出した。

「私は路金波だ。この印刷所の代表取締役をやってる。数ヵ月前にやったポポ杯、あれは私がスポンサーをやってね。荀書記（注77）と牛所長、二人とも友人だ。二人とも私の友人なんだが……」

新所長は不愉快になった。

「死亡した人間ばかり持ち出して、馴れ馴れしくするんじゃない。ポポ杯とは何だ？　知らんね。君のあの友人だが、主犯だと踏んでいる。連行して取り調べなければならん。心配ご無用。シロであれば釈放する。悪さをしていれば、あなた方が誰であれ、どうにもならん」

路金波は溜息を吐いた。このちっぽけ町政府め、コロッと表札を替えちまいやがった。今までの袖の下が、みんな無駄になった。

黄瑩はそれでも猫なで声だった。

「ねえ、所長さん、放免してあげてくださいな」

所長は周囲の仲間が忍び笑いをしているのを見て、憤然とした。

「慎み給え。いいか、君もしょっ引くかもしれんぞ、公務執行妨害でな。君と車内のあいつとは、どういう関係だ」

黄瑩は一瞬、どう言ったらいいか分からない。助けたいと思う一心で、深い仲だと言えば間違いはないと思った。

「あの人、あの人はボーイフレンドなの」

所長は路金波を指さした。

「それで、この人と君との関係は？」

黄瑩は路金波を見ながら、しばらく言いよどんだ。

「この人は、実はあたしのボーイフレンドなの」

それを聞いた所長は毒づいた。

「アタマがおかしい」

パトカーに乗ってドアを閉めて、サイレンを鳴らしながら行ってしまった。

黄瑩は路金波の方を見た。

「あの人を出してあげたいの。力貸してよ。人畜無害、いい人なんだから」

路金波は黄瑩の肩をポンと叩いた。

「安心しなさい。伝手を探して、できる限りのことをやってみるから。だが、今はこの方面のコネはみんなお陀仏になっちまったから、外の手を考えなきゃならん」

「あたしも知り合いで役に立ってくれる人は、みんなゴネちゃったわ。今じゃ力のある人で知ってるのは、あなただけ」

「私だって、地元の美女で知り合いは君だけだよ」

黄瑩は笑ってそっぽを向くと、二階に上がろうとした。

路金波は後を追いかけた。

「こうしよう。二日待つんだ。あいつが何もしていなければ釈放だ。万が一出てこなかったら、二人で奪い返しに行く」


一日して、左小竜は釈放された。警察は本来、ひとつの典型を見付け出さなくちゃいけないのだけれど、普通はちょっとだけ係わっていれば有罪にできた。結局のところ、左小竜は本当に醤油を買いに来たのだった。新任の派出所長はとても有能な人物で、亭林鎮の幹部連中がいっぺんに亡くなってしまったので、上層部が社会の不安定要素の誘発を怖れたことから、特に重責を担って町にやって来た。経験が豊富だったけれど、左小竜を釈放した後にこう嘆いた。

「長年、真相が分かっていない群衆の話をしてきたが、実際、真相が分かっていない群衆に初めてお目にかかったよ」

左小竜は何がなんだか分からずに、派出所で一日過ごした。警察側には勾留の正当な理由と合理的な説明が必要だったので、五十元支払いを命ずる旨の罰金告知書が交付された。派出所に勾留した警察側の理由と取り調べの結果は、「モーターバイクの排気ガスが基準を満たしていなかった」だった。

釈放された左小竜は、まず黄瑩を探そうと思った。お礼を言いたかった。大空で亭林鎮の秋と夏がせめぎ合って、いきなり猛暑になったり、いきなり爽やかになったりした。派出所の駐車場からゼファーを発進したとき、秋の到来を感じた。この夏は、こんなふうに過ぎた。まさしくこんなふうに過ぎていった。この夏の思い出は、と人に訊かれたら、「こんなもんだったよ」と答えただろう。ごくありふれた夏は、泥巴が自分の胸でワンワン泣いていたときの髪の香りと黄瑩を恋い慕う気持ちで、あっという間に去って行った。過ぎ去っていく間に、夏はなお何度か振り返って大地を温め直したけれど、秋の気配はもう待ちきれないでいた。最初の木の葉が一枚、ゼファーのシートに舞い落ちた。左小竜は落ち葉をメーターパネルに夾み、エンジンを掛けると、町を目指した。

風は地面にさざ波を立てていて、大雨が迫っていた。かまわず住民だと思える人に声を掛けた。

「ちょっと訊きたいんだけど、黄瑩の家はどこかな?」

住民は住所を教えた。しばらく左小竜を眺めてから、もごもご言った。

「あんた、あのポポ杯でシュプレヒコールをした人かい?」

こんな小さな場所に住んでいて幸運だったと嬉しくなった。気軽に一言訊いてみれば、たちどころに意中の人の居場所が分かる。この町ではみんな黄瑩を知っている。町では簡単に俺のことが知られる。みんなお互いに力を及ぼし合って、出来事はひとつひとつ、みんな広く知れ渡る。決心した。どんな目標があるにせよ、俺は小さな場所で生活をするんだ。心が広大なら、世界は広大なんだ。

一度、派出所に行ってから、度胸も判断力も増したみたいだ。黄瑩は寺平路《じへいろ》五十六号に住んでいる。住所を探し当てた。古い平屋で、弄堂《ロンタン》(注78)の入り口にあった。表通りにゼファーを停めて、家の周りをぐるっと回ってみた。家には裏庭があって、古い竹垣で囲んだ小さな花壇がある。一面にヒマワリが植わっていた。季節はもう過ぎて、花は最後の力を振り絞って咲いている。ヒマワリの花壇の上にロープが一本張られていて、服が干してある。一目見て、黄瑩が着ているものだと分かった。戸口に戻って来ると、何も考えずにドアをノックした。こうじゃないといけない。考えたりしたら行動できない、と思った。

コバルトブルーに塗られたドアが開いた。左小竜を目にした黄瑩は、淡々としていた。

「釈放されたの？」

「うん、俺、釈放された。俺、俺はそのう……」

「バイク、ちょっと遠くに停めてよ。他の人に見られたらまずいから」

「アッ、アア、置いてくるよ。待ってて」

「またノックして」

三十分して、ドアを叩いた。

「何でこんなに時間、かかったの？」

左小竜は息を切らせていた。

「すごく遠くに置いてきたんだ。適当にアクセル吹かしたら、すごく遠くまで行っちゃって。停めて走って戻ったら、こんな遠くだったたって分かったよ。けど、よかった。もう人に見られないから」

黄瑩は笑ってドアを開け放った。

「入って」

〝入って〟の一言で、血があっという間に、上と下の両方の頭に上った。急に生理反応が起こっちまった。おまけに運動用のズボンを穿いていて、中はトランクスだったから、見れば瞬時に歴然だ。恥ずかしくて、いたたまれない。クソッ、口を開かないうちに、先にモノが告白しちまった。客間を突っ切って、黄瑩の部屋にやって来るなり、その場に腰を下ろすと、服の端を引っ張って隠した。

「ここ……水、ある？」

「あるわよ。たくさん」

返事を聞くなり、大脳中の血が逆巻いた。どもった。

「み、み、水……」

「あたし、歌唄うから、ふだんからいろんな飲み物用意してんの。喉、大事にしなくちゃいけないでしょ。何飲む？　喉を滑らかにするやつか、火照りを抑えるやつか……」

左小竜は唾をゴクリと呑み込んだ。

「水でいいよ」

黄瑩は白湯を注いでやった。

部屋中、いい香りがした。この匂いは泥巴のとは違う。泥巴の身体のは少女の香りだけれど、黄瑩の部屋の妖しい匂いは……

クンクン匂いを嗅いだ。

黄瑩は左小竜のしぐさに気が付いた。

「ごめんね。あたし、蚊がダメなの。それで蚊取り線香三本、火を点けちゃった。二本片付けるね」

そうだ。確かに蚊取り線香だ。窓を通して、空が暗くなり始めたのがぼんやり見えた。赤く染まったヒマワリが少しずつ闇に埋もれていく。室内の色温度(注79)に、身体が熱を帯びる。これじゃほんとに、名実ともに色の温度じゃないか。どぎまぎ、そわそわで、何を喋ったらいいのか分からない。

「何しにあたしの家に来たの？」

そう言いながら、着ている服を手で引っ張るしぐさをしている。

「ごめんね。この服、糸がほつれちゃったの。着替えてくるから」

黄瑩はクロークに行った。ドアを開けて中に入る最後の動作で両手が服の端を触ったから、一秒後には服を脱いだんだと思った。十秒もしないで、半袖のTシャツに着替えてクロークから出て来た。

左小竜は目を上げられなくて、コップの水をじっと見つめ、それから一口飲んだ。

「お礼を言いに来たんだ」

黄瑩は髪を撫でながら笑った。

「何のお礼？」

顔を上げると、黄瑩はベッドに座っていた。ちょうど斜め後ろから逆光が射していて、まるで照明スタッフがセットしたみたいに、光線のひとつひとつが顔を愛撫している。ちょっと蒸し暑い。すぐ大雨になるかもしれない。空が真っ暗になる直前の一瞬、黄瑩の背後の窓をツバメが一羽、低空で飛び去った。遠くで雷が一度鳴った。本当に遠くで、黄瑩の家から数百メートル先の河に人が飛び込んだみたいだった。二人は部屋で何を話したらいいか分からなくて、左小竜は一メートル前の黄瑩を見続けて呼吸が速くなり、思わずまた水を一口飲んだ。

黄瑩は笑った。

「何でそんなに喉渇くの。足してあげるわ……」

ゆっくりとした口調だった。それから立ち上がると水差しを持って、左小竜の前の小さなテーブルに置かれたコップに水を注ぎ足した。コップの水が少しずつ溜まるのをじっと見ていて、ふと目を上げた。いきなり目の前に黄瑩がいて、Tシャツの襟口が見えた。急いで顔を伏せてコップを見たけれど、我慢できずに〇・五秒でまた黄瑩を見た。

「どうしたの？　硬くなってるみたいだけど。君……」

「いや、別に。俺、ここに来た一番は、ありがとうって、お礼を言おうと思って」

黄瑩は水差しを置いた。

「もう言ったじゃない」

左小竜はコップの水を一気に飲み干し、どう話をしたらいいんだろうと考えながら、また水を注いでくれるのを待っていた。

「君って、ほんと日干しレンガみたい……」

そう囁くと、また水差しを取り上げて、ゆっくり左小竜の目の前にやって来た。左小竜は両手でコップを握り、しばらく目を上げる勇気がない。黄瑩は水差しをそっと小テーブルに置いた。

「そんなに喉渇いてるんだったら、ここに置くから、空になったら自分で注いで……」

左小竜は自分で注ぐしかなくて、コップを両手で持ったままだった。

黄瑩は脚を組み、足の甲をもう一方の脚の脛に巻き付けて、髪の毛を掻き上げた。

「寒いの？」

左小竜は無理に笑って見せようとした。

「違う、違うよ。水って……こうやって飲むと、いいよね」

黄瑩はそれから訊こうとしなかった。左小竜はゆっくり目を閉じた。遠くに耳を澄ました。数十キロ離れた場所で、もう雨が大地に落ちている。パチパチと音を立てている。人が傘を差す音も聞こえた。この夏、最後の雨だ。身を焦がす苛立ちを連れてくる。降雨帯がこの部屋に向かってやって来る気がした。でも、雨はだんだん弱まっていて、喩えてみれば、どこか遠くではとてつもなく大きな波が都市を呑み込んでしまうけれど、でもここにやって来たら、柔らかなこぬか雨なのに違いない。彫刻パークのある方角で稲光が音もなく地上に向かって走り、一瞬のまばゆい光が黄瑩の顔に光を補充したように思えた。突如、夏の終わりを告げる雷が轟いて、雨の一滴目が願いかなって窓ガラスを濡らし、雷の余音が大地にゆらゆらと揺れた。

黄瑩はヘンリーネックのボタンをひとつ外した。

「ずっと待ってたのよ。雨降るの」

左小竜は黙っていたけれど、体中の力が一点に集中するのを感じた。

黄瑩は窓に隙間を空けた。

「暑いわ」

呼吸しただけなのか、声を出したのか分からなかった。

「君は？」

また上空で雷が轟いて、地面に落ちた。

左小竜には戦いの太鼓だった。自分に言い聞かせた。ズドンと一発やる時が来たんだ。コップをかざして一気に飲み干した。黄瑩をじっと見つめ、急に立ち上がって両手で黄瑩をベッドに押し倒して、のし掛かった。黄瑩は一瞬ためらいながらも、左小竜の首を締め付けた。

左小竜は無言でハアハア息をして、黄瑩の顔をまじまじと見つめ、覆い被さる身体に力を加えた。

黄瑩は本気で首を絞められない。このままじゃ手の力を加減しないと、左小竜は自分で自分を絞め殺すも同然だった。黄瑩はゆっくり手を放すと顔を背けた。

「聞いて、聞いて。ダメよ、こんなこと。ね、いい子だから。お姉さん、分かってるから。ふざけてるのよね。早く放して、早く……」

切羽詰まっていた。

黄瑩は肩を押さえ付けている左小竜の左手首を握って、ベッドの上に引っ張った。支えをなくした左小竜は黄瑩の身体にどさりとのし掛かった。身体がぴっちりと貼り付いてしまったら、手が動かせなくなった。二人は一部の隙間もなく、ピタリとくっついた。

「水飲んで酔っ払ったの？　何考えてんの。何しようっていうのよ」

声音は強い。

左小竜の筋肉がまたエネルギーを充填した。黄瑩の手を振り払って、背けた顔を正面に向かせて眼を見た。

「俺は覇王だ。力尽くで弓に弦を掛けてやる(注80)。強姦だ」

黄瑩の唇に口を近づけた。

黄瑩はハッと息を吐き、二人の唇が貼り付こうとしたときだった。

「肝心な点、君、覇王？」

左小竜は一瞬、固まった。

「君は覇王じゃない。弓だってない。やれないわ」

「今日は俺の言うとおりに……」

「ふざけないで。できないわよ。後ろを見なさいよ」

左小竜は自分が悪魔に取り憑かれてるんだと思った。今までしたことのない冷笑を浮かべた。

「ハハッ、冗談もほどほどにしろよ。ずっと、おまえを見てるぞ」

「言ってなかったけど、あたし、パパとママと一緒に住んでるのよ。後ろを見て」

呆然となった。振り返ると、穏やかな中年夫婦がドア口に立って、どうしたのかという面持ちで二人を見ている。左小竜は急いで手を放して、転げ落ちるようにベッドから飛び降りた。突っ立ったまま、どうしていいか分からない。

「おじさん、おばさん……」

黄瑩はゆっくりベッドから起き上がった。長い髪の毛が汗で口元に貼り付いている。髪を整えると、俯いてボタンを掛けた。

「パパ、ママ、お部屋に帰って。この人、あたしのボーイフレンド。何でもないから」

年配の二人は部屋に戻った。ドアは開けてあった。

左小竜は恥ずかしくていたたまれない。さっき開いた窓の隙間から、蒸発してしまいたかった。

「このおバカさん。あたしがパパ、ママと住んでるの、分からなかったの？」

「ごめん、俺、ほんとに気が付かなかったんだ。俺、君のような女の子、てっきり一人で住んでるんだって、思ってたんだ。……」

黄瑩は立ち上がった。

「ごめん、て何よ。パパとママに見られちゃって顔向けできない、ってわけ？　あたしに謝るべきよ。あんた言ったわよね。あたしがこんなふうな女の子だから？　このあたしはねえ、今の今まで処女なんだ。こちとら、初めて好きになった人に取ってあるんだ。あたしの旦那さまにねえ。あんた、すんでのところで、あたしの信念台なしにするところだったんだ。パパ、ママいなかったら、うまくやれたなんて思わないでよ。今度やったら殴り殺してやる」

左小竜は剣幕に完全に圧倒されて、何も言えなかった。雨粒がとうとう落ちてきて、庭のヒマワリの一輪一輪にこぼれた。命が絶える前の最後の恵みだった。窓はたちまち濡れて、糸のように細い雨が窓ガラスをそのまま下に滑り落ちた。開いた窓の隙間から、秋の海風が沁み入ってきた。

黄瑩は身繕いを終えると、近くにあった小さい腰掛けにまた座り、うな垂れて酒を飲むみたいに両手で水を捧げるようにしている左小竜を見つめた。

「今日のことは忘れましょ。あたし、もう好きな人がいるから。ひょっとすると何年も何年もずっと後になったら、君のこと好きになるかも。でも、今日の君は好きじゃない」

「どんなふうな俺が好きなんだ」

「どんなふうな君かの問題じゃないわ。どんなふうな人かの問題よ。あたしは小さいときから、成功した男の人が好き。もう成功した男よ。自分は成功すると思ってる男じゃない。強くて大きい人。勘違いしないで。あたし、その人の持ってるお金目当てなんじゃない。お金は、びた一文要らない。もしあたしが男の人からお金をだまし取りたいんだったら、この資質で、パパやママと一緒に住んだり、小っちゃなスクーターに乗ってたりすると思う？　あたしはずっと好きな人を待ってたの。学があって、風采がよくて、しっかりした考えがあって成功した人。その人が好きだったら、それから何が起こったって別れないわ。だって、この世界の戦いに勝った人よ。あたし今、好きな人がいるんだ」

左小竜はまた一口飲んだ。

「あの工場やってる路金波のこと？」

「工場やってるんじゃないわ。文化を創造してる。出版をしてる人よ」

左小竜は納得しなかった。

「あの人は、本を売る商売をやってんだぞ。毒を流して亭林鎮を汚染して、それが文化なのか？」

黄瑩は笑った。

「興奮して、舞い上がっちゃったんだ。君とは、もうこのこと話さない。あの人はあたしの恋人よ。帰って」

左小竜は立ち上がった。

「それじゃあね。パパ、ママに、代わりに謝っておいて」

黄瑩はコップを片付けた。

「謝る必要ないわ。あたしはあたしよ。パパ、ママじゃない。あたしに謝るのが筋よ。あたし、君のことずっと頭の悪い坊やだと思ってた。考えてもみなかったわ。想像以上に君って、もっと……

もっと……」

黄瑩は少しの間、言葉が出てこなかった。左小竜は振り返った。

「もっと何？」

「もっとバカ」


左小竜が戸口を出て軒下まで来ると、黄瑩が呼び止めた。街路灯に戸口にもたれ掛かかるシルエットだけが見えた。

「ここにいちゃだめよ。もっと広い世界に行かなくちゃ。見えた世界の大きさが、心の大きさなんだから。君はいい子。けど、心は今、すごく小さい」

「それ、俺一人に言ってくれてるの？」

黄瑩は笑みを浮かべた。

「男の人、全員によ」

左小竜はゼファーのキーを取り出した。

「それじゃあね」

くるりと背を向けて、霧雨の中へ出て行った。数分前、黄瑩の髪の毛が自分の顔を擦った感覚に似ていた。もう雨水は溜まり、一歩一歩、足を進めるたびに、水の花を跳ね上げる。通りには人っ子一人いない。すっかり片付いてしまったような、言い表しようのない時間が二人に残っていた。

後ろでは、まだ黄瑩が自分を見ているのが分かった。どうもまだ話は終わっていない気がする。ひょっとしたら、今日いったん別れても、まさに故郷へ錦を飾る時になったら顔を合わせられるんだ。それ以上前には進まないで、また方向転換して戻っていった。黄瑩に向かって、口を開こうとしたときだった。

「傘、ないわよ」

「違うよ。言いたいことがあるんだ。俺は戻ってくる。それから、もし、今日もう一度来ても、俺はやっぱり今の俺と同じだ。後悔しない」

黄瑩はフッと笑った。

「帰って。あたしの身体、今、路さんに取ってあるんだ。そんなに自信あるなら、一万回言ってあげるわ。君、あたしをモノにできない、って」

「何で、俺より自信あるんだ」

「生理が来たから」

稲光が一筋、視界のいちばん遠い地上に落ちた。

左小竜は彫刻パークに帰った。雑草に衰えの兆しは見えなかったけれど、新しい色彩もなかったし、あちこちで大きく踏み荒らされていた。眠った。心の思いがかなって、いい夢を見た。起きると、もう二日目の晩近かった。秋の日の夕焼けが、左小竜の皇后号を照らした。クロスを持ってきて、綺麗に磨いた。

「俺、外の世界を見に行くから」

その時、大帥は左小竜の部屋にあった本を読んでいた。一冊は泥巴がプレゼントした『チェ・ゲバラ』、一冊は左小竜が自分で買った『カラヤン』だった。

「いいな、天馬鎮か？」

左小竜は堂々としていた。

「違う。モーターバイクで中国をぐるっと一周して来る」

大帥は『カラヤン』のページの端を折って、疑わしげに左小竜を一度、またもう一度見た。

「行けよ」

「中国中を見て回ったら、亭林鎮に帰って来る。そしたら、泥巴に会う。それから……考えてない。

俺、亭林鎮で初めて中国中を見て回る人間かな？」

「ああ。それに亭林鎮で初めてその質問をした人間さ。くだらねえ」

左小竜はバカにしたように答えた。

「くだるかくだらねえかは、俺が戻ったら分かる」

「いつ行くんだ？」

「いつでもＯＫ」

荷物をまとめたら、もう真夜中だった。実際は、本当にここを離れたいと思ったことはなくて、ちょっと外の世界を見てみなくちゃいけないんだと思っただけだった。外の世界は、一度出たら大体五千キロメートルくらい走らなくちゃいけない。計算してみると、時速八十キロで日に十時間走ると、一日で八百キロメートルだ。七×八は五十六。いちばん理想的には、一週間後には戻ってくる。亭林鎮に一大センセーションを巻き起こすぞ、と思った。いちばん辛いのは、時速十キロで日に一時間走る場合だ。それだって、一年あまりで戻ってこられる。ひとつの国にいるだけだというのに、ストップしないで前に走り続ければ、本当は世界は大きくないんだ。数学の計算をしたら、この世界を甘く見るようになった。

出発地は国道318号だ。

自分がいる市を出発地点にして、全国の三方向に延びる国道をすべて走破する。モーターバイクで走るのが好きだったからだ。いちばんいいやり方だと思う。でも、目標はどこまでも国道の終点じゃなくて、戻ってきた国道の出発点だ。もともと走りたかったのは、国道320号だ。でも、318号は号数で320号より小さい。ふと、そう気付いた左小竜は、制覇する便宜上、先に318号を走ることにした。318号の終点は、チベットの友情ブリッジだ。五千キロメートル余りの距離も、左小竜の雄々しい志にちょうどぴったりだ。もし千キロメートルある一本の国道が目の前にあったら、その時は必ずその日に戻ってこられると思った。見付けてきた国道318号の資料には、こう書いてあった。

国道３１８号は、およそ北緯三十度線に沿って延びている。見事な景観は、道路の両側か、道路の南北二百キロメートルを超えない範囲内にある。——長江口《ちょうこうこう》、銭塘江《せんとうこう》、西湖《せいこ》、太湖《たいこ》、黄山《こうざん》、廬《ろ》山《ざん》、鄱陽湖《はようこ》、洞庭湖《どうていこ》、天柱山《てんちゅうさん》、神農架《しんのうか》、三峡《さんきょう》、張家界《ちょうかかい》、武陵源《ぶりょうげん》、黄龍洞《こうりゅうどう》、峨眉山《がびさん》（注81）……これらは比較的よく知られた景観であるが、さらに西に向かうと、人々にあまり知られておらず、伝統文化の内にも見かけることのない風景が目に入り始める。とりわけ、以前は観賞には無縁であった雪山や氷河が次々に現れてくる。——貢嘎《コンカ》山（注82）、海螺溝《かいらこう》一千メートル大アイスフォール（注83）、折多山《せったさん》（注84）、雅拉雪山《がらせつさん》（注85）、稲城《とうじょう》三大雪山連峰（注86）（仙乃日《シエンナイリ》、央迈勇《ヤンマイヨン》、夏諾多吉《シアヌオドオチ》）、雀児山《チョオラ》（注87）……この緯度線上には、海抜七千メートル余りのナムチャバルワ（注88）、ギャラペリ（注89）が、さらに西には、世界八千メートル以上の十四峰のうち四峰——マカルー（注90）、チョオユー（注91）、チョモランマ（注92）、シシャパンマ（注93）が現れる。その中でチョモランマは、地球最高峰である。さらには、数限りない無名の雪山や氷河がこの幹線道路の両側にあり……

左小竜は一晩中興奮していた。これをやれば、俺は外の凡人とは違う非凡な人間になるんだと得意になった。その晩は頭の中いっぱいに国道３１８号がぐるぐる回って、泥巴や黄瑩のことはすっかり頭から放り出してしまって、遂には、そうか、男子たる者、ひとたび事あれば、女のことなんか、……もちろん、よく知っている女のことだけれど、全然考えないんだと思うようになった。

その夜、ゼファー皇后号で国道318号を疾走している夢を見た。雪山が脇を掠めていく。半袖でも全然寒くない。泥巴が後ろに座っていた。

「俺、何で寒くないいんだろう?」

「海抜五千メートルよ。もう死んでるの。今の竜さまは魂よ」

「俺、魂でもバイク走らせられるんだ。凄えな」


朝、眼が醒めてもまだ夢うつつで、気分が高揚している。たまらずゼファーを見に行った。国道318号を戻ってきたら、泥巴に会いに行く。そう決めた。あの子と一緒だとホッとして、晴れ晴れスッキリする。黄瑩と違って、会っても硬くならない。左小竜は自分の感情が全く分かっていなかった。それならそれで、分からないままにしておこう。物事はすべてが分からなければいけないわけじゃない。分かる人だったら分かるのは、至極当然、それが道理のはずだ。


新たな一日が明けて、空を見るとまるでバイアグラみたいだった。こんなに青いのは久しぶりだ。左小竜は発奮した。大雨が一度に亭林鎮をきれいさっぱり洗い流して、新鮮で恍惚とした空気は、遠くへ旅立つ者に故郷がくれた最高のプレゼントだ。ゼファーをガソリンで満タンにした左小竜は、亭林鎮を三周することにした。

モーターバイクを大音量で走らせたから、通行人はびっくり仰天した。ただ、行き先を大声で言えないのが悔しかった。みんな分かるぞ。こんなでかい事をやるんだ。口々に伝わって、戻ってきた日には、街道沿いに右や左の大勢の人たちから大歓迎を受けるに決まってる。

　最後の一周で、一匹の小イヌがずっとゼファーの後を追って走って来るのに、ふと気が付いた。何でなんだ。このモーターバイク、まさか肉の塊みたいに見えるんじゃないだろうな。停まって見た。雑種で、体毛も大雨できれいに洗濯されている。可哀想に思って、大ぶりのバッグから携行食を少し取り出して、地面に撒いた。ダラダラ走ってはいられない。すぐに自動車道に乗り入れて、国道318号を目指そうと決めた。今度の旅はルートを探ってくるだけだ。よかったら、泥巴を後ろに乗せて一緒に走るんだ。それでまたよかったら、黄瑩と一緒に走ってもいいかもしれない。道が険しくて辛かろうが、それが何だ。少なくとも今日の状況なら、何のそのだ。

　雑種イヌがずっと後を追って、突っ走ってくる。道中、連れがあるのもいいじゃないか。走り疲れたらバッグに入れてもいいし、バイクに載せてもいい。今は空気がいいから、まずトレーニングさせよう。スピードを落としたら、小イヌは舌を突き出して付いてくる。見ていた通行人は、みんな言った。

「おい、あのモーターバイクを運転してる奴、悪《ワル》だなあ。イヌが苦しがってるじゃないか」

　亭林鎮の大アーチの下をくぐった。対聯は同じようにあった。

生まるは我ら　亭林鎮の民となり
死しては我ら　亭林鎮の霊となる

でも、横額は変えられている。新しいリーダーは割に控えめで、世界が驚倒はよろしくない、大げさだと思った。それで変えられた。

文芸が復興する

亭林鎮を出てすぐ、工業地区にやって来ると、いきなり上空からヘリコプターの音が聞こえてきた。空を見上げた。すごい低空飛行だ。側面から人が身体を突き出して、何かを撮っている。まさかこんなに早くテレビ局が、俺のロングツーリングを――いや、遠征を聞き付けるなんて。それで、わざわざヘリコプターで撮影しにやって来たわけか。

そう思ったら、テンションが上がった。スピードを緩めてS字型に走ったら、もう少しでお供のイヌをひき殺すところだった。工業地区を出ると、ヘリコプターは突然上昇して向きを変えた。左小竜はバイクを停めて、ヘリコプターの乗員に懸命にお別れの手を振った。

しばらく走って、出発前にリセットした手元のオドメーターを見た。7を示している。もう七キロメートル走った。五千四百キロメートルの道のりのうち、もう千分の一以上を走っていた。何て早いんだ。もう五十キロメートル走れば、百分の一だ。あっという間だ。百倍の国道318号も、あっという間じゃないか。思わずスピードを落とした。景色をたっぷり味わおう。すぐに友情ブリッジに着いてしまわないように。

亭林鎮の区域をあっという間に抜け出た。見たらイヌが動かない。バイクを停めて水をくれ、抱き上げて燃料タンクの上に載せた。

「行くぞ」

空の彼方のちぎれ雲は、寄り集まって大きな固まりになった。夏と秋が交わる風が、ちょうどバスタブから上がった瞬間のように吹き付ける。何もかも素晴らしい。外の世界、行く先ものともせずだ。三十キロメートル走った後、左小竜はその市を通過してしまおうと思った。市のはずれで、人々がみんな自転車に乗っているのを見て、俺のゼファー皇后号はきっと威厳があるなと思った。市の環状線に入ったその瞬間、交通警察に停止させられた。

たちまちレッカー車が到着した。

警官が敬礼した。

「どうも。ここはモーターバイクが禁止なのをご存じないか。あなたのバイクは排気量オーバーだし、手続きも不明。法令に基づき、取りあえず差し押さえます」

左小竜が説明する間もなかった。

「あなたのイヌの証明書は?」

左小竜は首を振った。

「イヌ証明書って、何？」

「君、身分証明書は？　人の身分証明書は、イヌ証明書みたいなものだよ」

「たった今、会ったんだよ」

「たった今会ったのが、君のバイクに載っているの？　それに、ずいぶん懐いているみたいだけれど」

「おまわりさん、ほんとにたった今、会ったんだよ。俺の後を付いて来たんだ。欲しかったら、連れて行ってよ」

警官はメモを取っていた。

「何で本官が欲しいんだね」

その時、野良イヌが警官に向かって大きな声でワンと吠えた。驚いた警官は一字《ワン》書けなかったので、腹を立てた。

「差し押さえ、差し押さえだ。どっちも一時差し押さえる」

「お願い、大目に見てよ。市内を通り抜けたいだけなんだ。ちょっと外の世界を見たくてさ。俺、国道３１８号に行きたいんだよ。それから３１８号を走破しなくちゃいけないんだ。モーターバイクがないと、俺、どうやって……」

警官は遮った。

「誰が君に国道３１８号を走破しろと？」

「俺が自分で決めたんだよ。行き先は友情ブリッジなんだ。318号は……」

警官は笑った。

「いい加減なことを言うんじゃない。君もしょっ引くぞ」

交通警察の事故車駐車場から出て来た左小竜は、すっかり気落ちしていた。ゼファーはちゃんと手続きをしていないので、一時差し押さえられてしまった。処理に当たった民事の警察官にさんざ国道318号のことを話したけれど、全然分かってもらえなかった。

「ここにはパトカーがいっぱいあるじゃないか。何で318号を走破しようと思わないの？」

警官は書き取るだけで、相手にしない。

「俺のゼファー、ちゃんと買ったんだ」

「君が買ったのは、手続きがされていないバイクだ。つまり密輸車。密輸車とはどういうものか、分かっているかね。国に税金を払っていない車だよ。君は国に税金を納めていない。それでも国道を走ろうというのか？」

出口まで歩いて来た左小竜は、堪えきれずに振り返った。俺のゼファーは、山のようになった種々雑多なモーターバイクと一緒くたになって停めてあるじゃないか。傍にあった一台を何気なく擦り、積もったホコリを拭った。元のボディー色はグレーではなくて、レッドだった。それほど長い間、放置されていたんだ。自分のバイクをどうやって取り返したらいいのか分からない。ゼファー皇后号の前で、ずっとしゃがみ込んでいた。こっちを擦り、あっちを擦り、絶対にここから出してやるぞと思った。以前にあったエンジンブローの苦い経験から、今度の左小竜はとても毅然としていた。当面の急務は、亭林鎮に帰ろう。

モーターバイクで出発したはずが、イヌを連れて舞い戻る羽目になるとは思ってもみなかった。交通警邏《けいら》大隊の駐車場を出たら、街を車が行ったり来たりしている。みんな自分とは関係ない人ばかりだ。振り返って、ずっと一緒だった野良イヌを呼んだ。見ると、あいつときたら駐車場の門番をしているシェパードと仲良くなって、地面を転がりじゃれ合っている。

左小竜は二歩近寄って、声を掛けた。

「行くか？」

野良イヌは左小竜を見て一瞬ポカンとしたけれど、シェパードとじゃれ続けている。

「俺、行くぞ」

イヌは尻尾を振ってスクッと立ち上がり、ちょっと見送るしぐさをしたら、また大きなシェパードとふざけ始めた。

左小竜は十歩近くに行った。

「ほんとに行っちまうぞ」

シェパードが左小竜に向かってワンと吠えた。左小竜の野良イヌは、その場で突っ立ったままだ。左小竜はがっかりして別れようとしたものの、忍びなくて二度振り返った。でも、イヌはもう付いて来ない。心を広く持とうと、自分を慰めた。

「いいさ、いいさ。ともかく公務員を見付けたんだから」

亭林鎮に戻った左小竜は、敢えて大通りを歩かなかった。大師は俺が国道318号を走破して中国をぐるっと回ってくるんだと、偉大なニュースをもう宣伝しちまっているかもしれない。住民は首を長くして俺の帰りを待っている。それなのに、半日もしないうちに歩いて戻って来た。これじゃプレス・ブリーフィングはないにしても、やっぱりハッキリ話せない。

うな垂れて町を歩いた。次にどうしたらいいのか考えが浮かばない。けっこう歩いたら、最初から誰も自分のことに関心をもっていないのに気が付いた。突然、後ろからチリン・チリンという音が聞こえた。振り返ると、カラフルなボーダー柄のビニールシートや横物の布だらけで、大小いろんな包みをぶら下げた自転車が亭林鎮を走ってくる。

こいつは何者なんだ。無意識に脇に避けた。野宿暮らしで垢だらけの顔は、思想家みたいな髭がぼうぼうで、目は深く落ち窪み、疲れ切った眼差しだった。

自転車の後ろに付いたプレートに字が書いてある。

『国道318号自転車単独走破』

左小竜は自転車を呼び止めた。

「あんた、自転車漕いで友情ブリッジに行くの？」

自転車乗りは、巻き舌訛りの共通語《普通話》で答えた。

「いや、私は友情ブリッジから漕いできたんだ」

左小竜はあんぐりと口を開けて、改めて観察した。でも、目はズームできない。仕方なく二歩退がって、相手を上から下までジロジロ眺めた。

「どのくらい走ったの？」

「覚えておらん」

「どうやって帰るの？」

「帰れんよ。自転車じゃあ帰れん」

左小竜はじゃあね、と言った。自転車乗りがまた横物の布を身体に掛けたら、字が書いてある。

『孤軍奮闘国道３１８号自転車走破、チベットより亭林鎮に至る』

横物をきちんと広げて、全部の字がハッキリ見えるようにすると、ペダルを漕いでまた走り始めた。左小竜は遠ざかる自転車を見ていた。隣にいたおばさんがボソリと呟いた。

「アタマおかしいんだよ」

左小竜は、冷ややかな目付きでおばさんを見た。国道３１８号は、心の中で何よりも大事なものになった。やることがとうとう具体化したからだ。じりじりした。でも、誰にも話せない。国道

318号を遠く見つめながら、ゼファーを取り戻したら遠征を続けるんだと心に決めた。もし途中でおかしな考えを起こしたり、大都市に立ち寄ったりしなければ、今はもうとっくに四川省だと思った。

　亭林鎮中でいちばん高いビルは、チャイナ・テレコムだ。ローカルな土地でいちばん高いビルというと、多くはどこもチャイナ・テレコムで、高くすれば電波信号をよくカバーすると人に感じさせるのかもしれない。左小竜はビルの屋上に上った。風は町中よりも明らかに強い。町全体がすぐ足元だ。

　残念ながら国道318号は見えなかった。遠目に映る景色は、みんな工場のスモッグの中だ。足元にはいちばん賑やかな交差点があって、近くにはレストランがたくさん集まり、道路の両側にはそれぞれスーパーマーケットがある。出入り口の両側に車やバイクが勝手し放題に駐車するから、ここで交通渋滞が起こっている。でも、町は整理はできないと言い張る。こうしておけば賑やかに見えるからだ。

　左側には古い街並みがある。左小竜がいつもビリヤードをした場所はこの中だ。どの家もすっかり古びていて、黄瑩の家もそこにある。でも、高い所からだとヒマワリは見えないし、黄瑩の妖しい匂いも嗅げない。

　先に進むと昔ながらの河が一本ある。この江南地方(注94)の路地には今でも車が入れない。そこは元々たくさんの河の流れがあって町を分割していたけれど、言わば一夜のうちに古いものは新しいものに取って代わられた。河は埋められて、新しい村や商店ができた。でも、また言わば一夜のうちに、歴史的町並み観光事業発展のために、また小さな河を掘った。掘ったら今度は河が汚染されて、町の交通によろしくないからとまた埋め戻した。最近、町のお偉方は事細かな調査研究の結果、重大な結論を出した。亭林鎮の発展は、ずっと順調ではなかった。なぜなら、町の街区に水が不足しているからだ。外周の河の流れが町全体を取り巻いていて、水の気が恨みや不満の気を溜めてしまって、運気の流れを悪くしている。解決方法は、改めて亭林鎮にまた河を一本掘ることだ。そうすれば、風水(注95)がスムーズになるというのだった。

　研究を通じて、亭林鎮で役人全員が感電死したのは、こうした町を取り囲む配置構造に原因があって、恨み不満の気が積もり積もって二十年、多くの人の命を奪ってしまったけれど、十数人の命を奪ったのは今回一度限りだ、ということになった。

　右の方を見ると、古い家屋が立ち並ぶ広大な一画で取り壊しをやっている。新しい町を建設中だった。長男は意気地がないので、また新しく子供を産むしかないみたいだ。でも、問題なのはママだ。遺伝子はどうにもならない。新たな町は一往の目星は付いていた。政府はイギリス《英倫》様式にしようと決めたけれど、今あるひな形モデルを見たら、まるで近親相姦《乱倫》様式みたいだ。

　さらに遠くへ視線を進めると、目に見えるぎりぎりの所に広大な緑の一画がある。彫刻パークだ。あまりに遠いので、手を伸ばして指の先を比べたら、彫刻パークより大きい。チャイナ・テレコムのビルから彫刻はひとつも見えない。見えるのは、野蛮な緑と周囲の文明的現代工場だけだ。

左小竜は屋上の隅でボウッと座っていた。ふと思った。ここを下りたら、泥巴に会おう。俺に抱きついてワンワン泣くはずだから、戻らない理由なんかない。だけど、どうやって会うんだ？　泥巴に連絡する方法がないと、ふと気が付いた。家の前でスロットルを捻るといういちばん原始的なやり方しかない。今、一時的に捻れないのが問題だ。大帥にモーターバイクをちょっと貸してくれと頼むしかない。エンジン音が違ったって、当たって砕けろだ。オーナーが違っても、内燃機関の作動原理は同じなんだ。ペットショップに行ってバオバオと大声で呼べば、いつだってバオバオというい名前のイヌが走ってくるんだから、同じようなもんだ。

泥巴が階下に下りてきたら、318計画を話すんだ。それから泥巴を連れていくことも。絶対にOKするさ。両親や周りから反対されたって、警察を使ってでも連れて行くんだ。

彫刻パークと亭林鎮の中間に、消防隊の赤いビルがある。どこかに出動する状況になったに違いない。消防車が一台、ガレージから出て来て、サイレンを鳴らしながら亭林鎮の方角に走って来る。ひどく急いでいるから、事態を重く見ているみたいだ。ボウッとしていた左小竜は、たちまち興味津々で我に返った。消防車は一体どこに行くんだろう。どこが焼けようが、泥巴の家と黄瑩の家が焼けなければどうでもいい。

消防車は真正面にあるアーチの向こう側に回り込んできて、渋滞しているスーパーマーケットの前を突き抜けてもまだ走り続けている。出火場所はそんな遠い所じゃないな。立ち上がって周囲を見渡したけれど、どこにも煙は出ていない。ただ自分の足元がちょっと騒がしいな、という感じがした。

下を見てビックリした。チャイナ・テレコム玄関前の通りは数千人の群衆で埋まって、押し合いへし合いしている。みんな上を見上げて指差している。

まさかUFOが頭上に浮かんでいるんじゃないだろうな。上空を見た。やっぱりどんよりした空だ。それじゃ、下の方で何かあったのかな。もう一歩前に出て、出入り口がどうなっているのか見ようと思った。

左小竜が動いたら、群衆は一斉にワアッと声を上げた。どよめきは左小竜にも届いた。

下にいたおばさんが叫んだ。

「おにいちゃん、イヤなことがあったからって、飛び降りちゃダメだよ」

やっと分かった。地上の人たちは、人が飛び降りるのを見ようとしてたんだ。

左小竜は大声を上げた。

「違う、違うよ……」

けれど、地上は上を下への大騒ぎで、声は全然聞こえていない。

その時、消防車も到着して配置に就いていた。スピーカーから大音量の声が響いた。

「アーアー、君、私は亭林鎮消防支隊の隊長だ。君、思い悩むことはないぞ。どんなことでも話を聞こう。どんな困ったことがあっても、党と政府は必ず策を考え、君の助けになるから」

俺、困ってるのは、飛び降りるつもりはないってことなんだけどさあ。

噂を聞き付けた人たちがどんどん増えてビルの方へ走ってくるから、非常線のテープは全然役に立たない。あっという間にみんなに踏みつけられた。チャイナ・テレコムのビルは町の中心に建っていて、周囲にはすべて人が立てる。たちまち正面の通りは人で埋まってしまった。ちょうど工場が操業を終えたときで、出稼ぎの人たちも次から次へと自転車を止めて見物している。足元の周囲を見回したら、どの通りでも通行人がみんな左小竜をセンターにして集まってくる。向かい側にある住宅のバルコニーにも住民がぎっしりだ。中には思い切ってテーブルをバルコニーに運び出して、食事をしながら見物している家もある。

すぐにパトカーが二台やって来た。どうすりゃいいんだ。左小竜は地上に向けて手を振った。

見物人はサッと緊張した。

「あいつ、飛び降りるぞ。飛び降りるぞ。この世とおさらばだ」

左小竜は手を振ってから、一歩退いた。

みんな驚いた。

「助走してる」

下に降りようと振り返った。見ると、三メートル後ろにロープを身体に縛り付けた警官がいる。

二人はお互いに顔を見合わせて、ギョッとした。警官は腰をかがめて、さらに前進する姿勢でいる。

左小竜は思わず一歩下がった。下にいる人たちは驚いて、慌てふためいた。

「普通だったら、フリージャンプか馬跳びだ。それが見ろ、背面ジャンプだぞ」

警官はすぐさま立ち上がり、緊張した顔で何度も手を振った。

「ダメ、ダメ、ダメ。君、僕は話をしに来たんだ」

「話って、何を？」

警官は、ほんの一歩前に出た。

「君とは歳がそれほど変わらないはずだ。幾つなんだ。なん歳だい？」

「説得なんかしなくていいよ。説得は間に合ってるから」

これはちょっと手強いぞ、と警官は思った。

「説得じゃない。話をしに来たんだ。腹を割っての話だよ。誰でも友だちは必要だろう。いがみ合ってこそ本当の友だちになる、というじゃないか。タバコ、要るかい？」

警官は二歩前に進んで、ポケットのタバコに手を伸ばした。

左小竜は思わず一歩下がった。

「来ないで」

左小竜はふと思った。ＴＶドラマでよく観る条件反射ってやつだ。また後ろに下がったら、本当に落ちてしまう。仕方なく一歩前に出た。

警官はさっとタバコを取り出して、まず自分が落ち着こうと火を点けた。

「怖がらなくていいんだ。タバコ、放るよ。いいかい」

「いいけど」

警官が一本放ると、左小竜は手を伸ばした。高さ数十メートルの屋上で吹きさらしだ。強い風にタバコは空中で向きを変えてしまった。左小竜はよろめいて、もう少しで転落してしまうところだった。下の観衆は屋上で何が起こっているのか見えないけれど、ただ、タバコが一本、空から落ちて来るのが見えた。

「おしまいだ。もう要らないものを捨て始めた。タバコを投げ終わったら、次は金をばらまくぞ」

金がばらまかれると聞いたら、成り行きにジリジリしていた群衆はまた活気づいて、そのままずっと空を見上げ続けている。


屋上では警官がタバコを二口、三口吸った。

「風がすごく強いな。なんなら、手渡ししようか」

「いや、いいよ。俺、タバコ吸わないから」

「吸おうよ。普段、職場じゃ禁止なんだけれど、今日はここへ上がって来て、気兼ねなく吸える。ほんとに旨い。君、名前は？」

「左小竜」

「左君か。どうしたんだい。困った事があるなら、言ってごらん。警察が力になれるかもしれない。死んじゃいけない。君が飛び降りたら、ご両親、お父さんやお母さん――おっと失礼、ご両親はお父さんお母さんだった——親戚の人たちはどうするんだ。解決しなかったことだって解決するはずだよ。若者が一時的に激しやすいのは正常なことだ。ひとつ話をしよう。僕が学生だったころなんだが、失恋をしたんだ。四年越しの付き合いだった。ガールフレンドは外の奴と逃げてしまった。その子は言ったよ。あなたはすごくいい人。わたしは、ちょっと悪《ワル》の子が好きなの、だってさ。クソッ、しっかり頭に刻んだよ。それから僕は警察官になり、ひたすら悪人をしょっ引いた。根こそぎだ。根こそぎにしてやる。くたばっちまえ。あのころ、僕は辛くてね、失意のどん底だった。生きて行く希望がなかった。手首を切って自殺しようとまでした。でも、死ねなかった。今じゃ本当にバカだったと思う。去年、結婚したばかりなんだが、女房はきれいで、頭がよくてやさしいし、分別がある。今は子供もいるんだ。ほんと最高だよ。君を救いたいんじゃなかったら、今、僕は家で飯を食ってる。僕でも君を手助けできない。君自身が気が付いてくれればいい。信じてくれ。見せてあげるよ、左腕を。本当に切ったんだ。ほら、これだ……」

警官は左手をまくって、何歩か前に出た。

「おまわりさん、よく喋るね。でも、俺の話を聞いてくれよ」

警官は足を止めた。

「いきさつを話したまえ。聞いているから」

左小竜は首を振った。

「俺、ほんとに飛び降りる気、ないんだってば」

警官は頷いた。

「本当に飛び降りたい人間なんていないさ。万策尽きて、もうにっちもさっちも行かなくなったからだね。でも、天に従えば、道はおのずと開ける。僕はそう信じてる。一緒に方法を考えようじゃないか」

左小竜が話したら、もっと変なふうになった。

「ほんと、こういうことなんだよ。俺、屋上で亭林鎮を見たかっただけなんだ。この世界を見たくて……」

「分かるよ。亭林鎮が好きで好きで、どうしても別れられない君の気持ちが。それにこの世界を一目見てみたいのも。確かにこの世界は美しい。それに気が付けば、君と僕は兄弟だ。僕の経験を君と分かち合おう」

左小竜は焦った。

「俺、自殺したいなんて、思ったことないんだ」

「そうだね。僕だって、以前はそんなこと考えなかった。でも、本当にあんなふうにやってしまったんだ。君が僕と一緒に下に降りて何日かしたら、生きることは本当に楽しいって思うようになる。そうならなかったら、また来て飛び降りればいい。君が死ぬのを誰も止められはしない。でも、そんなことはしない、と僕は思う」

やっぱりまだ言葉が足りない。左小竜はますます焦った。警官が組み付いてきて、取り押さえられるんじゃないか。

「あんたさあ、俺が死ぬだのって、作り話もいい加減にしてくれよ」

前へ進めず後ろへも退けず、どうにも身動きがとれない。

見物のおばさんが大声を上げた。

「坊や、ボクの父さん母さんの身になって考えてごらんよ」

地上はひどくうるさいから、左小竜の耳に届かなかった。でも、隣でそれを聞いていた若いのは面白くない。誰かが怒鳴った。

「飛び降りろ、早く飛び降りろよ。俺たち一時間も見物してんだ。首は痛いし、腹は減った。おまえ、悪ふざけしてんのか」

周囲にいた若い連中がそうだ、そうだと言った。

「飛び降りなきゃ、臆病者だ。こんな大勢の人が見てんだぞ」

そうしたら、声はだんだん大きくなって、シュプレヒコールになった。

「ジャ・ン・プ、ジャ・ン・プ、ジャ・ン・プ……」

この様子をじっと見ていた群衆の中の多くの人たちが前に出て来て人々の口を塞いだ。すると、シュプレヒコールする側が言った。

「何なんだよ。どうしようと、俺の勝手だ」

ジリジリ地団駄踏む人がいた。

「おまえたち、そんなことしちゃダメだ。人の命がかかってるんだぞ」

シュプレヒコールのコールが数秒中断した。

「あの男、自分の命は要らないんだ。俺たちと何の関係がある。シュプレヒコールしたけりゃすればいい。俺の自由だ。俺の人権だ」

群衆の間でケンカが始まった。警察は散々で、解散させられないのが情けない。大型スピーカーが轟いた。

「屋上にいる君、落ち着きなさい。無関係の者はここから離れて。無関係の者はここから離れなさい」

警察の通告で、シュプレヒコールの声はかなり小さくなった。けれど、みんな思った。警察はせいぜい十数人、俺たちシュプレヒコールは数千人じゃないか。若いのが手を振り上げて叫んだ。

「シュプレヒコールだ。自由と人権のために」

「シュプレヒコール！」

すると〝そうだそうだ〟と声がした。

〝ジャ・ン・プ〟の叫び声がまた巻き起こって、亭林鎮中に響き渡った。全亭林鎮で、こんなふうに一斉にスローガンを上げたのはたった二回だけで、もう一回の方も同じ三字、ポポ印刷所が開業したときの〝郭・敬・明〟だった。

パトカーがサイレンを鳴らして、警察が群衆に突入してごちゃ混ぜになった。でも、みんな全然やめようとする気がない。別の半分の人たちは傍でシュプレヒコールを非難するけれど、どうにもひとつのスローガンにまとまらないし、全く制止の効果がない。警察の大型スピーカーが悲痛な叫び声を上げた。

「またシュプレヒコールした者は逮捕する。またシュプレヒコールした者は逮捕……」

パトカーの運転手以外、誰にも聞こえない。

〝ジャ・ン・プ〟の叫び声は数千人の合唱になって、バス、バリトン、テノール、アルト、メゾソプラノ、ソプラノに児童声部と、その豊かな音量はとてつもない。屋上の左小竜は突然、めまいがした。足元はすごく大きな合唱団になってるじゃないか。

真下を覗いてみた。消防隊員がもうエアマットを広げている。

さっきまで左小竜を止めようとしていた警官がビルの端に掛け寄って、地上の人たちにしきりに手を振って叫んだ。

「ダメだ。大声を出すな。大声を出すな……」

地上で押し合いへし合いしていた人々は、ザワザワし始めた。

「あれ、何でだ。またもう一人飛び降りるのが出て来たぞ」

派出所の所長が消防隊の隊長を見付けて、大声を張り上げた。

「高圧放水銃で、群衆を排除していただきたい。高圧放水銃で、群衆の排除を」

隊長は所長の耳に貼り付いて怒鳴った。

「ダメです。けが人が出ます。下手をすれば、水圧の衝撃で死者も出ます」

所長は消防車に這い上がって、熱狂する群衆を見た。若者たちが腕を振り上げ、大声を上げている。他郷者から地元の連中、それに学生もいて、傍で見物する女の子たちは人波に揉まれている。人々はこうした場面に出くわしたことが全くなくて、押し合いへし合いしている間、ずっと物珍しそうに顔に笑みを浮かべている。しきりに熱狂する人の腕を押さえ付け、鼻先に指突きつけて怒鳴りつける人がいるけれど、すぐに押しのけられる。両手を拳骨にして突き出して、笑いながら大声を張り上げる人がいて、自分の写真を撮ってくれと友だちを呼んでいる。けれど、ひたすら屋上を見上げて、一語一語、あらん限りの声を振り絞る人々の方がもっと多かった。

「ジャ・ン・プ」

大声を出さずにコソコソ議論している人たちが一部にいた。みんながこうして団結するのにも原因がある。今の社会は、時は金なりだ。誰も彼も生活のリズムが速い。みんな早く晩飯を食べようと、仕事を終えたら家路を急ぐ。疲れてぐったりだ。入場チケットをもらっていなくたって、幕は開いたんだ。上演が遅れに遅れた挙げ句に中止になったりするなんて、それこそあり得ない。このドラマにアンコールはなくていい。たった一回、上演されればいいんだ。大衆の生活を豊かにするし、見聞を広めるのに重要な意義がある。

左小竜は周囲を見回した。どこもかしこも群衆の叫び声だ。いちばん高い場所に立ったら、もっと困った。今、ステージを降りたら、もうここでは人に合わせる顔がない。飛び降りたら、もう生きて人の顔を見られない。本当にこれこそ矛盾だ。その時、夕陽が地上の人たちの笑顔を照らしていた。最後には、遥かな空に一片の雲が掛かって、一本残った太陽光線がちょうど左小竜の身体を照らした。まるで俺はステージでコンサートをするスターみたいだ。史上最大の合唱団の指揮をしている——敵なのか味方なのか、どっちつかずな千軍万馬の目の前に立っているヒーローみたいに、他人に指揮をさせられてはいるけれど、誰もが俺のアクション——〝ジャンプ〟を今か今かと待っているんだ。あの声が頭いっぱいにグルグル回っている。呪いみたいだ。

でも、左小竜はこの世に別れを告げるつもりは毛頭なかった。本当にこの世界を見るつもりだったんだから、見ないで帰ってしまうわけにはいかなかった。それでまたボウッとなった。でも、飛び降り自殺なんてできないのははっきりと分かる。たった今まで近くでタバコを吸っていた警官を見た。屋上の向こうの方にしゃがみ込んで、相変わらず手を振り続けている。何をしているんだろう。まるでスローモーションを見ているみたいだ。突然、地上の人たちの顔がどれもひとつひとつはっきり見えた。みんな次のシーンを心待ちにして俺を見ている。目付きは複雑だ。いちばん後ろの人たちはおやつを食べたり、ご飯茶碗を持ったりして、ずっと楽しそうに談笑している。遠くからまたパトカーが走ってきた。消防車のルーフに立った二人——所長、所長と左小竜は知り合いで、もう一人は新顔だ。二人は無線機に向かって大声を張り上げている。口の動きからすると、ここに増援が必要だと言っているみたいだ。チャイナ・テレコムの下でも、ケータイの通信回線はもう麻痺状態だった。人々はみんな電話を取りだして、受信電波の状態を確かめている。通信感度は最高だけれど、発信ができない。あまりに大勢の人が見物に来いと友だちを電話で呼び出したり、緊急通報しているからに違いない。群衆の中に知っている顔はない。知り合いがひどく少ないという証しだ。複数の消防隊員がエアマットの端を取り囲むように立っていて、落下地点への移動を今かと待ち構えている。いきなり眼鏡の若い男が、持っていた炭酸飲料のボトルをチャイナ・テレコムのビルに投げつけるのが見えた。さらに大勢の人たちが、手元に投げつけられるガラクタはないかと辺りをまさぐり始めた。消防車のルーフに立つ所長が拳銃を取り出して、銃腔のスライドを引き、ゆっくり上に向けて威嚇射撃をしようと……

左小竜はふと思い付いて、スクッと立ち上がった。群衆はいきなり静まり返った。どの顔もみんな左小竜を見上げている。突如、静寂を裂いて、どこからか声がした。

「兄ちゃん、冗談だよ」

左小竜は下に向かって叫んだ。

「俺は冗談じゃないぞ」

すると群衆にペコリとお辞儀をして、たった今ひどく大きな声で叫んだ方向に、ピンと背筋を伸ばして呟いた。

「あんたら、そこの連中ときたら……」

左小竜はビルからジャンプした。群衆は思わず数歩退いた。左小竜はエアマットの方向に狙いを定めたけれど、踏み出した足の力が予想外に強くて、いつものように勢い余って、おまけにこの高さだ、空中でエアマットの目測を誤ったと思った。大声を上げずにはいられなかった。

「……オイ、オイオイ……」

ドン、と鈍い音がした。人混みからもう声は出ない。すぐさま警官が駆け付けて、拳銃を抜いてバリケードテープを張った。近くで待機していた医者と看護師たちが担架を手に走ってきた。人々は自然に道を開けた。熱狂はあっという間に冷めて、近くからこっそり逃げ出す人たちも少なくない。どうなったか見届けたいと、数え切れないほどの人数が左小竜の周りに集まってきた。

意識が朦朧として、わずかにビルの屋上と自分と話した警官の頭が目に浮かんだ。いったい地面に落ちたのか、エアマットの上に落ちたのか分からない。どっちにしろその時、世界がとても低く感じた。みぞおちの辺りが気持ち悪い。呼吸はできる。でも、何度呼吸できるか分からない。呼吸する度に力がいる。それに口の中がネバネバする。それから、何も分からなくなった。


左小竜はマットの端に落ちてから、バウンドして地面に落ちた。脳出血を起こして、肋骨を折った。さらに空中で声を出したために、地面に落ちたときに舌を噛み切ってしまって、以後はっきりと言葉が喋れなくなった。意識が戻ったとき、最初に医者に向かってこう言った。

「アーアー《先生》」

それから自分に言ってみた。〝どうなってんだ〟

でも聞こえたのは、「アーアーアーアーアーアーアー」

医者は言った。

「舌を嚙み切ってしまったんだ。もう一度、最初から人間の言葉を学習しなければならん」

左小竜は、最後に喋った人間の言葉を覚えていた。

「あんたら、そこの連中ときたら……あんたら、そこの連中ときたら……」


病院から飛び出したら、足元がちょっとフラフラした。でも、乗れるモーターバイクはもうない。数日間、意識がなかったのを覚えていなかった。ゼファーはどこか別の場所に一時差し押さえられているのを思い出したけれど、どこだったかは覚えていない。記憶からいくつかが欠落していた。こうした欠落がいちばん辛い。いっそゼファーが差し押さえられたのを知らない方がいちばん人道的だった。

通行人の表情はみんなバラバラで、ビルからジャンプしたヒーロー、左小竜を覚えている人はもう誰もいなかった。けれど、明らかに町中の人たちがかなり少なくなったと感じる。サングラスを掛けた人が大勢いて、動きが鈍くて手を貸してあげないといけなかった。

泥巴に会いたいという気がしなかった。意識をなくしていた間、長い夢を見た。自分はゼファーを運転していて、泥巴が背中に抱きつき頭を俺の肩に載せて、二人で果てしのない濃霧の中を走り続けている。でも、何だかはっきりしない。現実にこんな女の子がいるんだろうか、意識が朦朧としていた。

先に劉必芒に会った。

劉必芒は家にこもって、何度もテレサ・テンの歌を聴いていた。奥さんがこの土地の話し言葉を人に教え、暮らしのすべてを支えていた。顔を合わせたとき、二人はお互いどうにもならない。一人は目が見えず、一人は喋れない。まるで何もかもが初めてで、誰も誰にも会ったことがないような状況だった。劉必芒は来訪を知らなくて、左小竜が帰るとき、ちょうど「河水の向こう(注96)」が流れて、口を開けてテレサの声に合わせて歌った。

河の流れを遡り　あの子の片方《かたえ》に寄りたいけれど
迫る早瀬が口惜しい　行方《ゆくえ》は遠くまた長い
河の流れに棹さして　あの子の行方を訪《と》いたいけれど
迫る早瀬が口惜しい　行方の曲折限りない

彫刻パークに戻った。秋風が吹き過ぎて、急に寒いなと思った。左小竜がここを離れた後、パークの植物はもうすっかり姿を変えていた。先端に生えた綿毛が、風にフワフワと空中を舞った。出入り口にブルドーザーやショベルカーが数台止まっていて、トランシーバーを持った一団が身振り手振りして話している。急いでパークに駆け込んだけれど、大帥の姿はなかった。でも、掻っ払ってきた郵便ポストにゼファーが括り付けられていた。ゼファーはホコリだらけで、ポストは修理されていた。こじ開けると、手紙が二通入っていた。

一通は黄瑩からだった。

こんにちは。あたし、ここから出て行く。上海に行く。あたしの旦那、問題起こしたの。面倒見てたある作家の小説を出版したんだけど、中味にちょっと書いちゃマズいことが書いてあって、その本、問題になっちゃったの。連れてかれて一週間になる。あの人、いつ出てこられるか分からないから、行ってどうなってるのか訊いてみることにしたんだ。出て来たら、一緒に住むの。明日、出てこられるか、十年後になっちゃうか、それはどうでもいい。あたしがおばあさんになったら、あの人もおじいさん。でも、あの人、女がいちばん安心できる場所にいてくれるからね。どんな長い間だって、あの人を待ってる。たぶん、あたし、もう戻らない。たぶん、この手紙、あたしの旦那が、ほかの人のために出版してあげたあの小説みたいなものね。書いちゃマズいのよ。ちょっとだけ言っとくわ。

二通目は泥巴からだった。便箋は、あの凄く大きなイラストのピカチュウが目を見開いて左小竜を見つめていた。

わたし、ここから出て行きます。わたしたち一緒に過ごした間、一度もわたしの家のこと訊かなかったわよね。今、言います。わたしのお父さま、ここの前の書記だったの。亡くなりました。わたし、お父さまと同じ姓を名乗りたくなかったから、お母さまの姓でいたの。(注97)お父さまが亡くなった後、財務監査があって問題が出てきて、家の口座が全部凍結されちゃった。わたしとお母さま、生活が苦しくなってしまって、それでお母さまは自分の故郷に帰ることにしたの。わたし、すごく悲しい。お母さま、わたしがいない時を見計らって、わたしたちのトトロを外国人に売ってしまったの。そのお金がわたしとお母さまの唯一のお金よ。でも、あれはあなたがわたしにくれた唯一のプレゼントでしょ。わたし、ずっと泣いてた。

わたし、今までずっとあなたと生きてきたのよ。あなたがどこで遊んでるのか、なぜ会いに来てくれないのかずっと知らなかった。でも、後になってずっと会えることになった。だって、あなたは病院で動けなかったから。毎日お見舞いしたわ。お医者さまは、意識が戻るっておっしゃった。だから、わたし、お別れします。

ほんとは、あなたの前にボーイフレンドがいたの。あなたも知り合いよ。モーターバイクを彼の店で修理したでしょ。店の前であなたと一緒に一晩明かしたわ。彼があの仕事していたから、わたしモーターバイクが好きだった。でも、とっくに別れた。今日はわたしの言うこと、あなたにただ聞いてほしかった。今まで訊いてくれなかったもの。

わたしたち二人のモーターバイク、お金払って取り戻してあげたよ。あなたが見たときには、きっとホコリだらけね。あれに乗って、わたしに会いに来てほしい。

ゼファーのエンジンを掛けた。もうすぐ日が暮れる。手紙の日付は一ヵ月余り前で、国道318号に向けて乗り出した日から二ヵ月が経っていた。ゼファーのライトが彫刻パーク内を照らすたったひとつの光だ。遠くの方で機械が自由の女神をせっせと粉砕している。その傍で大型ダンプが何台か数珠繋ぎになって、彫刻の残骸を遠方に搬出しようと待機している。ここもとうとう工場に変わるのだ。彫刻パークの外に向けてスピードを上げた。いろんな大型ブルドーザーがゆっくりパークの奥へと進んで行く。時々野ウサギが道端に逃げ出してきて、ゼファーのライトを掠めた。

亭林鎮をグルリと一周しよう。それからお別れだ。シャツ一枚しか着ていないけれど、有り余る時間、エネルギーを溜め込んだから、寒くはない。亭林鎮に以前みたいな活気はなかった。

変異した巨大動物を食用にした人々は全員、三ヵ月後、失明した。

亭林鎮のスケートリンクを通りかかったとき、中から整然とした歌声が聞こえてきた。町では新年を迎える歌唱コンクールがまた始まろうとしていた。亭林鎮合唱団がここで練習していた。ゼファーを鉄のゲート口に停めて中に入り、ちょっと様子を見た。合唱団の規模は、前回の半分に過ぎない。ちょうど「亭林賛歌」を歌っていた。こっちに背を向けている指揮者の体つきに見覚えがある。近くに回り込んで、こっそり顔を見た。大帥だ。様になっている。笑いながら思った。ああ、そうか。何でしゃかりきになって、自分で楽団作って指揮をしなくちゃいけなかったんだ。できてる楽団で指揮者をやればいいいんだよな。

亭林鎮にはもう何の未練もなかった。工業地区を通ると、いきなり新しい大型スクリーンが現れた。工場作業員が数人、亭林鎮のプロパガンダ映画を観ていた。暗闇にスクリーンがひときわ眩しく輝いている。機能はたったひとつ、ずっと亭林鎮のプロパガンダを続けることだ。突然、自分を見付けた。工業地区を空撮しているカットに、モーターバイクに乗って頻りに手を振っている人物がいる。

傍にいた作業員が言った。

「このバイク走らせてる奴、この場面から完全に浮いちまってる。特殊加工修正で、こいつ消しちまうべきだよ、テレビ局は」

日はすっかり落ちて、真っ暗になった。泥巴を降ろした場所に向かった。前方の道は、何故かとても長くて曲がりくねっている。でも、ゼファーのライトがあれば、怖くはなかった。工業地区を通り抜けると、街路灯に照らされたオレンジ色の霧が大地をスッポリと包んだ。スピードを上げた。いきなり後方に一点の光が現れて、だんだん近づいてきた。

あり得ない。霧の中を猛スピードで走ってるんだ。俺より命知らずがいるっていうのかよ。もっとスピードを上げた。ゼファーが疾走する風で霧は結露して、大地に落ちる気がした。でも、光はどんどん近づいてくる。額に汗が染みだした。

「クソッ、俺様が絶対、おまえを振り切ってやる」

前方の視界はもうゼロに近かった。思い切って目を閉じた。スロットルを目いっぱい捻って、心で十秒数えた。その十秒の間、限りなく平静だった。世界中に追いつける奴はもういない。

目を開けると、あの光はすぐもう後ろに来ていた。

驚いて、息を吐いた。

「こいつ、何て奴だ……」

ゆっくりスピードを落としてゼファーを停めると、後ろの光もゆっくりになった。

ゼファーを手で支えた。霧はとてつもなく深くて、あと数歩歩いたら、ゼファーもどこだか分からなくなるほどだ。それでも、フルスピードで後ろを走ってきた相棒を見てみたかった。視界の効かない霧の中を追いすがり、振り切れなかったのは、この男だけだ。

人間業じゃない。

突然、光が消えた。また点灯したら、すぐもう傍にいた。亭林鎮に生き残った最後の変異巨大動物、ホタルは急に上昇した。そして左小竜の周りを何度か旋回したら下りて来て、ゼファーのバックライトの上に留まった。左小竜は両手を広げて手のひらに載せると、溜息混じりの声を漏らした。

「付いて来い。泥巴に会うんだ。またトトロに会わせてやるから」

ホタルが発する光は消えると、また点いた。左小竜は、身体を光の近くに伏せると呟いた。

「おまえは光るんだ。俺の前を飛ばなくちゃ」

訳　注

（注1）「サザン・ウィークエンド（南方周末）」は、中国共産党広東省委員会機関報である「サザン・デイリー（南方日報）」系列の週刊新聞。一九八四年創刊。広州に総局があり、北京、上海及び成都に記者支局がある。内地全土での発行部数は、自称百七十万部超。「ニューヨーク・タイムズ」は、中国で最も影響力あるリベラル紙としている。

（注2）アルゼンチン生まれの革命家。キューバでゲリラ活動を指導した。

（注3）上海市金山区に実在する区内に九つある鎮のひとつ。鎮は一般に都市周縁の農村地区で、商工業が比較的盛んな行政単位。亭林鎮は区の東北部に位置しており、さらに区域内には三つの村がある。本文では「町」とした。

（注4）李白「早発白帝城（早《つと》に白帝城を発す）」に「千里江陵一日還（千里の江陵、一日《いちじつ》にして還《かえ》る）」とある。当時、白帝城（四川省）から江陵（湖北省）までは千二百里あると言われていた。近年の実測距離は、約三百五十キロメートル（『中国名詩選（中）』松枝茂夫編、岩波文庫。三二一〜三二二頁）。

（注5）迷你（ミニ）は、「小型の」と「人を惹きつける」を意味している。ここでは「自分は道に迷わない」をも含意していると考えられる。

（注6）中国の大都市では、化石燃料を使用するバイクの乗り入れを禁止し、電動バイクの使用を認めている。

（注7）フクロウを「猫頭鷹」、鷲を「老鷹」というので、「老いた『猫頭鷹』」と「老鷹」を同属だと思った。

（注8）原文の「未遂」は「達成しない、成功しない」だが、「不遂」は「不随＝身体の動きが不自由」を表す。ここでは「遂」の連用に二重の意味を込めている。

（注9）瓊瑶は台湾在住の作家、脚本家、映像プロデューサー。本名は陳喆《ちんてつ》。多くのテレビドラマを制作している。作品に『還珠格格《かんしゅかくかく》（日本名「還珠姫《かんしゅひめ》〜プリンセスのつくりかた〜」）』、『情深深雨濛濛』などがある。

（注10）倪萍は山東省出身のキャスター、俳優、作家。

（注11）左小竜は「倪なんだ＝倪吧《ニバ》」から、泥巴《ニバ》を思い付いた。

（注12）「チェ・ゲバラ」の中国名「切《チェ》・格瓦拉」の下に、ローマ字で「ＣＨＥ」と書かれていた。「チェ」と読むところを、中国語ではピンインで「ＣＨＥ」は「車」になる。

（注13）ノーマン・ベチューンは、カナダ人の外科医でカナダ共産党員。一九三八年に中国共産党本拠地の延安《えんあん》に渡り、医療活動によって中国共産党を支援した。

（注14）補助警察（協警）は、財政上の理由から警察を補助して警察とともに行動する警備団で、単独で警察のような行政執行権を持たない。

（注15）インドの航空母艦の名称「ヴィクラマーディティヤ」は、古代インドグプタ朝第三代の王チャン

ドラグプタ二世の別名であり、この王の漢訳名を「超日王《ちょうにちおう》」（勇猛豪胆な太陽王）という。左小竜は、超日王を「勇猛豪胆な日本の王」だと思ったものと考えられる。

（注16）中国では土地は公有であり、私有は認められていない。

（注17）瓊瑶原作の小説『在水一方』が、同名の連続テレビドラマ及び映画として改編制作された際に使われた歌曲「在水一方」の歌詞の一節。原典は詩経。

（注18）『唐詩三百首』は、清朝期に孫洙《そんしゅ》が編纂したとされる詞華集。七十七詩人の作品、三百十三首を選んでいる。三百という数は、中国最古の詞華集『詩経』に選ばれた歌謡がおおよそ三百であったことによる。左小竜は聞こえた歌の歌詞がこの『唐詩三百首』に採られた一首の一節と理解したと思われるが、実際には（注17）のとおり『詩経（詩三百、詩経三百ともいわれる）』第十一節秦風第四篇「蒹葭《けんか》」の一首を改編した歌の一節である。

（注19）崑劇は江蘇、上海の伝統劇のひとつで、崑曲、南崑とも言われる。中国の伝統劇は、歌・舞踊・せりふ・立ち回りなどから成る。

（注20）黄梅劇は、古くは黄梅調、採茶劇とも言われ、湖北省黄梅に起源を持ち、安徽省安慶で発展を遂げた地方劇。京劇、越劇、評劇、豫劇《よげき》と並んで中国五大劇のひとつであり、安徽省の主要な地方劇として、湖北、江西、福建、浙江、江蘇、香港、台湾など各地にプロ及びアマの上演団体があり、広く受け入れられている。

（注21）音部（声楽パート）と陰部とが同音だったので、大帥は左小竜の意図を誤解した。

（注22）芒（ススキ）は光芒（光の穂先）に通じ、きらきら輝く光の筋であるが、芒の発音（mang）が、盲（mang）と同音のために、聴くと音声上は必盲になってしまう。

（注23）孤胆英雄（ワンマン・ヒーロー）の胆（肝っ玉）の音danと孤蛋英雄（金玉ひとつのヒーロー）の蛋（卵）の音danが同音になっている。

（注24）原文の「錦江之星」は、通常はチェーンホテル名を指すが、ここではコンテナ船の「JJ STAR」号を指すと考えられる。

（注25）実際、ロールス・ロイスの一車種レイスにオプション設定されたヘッドライニング。車室ルーフに数百のファイバー光で満天の星を表現している（「ロールス・ロイス・モーター・カーズ横浜」の二〇一六年五月十八日付けニュースに紹介）。

（注26）楊臣剛は湖北省出身の歌手、音楽プロデューサー。アルバムに『龍』、『老鼠愛大米』（ねずみは米が好き）、『真的愛你』等がある。二〇一二年ロンドン・オリンピック中国代表選手への応援歌「努力向前」を作詞作曲して、自ら歌った。丸顔である。

（注27）龐龍は遼寧省出身の歌手。アルバムに『人生三部曲』、『両只胡蝶』、『你是我的玫瑰花』等がある。前述の楊臣剛の丸顔に比べ、龐龍はやや面長である。

（注28）劉胡蘭は、中国の国共内戦時代における中国共産党女性予備党員。一九四六年山西省文水県雲周西村の村長暗殺に関与したとして翌一九四七年、当時の山西省国民政府によって逮捕された後、厳しい尋問にも自白せず、死刑となった。享年十五歳。すぐ後、中国共産党は正式に共産党員に

追認した。現在、雲周西村は劉胡蘭村と改称され、記念館が建てられている。

（注29）アニー・ベイビー（安妮宝貝）は、浙江省寧波出身の作家。本名は励婕《れいしょう》。作品に『告別薇安』、『蓮花』、『春宴』等がある。二〇一四年にペンネームを「慶山」に改め、散文集を発表した。なお、短編集『告別薇安』は、邦訳版『さよなら、ビビアン』（泉京鹿訳、小学館）が出版されている。

（注30）郭敬明は四川省出身の作家。作品に『幻城』、『夏至未至』、『悲傷逆流成河』（邦題『悲しみは逆流して河になる』泉京鹿訳、講談社）等がある。別名で第四維、小四（四ちゃん）、四爺、太子とも呼ばれている。

（注31）腰鼓は鼓の一種で、首から掛けた紐で腰の辺りに下げて、枹《ばち》で打ち鳴らす楽器。古くは伎楽《ぎがく》で用いられた。

（注32）雪村は吉林省出身の俳優、映画監督、ミュージシャン。『東北人都是活雷鋒』等自ら作詞作曲した歌曲、アルバムを発表し、また『一見鍾情』、『仙女湖』等の映画、テレビ映画に出演するとともに、『艶局』、『臥龍崗』等自ら監督した作品にも出演している。

（注33）二〇〇八年に開催された北京オリンピックでは「同じ世界、同じ夢」がスローガンだった。

（注34）「わが祖国（我的祖国）」は、一九五六年の映画『上甘嶺』の主題曲で、郭蘭英《かくらんえい》が歌った愛国主義の曲。その後、多くの歌手によって歌われており、本文に使われた歌詞は原曲と比べて細部に異同がある。本文で黄瑩が歌った最後の節「至る処燦爛たる陽光あり」についても、左小竜は実兄に対して人民解放軍の歌手、白雪が歌った「至る処清き美しき陽光あり」が本来の歌詞だと証言

している。「至る処燦爛たる陽光あり」は、二人組器楽ユニット「玖月奇跡」（ナイン・マンス・ミラクル）が二〇一三年に発表したアルバム『致敬経典』（トリビュート・トゥ・クラシックス）に収録された同曲の歌詞に採用されている。

（注35）麦大麦《ばくだいばく》、哈蕾《こうらい》（ハーレイ）ともに前作『光栄日』（栄誉の日）の登場人物。大学で牛の搾乳を専攻した主人公である大麦には数多くの弟分がいる。大麦たちは左小竜が男の力量の延長だという銃器を研究し、製造を試みる。

（注36）「四ちゃん」は、郭敬明の愛称。

（注37）左小竜は「好漢不提当年勇（好漢当年の勇を語らず）、快男子は過ぎた昔の自慢をしないものだ」をもじって、「快男子は重ねて自慢する」ものだと考えた。

（注38）中国大陸部の郷及び鎮が所管する農村部が自主的に運営管理する自治組織で、村民が自主的に教育や行政サービスを行う。

（注39）都市において住民が自主的に管理運営する自治組織で、自主的に教育や行政サービスを行い、行政の末端組織として地域の経済、文化及び行政事務を担う。

（注40）構造が似通っていて、意味が密接に関連して、語気が揃った三つ以上の句又は文を並列して述べる修辞法。例えば「海上的夜是柔和的、是静寂的、是梦幻的（海の夜は穏やかで、静寂で、夢のようである）」のように使われる。

（注41）漸層、遞進ともいい、事物の論理的関係を元に、三つかそれ以上の似通った句、文や段落で数量

や程度、範囲等の軽重、高低、大小、前後等を比較することによって表現する。一段一段少しずつ増やしたり減らしたりする修辞技法。逓増と逓減に分けられる。例えば「吾十有五にして学に志す。三十にして立つ。四十にして惑はず。五十にして天命を知る。六十にして耳順ふ。（『論語』）」、「全国の同胞諸君！ 北京、天津に危険が迫っている。華北（北京、天津を含む河北地方、山西地方等）に危険が迫っている。中華民族に危険が迫っている。（毛沢東「日本侵攻への反抗方針、方策と前途」）」のように使われる。

（注42）パラ・キシレン化学工業プロジェクトのこと。PXはパラ・キシレン（1、4―ジメチルベンゼン）で毒性を有し、現在では代替が進んでいる。

（注43）莫は姓とは別に「～であるなかれ」という意があり、莫大帥は「大帥（＝最高司令官、大将）であるなかれ」になる。

（注44）左小竜が求めた「画押《ホワヤー》」は、花押《かおう》（書き判）であるが、小学生は家鴨《かおう》「画鴨《ホワヤー》（アヒルを描きなさい）」と指示されたと思った。

（注45）「桃園の誓い」又は「桃園の義」で、『三国志演義』において劉備、関羽、張飛の三人が桃園で義兄弟の契りを交わしたという逸話。義兄弟のように深い関係になる喩え。

（注46）「覇王別姫」は、楚の覇王項羽と愛妾《あいしょう》虞姫《ぐき》（虞美人）との生と死を描いた歴史故事。英雄の悲壮な末路を描く。項羽は劉邦率いる漢軍に四面を囲まれ、その中に楚の歌を聴いて、既に楚は漢の軍門に降ったのかと嘆いた（四面楚歌）。悲しんだ虞姫は自害し、項羽は漢軍兵士数百人を切っ

て自刃した。この故事は京劇「覇王別姫」や、チェン・カイコー（陳凱歌）制作の映画『さらば、わが愛／覇王別姫』の題材となった。本文では、左小竜が孔子像を関羽の像だと思い込んだことで「桃園の誓い」を立て、さらに関羽を項羽と混同したことで「覇王別姫」を口にしている。

（注47）黄連《おうれん》は、キンポウゲ科の常緑多年草。黄褐色の根茎を乾燥して漢方薬にする。苦味成分のベルベリンを含む。

（注48）シリンダ内などの摩擦でピストンやシリンダの一部が溶着し、これが引きちぎられてピストン表面などに残るかき傷。エンストの一因で、これが急速に進行すると焼き付きになる。

（注49）『となりのトトロ』は、中国で「鄰居《となり》（家）《の》的竜猫」と呼称している。

（注50）左小竜はレター用紙に「比卡丘」と印刷されているのを見て、「丘比特（キューピッド）」と取り違えた。

（注51）「ピカチュウ（比卡丘）」のチュウ「丘」は「球」と音が同じ。

（注52）ハイジャック、テロ、麻薬取引等武器を帯びた犯罪集団に対応する部隊。

（注53）翼形状を持つ物体が地面付近を移動する際に、翼と地面との間の空気流の変化に影響を受ける現象。回転翼機のローターの揚力発生にも地面効果が影響し、地面と機体下面の間で発生する渦が、空中でのホバリングを不安定にすることがある。

（注54）青ハブ、中国名「竹叶青蛇（竹叶青、青竹蛇とも）」は、アジア南部、中国では長江以南に広く生息する。鮮やかなグリーンの体色を有し、頸は細く三角形の頭部を持つ。通常、樹木の枝に絡

みつくか垂れ下がる。攻撃性があり、強い毒でネズミ、カエル、小鳥などを捕食する。

（注55）テレサ・テン（鄧麗君）が歌った曲。ちなみにこのオリジナル曲をフェイ・ウォン（王菲）が一九九五年トリビュートアルバム『マイ・フェイヴァリット』（菲靡靡之音）でカバーしてヒットした。退廃的メロディー（「靡靡之音」）は、一九八〇年代前半、デビュー前のフェイ・ウォンが「精神汚染」をきたすとして中国政府により禁止されていたテレサ・テンの曲をカセットテープで秘かに愛聴していたことによる（フェイ・ウォン『マイ・フェイヴァリット』ポリドール株式会社）。本作では改革開放により、既に市中で自由に流されている世相が描かれている。

（注56）（注46）のとおり、左小竜は楚の覇王項羽を関羽と混同している。また探しているつもりの関羽像は、実は孔子像である。

（注57）竜猫は元々チンチラ（リスやネズミ、ヤマアラシなどの齧歯類《げっしるい》（ネズミ目）に属する頭胴長二十五〜三十八センチメートルほどの小動物）を指す。体毛が青灰色で柔らかく、前足を胸元に置いて立つ姿が「トトロ」に似ているので、ジブリのアニメ作品「となりのトトロ」を中国で「竜猫」と呼んでいる。トトロの愛らしい容姿に対して発する声と霊力が想像上の動物である竜に似ているので、この名が付いたとの説もある。泥巴はトトロがネズミの一種で、ピカチュウと同類と考えたと思われる。因みに、巷にはトトロの身体の色や風貌をピカチュウふうに、尾をピカチュウの形状に変えた絵柄も見られる。

（注58）チャイナ・テレコム（中国電信）は、中国最大級の国有通信企業。固定電話事業、モバイルデー

タ通信、衛星通信、インターネット接続等に係る総合情報サービスを行う。

（注59）町の管理監督員（城管）は、法令に基づき都市の管理監督、秩序の維持を行う公務員。主な仕事は、街頭での無許可営業の取締り、各種許可証の有無の検査等、軽犯罪の処理を担当する。警察力の一種ではあるが、警察とは別の組織。

（注60）中国科学アカデミーは、一九四九年に設立された中国における自然科学の最高学術機関、科学技術の最高諮問機関であり、自然科学と高度技術の総合的研究発展の中心で、国務院が主管する。中国農業科学アカデミーは、中国における農業の基礎及び応用研究、高度新技術の研究などを行う機関で、国とともに省、直轄市及びその他市等にも設置されている。国の機関は一九五七年に設立され、国家農業部が主管する。

（注61）略譜は五線譜に代わる音符の簡易な記譜法。ドを1と表記し、レを2、ミを3、順にファを4、ソを5、ラを6、シを7とし、休止符を0とする。

（注62）大躍進政策は、毛沢東が一九五八年から一九六一年までの間に行った農業と工業の大増産政策。その結果、過大なノルマによる経済の大混乱と推計一千万人から四千万人の餓死者を出す大失敗に終わった。経済メカニズムのみならず、生態系全体のシステムをも完全に無視して、単に数字上の生産目標達成のみを目的とした単純で一面的な計画を国民に押し付けたことで被害を甚大化した。これにより、毛沢東は国家主席を辞任した。

（注63）科学的発展観は、中国共産党の指導原理のひとつ。二〇〇三年に胡錦濤総書記が初めて発表し、

二〇一二年には第十八回中国共産党大会で、党の「行動指針」となった。中国近代化の理念として、「人を基本」に、経済・社会・政治・文化など「全面的」で、これらが協調した「持続可能な発展」観とされる。マルクス・レーニン主義、毛沢東思想、鄧小平理論、三つの代表（二〇〇〇年に江沢民総書記が発表した重要思想・スローガン）の四理念に並ぶ方針と表明された。

（注64）「華東」は、中国東部地区の略称。江蘇省、浙江省、安徽省、福建省、江西省、山東省、台湾省及び上海市の七省一市を指す。華東地区を代表する名文家の一人だと、ご機嫌を取っている。

（注65）中国の列車には、一般的に軟座（座面にスプリングがあり柔らかい一等席、グリーン席）と、硬座（スプリングのない座席、普通席）の別がある。

（注66）管を縛って、内容物が通らないようにすること。止血や避妊の目的で、血管や精管、卵管などに対して行う。

（注67）革命歌。一八七一年フランス人ポチェが歌詞を作り、ドジェーテルが作曲した。歌詞は国際共産主義の理想を表現している。マルクス主義革命家であった瞿秋白《くしゅうはく》が中国語に訳した。本文には歌詞の一部に異同があり、文中書記はそれを訝っている。なお、歌詞中の「インターナショナル」は、社会主義運動の国際的組織を指している。

（注68）対立する事物が一定の条件下において、具体的、動態的、相対的に弁証法的に統一される運動を調和と表現している。異なる事物の間において相互に補完し合い、互いに相反しながら互いを成り立たせ、互いに援助して協力し合い、互いに相手に利益や恩恵を与え合うことにより、共に発

展していく関係を指す。社会主義国家である中国における弁証法的唯物論調和観の基本的観点とされる。

（注69）アーチ（牌坊）は、中国の伝統的な建築スタイルで、元々は封建時代に勲功、科挙成績、徳政や忠孝を顕彰して建てられたもの。また、道教宮観《きゅうかん》や仏教寺院の山門にも使われ、さらには地名を表示する目的でも使われている。メモリアルな建築物として、封建社会の礼儀や道徳の宣揚、功徳の標榜に使用されている。そのほか、先祖を祭る祠の付属建築として作られ、先祖の美徳や業績を記す祭祀的な役割も備えている。本文では、亭林鎮の入口に建てられたアーチに、歌詞をスローガンとして記そうというのである。

（注70）対聯は、紙や竹、木、柱に書かれるふたつの対になった四六駢儷体《しろくべんれいたい》で書かれた詩句。対仗《ついちょう》といわれる形式によって、字音の平仄《ひょうそく》や字義の虚実を考えて対句を作る。漢字一字に一音を当てる中華言語独特の芸術形式。

（注71）生物連鎖は、自然界においてさまざまな生物間で形成される物質変化とエネルギー転換の連鎖関係。例えば、緑色植物は草食動物の食物であり、草食動物は肉食動物の食物であり、ある肉食動物は別の肉食動物の食物である。ある種の動植物の種と個体は、自身の生存のために別種の動植物の種と個体と、互いにひとつの相互依存的生物連鎖の関係にあるとされる。その組成、構造、変化及び相互関係は、自然界の生態バランスに直接影響する。

（注72）電気ショック漁は、電気ショッカー、エレクトロフィッシャー、鉛蓄電池などによって電流を流し、

魚群に電気的ショックを与えて気絶させて浮上させる漁法。日本では、有害魚種駆除の目的で許可を受けた場合の外は、原則的に禁止される。

(注73) 麻薬(特にアヘン)中毒者を「癮君子」という。本文では、病的に夢中になった政府高官とも読める。

(注74) 原文の「飲水思源」には、水を飲むときに、その水源を思う。幸福になったそもそもの水源に思いを致す、の意があるが、本文ではポポ印刷所が排出した汚染水が引き起こした動物の大型化の幸運を含んでいる。

(注75) ソビエト(ロシア語)は、ロシア革命時に社会主義者の働きかけがありながらも、主として自然発生的に形成された労働者・農民・兵士の評議会。中国では、第二次国内革命戦争(第一次国共内戦)期に中国共産党の革命根拠地政権組織をソビエトと称した。

(注76) 黄瑩が成句「指桑罵槐」(桑を指して槐《えんじゅ》を罵る。当てこする)と言うべきところを「指桑罵魁」(桑を指して首謀者を罵る)と見当違いなことを言ったので、路金波が訂正した。

(注77) 苟《こう》(gou)は同音の狗(gou=犬、「イヌ畜生、へつらう奴」)に、牛は傲慢の喩えを、またほらを吹く意も有する。

(注78) 上海や浙江省、江蘇省などの旧市街を走る細い通り。

(注79) 太陽などの自然光や、照明など人工的な光源が発する光の色を表す尺度。光源の明るさや温度とは無関係。単位はケルビン。黄瑩の部屋の光の色に、黄瑩自身の色を重ねている。

(注80)「覇王硬上弓」。伝説によると、楚の覇王項羽はこの上ない怪力で、弓に弦を掛ける際、弓の一端

を結んだ後、両腕だけでもう一方の端に弦を掛けてしまったという。転じて、蛮力にものを言わせてむりやり目的を果たすこと。さらには、むりやり性行為に及ぶことを指すようになった。

（注81）長江口＝長江が東シナ海に流入する河口一帯（上海市から江蘇省南通市に跨がる）の長さ約二百三十二キロメートルの扇状地域。銭塘江＝浙江省を流れる最大の河川（長さ約五百二十二キロメートル）で、流域面積は五万五千六百平方キロメートル、杭州湾から東シナ海に流入する。西湖＝浙江省杭州市にある湖で、中国十大風景名勝区のひとつ。世界遺産（文化的景観）に登録されている。太湖＝江蘇省南部と浙江省北部境界にある湖で、中国国家重点風景名勝区に指定されている。蘇州を流れる蘇州河、上海を流れる黄浦江《こうほこう》はここから発している。黄山＝安徽省にある景勝地。伝説上の王、黄帝が不老不死の霊薬を飲んで仙人になったという山。世界遺産に登録されている。廬山＝江西省九江《きゅうこう》市にある山系で、主峰は漢陽峰。国家重点風景名勝区、世界遺産に登録されている。鄱陽湖＝江西省北部、長江の下流域南岸にある湖。中国で最も大きい淡水湖。洞庭湖＝長江中流の荊江《けいこう》南岸にある湖。周辺に景勝地が多い。鄱陽湖に次いで、二番目に大きい淡水湖。湖北省と湖南省は、この湖の南と北に位置することから命名された。天柱山＝安徽省安慶市にある山系で、主峰は天柱峰。その独特の自然景観から安徽省の三大名山（黄山、九華山《きゅうかさん》、天柱山）のひとつとされ、ユネスコの世界地質公園に指定されている。神農架＝神農架林区の略称で、中国で唯一、林区と命名された行政区域。湖北省西部にあり、重慶市に接している。総面積三千平方キロメートル余りの森林区で、ユネスコの人及び生物圏自然保護区、世界地質公園、

世界遺産に登録されている。三峡＝長江三峡の略称で、重慶市奉節県《ほうせつけん》の白帝城から湖北省宜昌《ぎしょう》市の南津関に至る全長百九十三キロメートルの流域の間に瞿塘峡《くとうきょう》、巫峡《ふきょう》、西陵峡の三つの峡谷が連続する景勝地。張家界＝湖南省西北部にある市で、中国で最初に国家森林公園となった。市内に武陵源区があり、張家界武陵源風景名勝区は国家重点風景名勝区となっている。武陵源＝武陵源風景名勝区は、その六十七パーセントを森林が占め、生息する野生動物（豹やサンショウウオなど）は四百種、木本植物（ハンカチノキ、トチュウなど）は八百五十種余りで、世界自然遺産及び世界地質公園に指定されている。黄龍洞＝武陵源風景名勝区にある鍾乳洞。峨眉山＝四川省楽山《らくさん》市にある中国仏教の四大名山のひとつで、海抜三千九十九メートルの山上には多くの古跡、寺院があり、生息する動物は二千三百種余り、植物は三千二百種以上を数える。峨眉山景勝区は国家重点名勝区となっている。

（注82）貢嘎《コンカ》山（チベット語でミニヤコンカ《岷雅贡嘎》）は、四川省チベット族カンゼ《甘孜》自治州にある大雪山脈の最高峰（海抜七千五百五十六メートル）で、山間には十四・七キロメートルの氷河を有する海螺溝《かいらこう》がある。

（注83）貢嘎山の東側山腹、青蔵高原（青海・チベット高原）東方の高地にあり、海螺溝氷河には長さ千八十メートル、幅最大千百メートルの大アイスフォールがある。

（注84）四川省甘孜《カンゼ》州にある大雪山脈の一峰、海抜四千二百九十八メートル、西側は青蔵高原東部に当たり、チベット族の居住区である。折多はチベット語で「曲がりくねった」の意を中国語で表記したもの。

（注85）四川省チベット族カンゼ自治州にあり、主峰は海抜五千八百二十メートル、山頂付近は万年雪で

覆われる。チベット語の「東方の白ヤクの山」を音訳したもの。

（注86）四川省稲城県にある山系で、世界仏教二十四神山のひとつとされ、稲城三神山とも称される。三つの山が「品」の字に聳える雪山で、北峰が仙乃日（海抜六千三十二メートル。チベット語で観世音菩薩の意）、南峰が央迈勇（海抜五千九百五十八メートル。チベット語で文殊菩薩の意）、東峰が夏諾多吉（海抜五千九百五十八メートル。チベット語で金剛手菩薩の意）である。「永久不変の積雪を頂く三座の護法神山の聖地」と讃えられる。

（注87）青蔵高原の東南端にある山系で、主峰は絨峨扎峰《じゅうがさつほう》（海抜六千百六十八メートル）。チベット名は「チョオラ（「大鳥の翼」の意）」。

（注88）ヒマラヤ山脈の東部に聳える峰で、海抜七千七百八十二メートル。一九九二年日中合同登山隊が初登頂した。

（注89）ヒマラヤ山脈の峰で、海抜七千二百九十四メートル。一九八六年に日本の登山隊が初登頂した。

（注90）ヒマラヤ山脈中央付近にある峰で、海抜八千四百六十三メートル。高さは世界で五番目で、中国とネパールに跨がる。

（注91）ヒマラヤ山脈の峰で、海抜八千二百一メートル。北側が中国チベット自治区、南側はネパールに属する。チョオユーはチベット語で「大尊師」の意。

（注92）ヒマラヤ山脈及び世界の最高峰で別名「エベレスト」、海抜八千八百四十八メートル。北側が中国チベット自治区、南側はネパールに属する。チベット語でチョモランマ《珠穆朗瑪》は、「大地の母」の意。

（注93）中国チベット自治区内にある唯一の八千メートル級（海抜八千二十七メートル）の峰で、ヒマラヤ山脈の中央部にある。チョモランマの約百二十キロメートル南東に聳える。一九六四年に中国登山隊が初登頂した。

（注94）中国の長江中下流域南部一帯を江南という。古来、水産物や米がよく収穫される肥沃な土地で、早くから比較的小規模な町並みが各地に点在するようになった。この歴史を有する町は生活、文化、建築、物産など各方面にそれぞれ特色を有するとともに、そこには河や湖が交錯し、水路は縦横に流れ、小さな橋が多数架けられている。

（注95）風水は気を万物の本源とする。世界は無（気のない状態）から有（気の始まり）になったと考えられ、気が本源である。気は陰と陽に分かれるとともに、金木水火土の五種の物質を生じた（五行）。これらの物質の盛衰、成長消滅は変えられない法則であるとともに、それらには災いや幸福がある。この災い幸福は予測できるものだとしている。

（注96）テレサ・テンが一九八〇年に発表したアルバム「在水一方」に収録された代表曲。翌年開催された第五回香港ゴールドディスク大賞において、プラチナ・ディスクとなった。

（注97）中国では、妻は結婚後も夫の姓に変えることはない。間に生まれた子は、通常父の姓を名乗る。

亭林鎮――若者の質問に答える

韓寒
柏葉海人　訳

ふだん、亭林鎮には帰っているの？

レースがなければ、ほとんど毎週戻るよ。


帰ったら、いちばん食べたいものは？

以前から小学校近くにある麺屋だね。

小学生のころ、小遣いがさみしいときは雪菜麺《ゆきなめん》(注1)を、あれば奮発して大排麺《ダーパイめん》(注2)を食べた。前のはサッパリ、後のはすごくこってりしていた。金持ちになったら、雪菜と大排が一緒になった麺を食べられるなと、ずっと空想していた。それから「漢堡小子《ハンブルクボーイ》」という洋食店。そこは亭林鎮のファッションリーダーたちが集まる聖地で、僕はいつもそこでフライドポテトを食べて、西洋文化の洗礼を受けた。

今でも小さいころの友だちと遊ぶことはあるの？

今、周りの友だちは、大部分十年前に知り合った連中だ。その中には幼友だちだって大勢いる。実は、僕は亭林鎮の町中じゃなくて、その先の村で育ったんだ。農村育ちで出世した人は、小さいときの友だちや、実家にやって来た人と会うのを割と避けるのは知っている。でも、僕はそうした人たちと顔を合わせる方が、ずっとリラックスできるみたいなんだ。いつだって実家近くで遊ぶけれど、全然抵抗はない。家からちょっと遠い所で、幼友だちと一緒になって平気で小便をすることだってある。元々の出身や環境から抜け出そうと努力する人もいるし、出身や環境なんて自分は関係ないんだと証明しようと努力する人もいる。どっちも咎《とが》めることじゃない。

小説に出てくる亭林鎮に、フィクションはあるの？

基本的には事実だよ。おまけに僕が町歌を作詞してあげた。うまく書けたと思うんだけれど、曲を付ける人がいなかった。当然、亭林鎮の政府は気に入らないだろうね。

それだったら亭林鎮の偉い人たちは、君にとても好感を持つはずだよね？

それは……こんなふうに言えるだろう。僕は常に亭林鎮の空気はひどいと書いた。ある友だちが言っていたんだけれど、これから本当に少しずつ対処するつもりでいる職能部門の人たちは除いて、

（当然、僕がどう言おうとそのこととは無関係だし、僕にはそんな大きな影響力もない。空気が本当にあまりにも悪いからなんだ）それとは別に、会議を開いて対応策をまとめた人たちがいる。対応策の中には、専門家を引き入れて僕を悪く言う連中が、これでもかと僕を誹謗攻撃するような内容まで含まれていた。当然、最後は実行されなかった。だって、奴らはみんないわゆるブラックだって気付かれてるから、組織立つべくもないじゃないか。喩えれば、飯は食えても糞は食えないのに、奴らは両手で糞桶を持ち上げて一気に飲み干せる連中だよ。それから金山区（注3）に来たこともないのに、政府のウェブページで見付けた写真を根拠にして、やたら金山区の生活環境を褒めそやしたうえに、僕を名指しして非難する人たちがいる。僕が言いたいのはたったひとつ、ここの空気、河の水、生活環境は、ここで生活する人にいちばん発言する資格があるということだ。僕はここで三十年暮らした。ここがどういう所か、いちばんよく分かっているし、ここの住民もいちばんよく分かっている。さらに言えば、多くの上海市民だって少しは分かっている。たぶん僕は数少ない名前の知られた、故郷の政府に歓迎されない人間だ。でも、そんなことはいい。僕は政府から金は一切受け取っちゃいない。

もちろん金山区は広い。化学工場による汚染の影響が相対的に少ない田舎町もあるし、まだきれいな水郷が残る辺鄙な場所だってある。そこへ行ったことがあるんだけれど、その時、強い懐郷の念を覚えた。雑誌を作る時には、仕事場をここに置きたいとも思った。余秋雨先生（注4）を招待できたらいいね、と言った人もいる。

もちろん政府のお偉方の中には、僕に反感を持っていない人たちもいる。実家でよくお偉いさんと会うし、……村長は、僕の家の隣に住んでいる。

どうしたら君に会えるかな?

それにはノーコメントだ。万一、僕がどこかで小便をしているのを君に見られたら、どうするんだ。

「小竜の国 ―亭林鎮は大騒ぎ」に出てくる彫刻パークとかいうのは、どこにあるの?

グーグルマップを開けば、亭林鎮が出てくる。南の方向に二キロメートル行くと、でかい空き地が見付かる。そこにミステリアスな輪郭になっている所がある。それが彫刻パークさ。

彫刻パークは、かつてアジア最大の彫刻テーマパークになる計画だった。敷地面積三十ヘクタール余り、苦心を重ねた挙げ句、最後には頓挫してしまった。ここの最大の特色は、一体の彫刻もないことだ。

今後、亭林鎮に住むつもりは?

ずっと戻りたいと思っている。空気がちょっとよくなったら。

祖父や祖母がこんな空気の中で暮らしていると思うと、心が痛むんだ。でもさ、年寄りにしてみれば、七十年以上生活してきた場所だよ。空気がもっと悪くなるからとはいえ、「おじいちゃん、家を買ってあげるから、空気がもうちょっといい区に引っ越してよ」とは言えないよね。一生の間、一度も引っ越したことのない年寄りからすれば、ふるさとを離れる害の方が大きいんだ。でも、僕は娘をこんな空気の中で生活させたくない。

遅かれ早かれ帰る。帰って、河沿いに家を見付ける。みんないなくなってしまってもね。

どうしたらいいかな。このまま亭林鎮で仕事して、ああした給料が特に安い出稼ぎの人たちと競争するのか。それとも、区内か市内に出て、チャンスをつかむか。

自分に訊けよ。

最後に小説「小竜の国 —亭林鎮は大騒ぎ」で、僕が創った亭林鎮の町歌を付けておく。

楓林《ふうりん》　竹林　我らが亭林に及ぶものなし
樹林　森林　我らが亭林に及ぶものなし
そは東方　海原に輝く真珠《パール》
そは太平洋　水際にきらめく水晶《クリスタル》
亭林よ　おまえの飛躍に　世界は驚倒
亭林よ　おまえの博大は　文芸復興《ルネサンス》

かの湖面は　常に澄み清く
かの空気に　静寂《しじま》は満ちて
真白き明月　大地を照らす
照らすは　遍く大地のＧＤＰ
亭林よ　亭林よ　おまえの未来は
見渡す限り希望　希望　希望　希望　希望　望　望　望
三つの発展　四つの必須　五つの　かの利益
確と刻まむ　我らが心に
生まるは我ら　亭林鎮の民となり
死しては我ら　亭林鎮の霊となる

※散文集『我所理解的生活』（浙江文藝出版社二〇一三年第一版）所収

（注1）雪菜はセリホン（カラシナの一種）で、肉やネギに塩、コショウなどの調味料を加えて作る麺料理。日本でも、雪菜肉絲（細切り肉）麺、雪菜と豚肉細切り麺などの名称で供されている。
（注2）油で揚げたヒレ肉（ステーキ）を加えた麺料理

（注3）上海市の十六行政区のうちのひとつで、区内に九つの鎮、ふたつの工業区等がある。亭林鎮は区の東北部に位置しており、さらに区域内には三つの村がある。

（注4）浙江省出身の著名な学者、作家。文化文明に関する多くの散文集がベストセラーとなる。妻の馬蘭は、本小説に登場する黄梅劇の著名な俳優で、安徽省黄梅演劇学院長を務める。二人は現在、主に上海に在住する。

作品について

柏葉海人

二〇〇九年に発表した韓寒の長編小説で、第六作にあたる。

〝すぐに蓋を上げられないほど煮えたぎった鍋〟状態にあった韓寒は二〇〇八年、やむを得ずレースのステアリングから手を放し、本作の執筆に入った。舞台は中国江南地方の大都市近郊にある町、亭林鎮で、そこは急速な経済発展に伴い環境汚染が深刻化して、動物の変異と巨大化が起こり、また住民の文化活動が衰弱、枯渇するなどの問題が起こっていた。住民である主人公の左小竜は、町の文化再興を目指す歌唱コンクールに合唱団を作り参加しようと企図して、思いを寄せる黄瑩をメンバーに引き入れようと画策する一方で、愛車のモーターバイク（Ｋａｗａｓａｋｉゼファー、名付けて「皇后号」）にガールフレンドの泥巴を乗せて、煙霧に視界が効かない町を疾走する。

二人の女性との荒唐で無軌道な交渉と行動は、町の問題に対処しようとする政府指導者の欲望、生活という現状が見えない多くの住民の無知と貪欲な行動と交錯し、葛藤、紛糾、混乱とさまざまな騒動を引き起こす。作者は小竜の直情で愚鈍とも言える木訥《ぼくとつ》な魂をコミカルに、ユーモラスに、シニカルに、往々にして強い「毒」を含んだ筆致で描いていく。そして世界を見たい小竜は、竜の住処が果てる境界の、彼方の国とを跨ぐ友情ブリッジに思いを馳せる。左小竜の実兄の物語である前作『光栄日』（栄誉の日）を承《ぅ》けた本作の行方は、次の世界に移っていく。

次作『1988：我想和這個世界談談』（1988―ボクは世界と話したい）において、「ボク」はレストアしたステーションワゴン「1988」に乗って、再び国境の友情ブリッジに向かうことになるのだが。

本作をもとに、二〇一一年に香港の映画監督スタンリー・クワンが映画化を決定し、左小竜、泥巴及び黄瑩らの配役も決定していたと言われる（左小竜を香港のジュノ・マック（麦浚竜）、泥巴を周冬雨《ジョウドンユイ》「サンザシの樹の下で」、黄瑩を台湾の桂綸鎂《グイルンメイ》「藍色夏恋《あいいろなつこい》」）が、台本が当局の事前審査（いわゆる検閲）を未だに通過しておらず、クランクインの時期は未定のままとなっている。

本文は、天津人民出版社版『他的国』（二〇一三年三月第一版）を底本とした。

注記に当たっては、「百度百科」・「百度知道」・「維基百科」・「ウィキペディア（日本語版）」外を参照した。

作者について

柏葉海人

韓寒は一九八二年九月、上海市金山区亭林鎮亭東村に生まれた。中学時代から文章を発表し、高校一年時の一九九九年には第一回新概念作文コンクールで一等を受賞する。翌年、中学三年時代の生活をモチーフとした小説『三重門』（邦題『上海ビート』）は、発行累積部数が二百万部に及び、中国で最近二十年間で最大の販売部数を記録する文学作品となる。まもなく高校を退学し、執筆活動に入る。以後、小説、随筆、散文等を精力的に発表する一方で、プロレーサーとしてサーキットやラリーで活躍を始め、小説、散文、随筆、詩文等をコンスタントに発表する間にレースで数々の優勝を果たす。また、映画主題曲への作詞の提供や、俳優としていくつかの映画に特別出演する。二〇一四年には自らシナリオ執筆と監督を務めた映画第一作『后会無期』（邦題『いつか、また』）を発表し、二〇一七年には第二作『乗風破浪　Ｄｕｃｋｗｅｅｄ』（邦題『あの頃のあなたを今想う』）を制作、公開する。そして二〇一九年には、カーレース・シーンを描いたアクション・コメディ『飛馳人生』を公開して大ヒットを飛ばす。本作品は、日本でも同年五月に一般公開（邦題『ペガサス飛馳人生』）された。

　また、二〇一一年にネット等への作品無許可転載等に対する作家の権利を守るために、韓寒外五人の作家と路金波らの出版人により「作家権利保護連盟」を創設している。

　因みに、後に妻となる金麗華の高校在学中、韓寒は頻繁にモーターバイクで高校に乗り付けて、学校が引けた彼女を乗せてデートツーリングをしていたという。


　本作品の訳出に当たっては、丁雅萍先生に懇切丁寧なご指導をいただき、また数々の貴重なご意見、ご助言をいただいたこと誠に感謝の念に堪えません。謹んでお礼申し上げます。

　最後になりますが、本作品刊行に際しては、株式会社鳥影社の小野編集部長、編集室北澤さんをはじめ、同社のみなさんの多大なご尽力をいただいたこと、感謝に堪えません。ここに厚くお礼申し上げます。

〈訳者紹介〉
柏葉海人（かしわば　かいと）
1953年神奈川県生まれ。
作家、翻訳家。

小竜の国 ―亭林鎮は大騒ぎ

定価（本体1800円＋税）

乱丁・落丁はお取り替えします。

2021年3月16日初版第1刷印刷
2021年3月22日初版第1刷発行
訳　者　柏葉海人
発行者　百瀬精一
発行所　鳥影社 (choeisha.com)
〒160-0023 東京都新宿区西新宿3-5-12トーカン新宿7F
電話 03-5948-6470, FAX 03-5948-6471
〒392-0012 長野県諏訪市四賀229-1(本社・編集室)
電話 0266-53-2903, FAX 0266-58-6771
印刷・製本　モリモト印刷

ISBN978-4-86265-792-3 C0097